dtv

D1928509

Als hätte Robert Koldewey nicht schon genug unter den Ansichten seines Assistenten Buddensieg zu leiden, quält ihn auch noch eine Blinddarmentzündung. Die Probleme sind menschlich, die Aufgabe ist biblisch: die Ausgrabung Babylons. Dass sich zwischen Orient und Okzident ein Umbruch anbahnt, der die Welt bis in unsere Gegenwart hinein erschüttern wird, treibt Koldewey an, die mesopotamischen Schätze am Euphrat zu dokumentieren. Vor den Augen eines der letzten Universalgelehrten offenbart sich Stein für Stein die Wiege der Zivilisation und mit ihr die Fundamente einer der ältesten Geschichten der Bibel, des Turms zu Babel.
Kenah Cusanit̓s literarische Expedition ins Herz des Abendlandes ist eine Archäologie der Moderne – klangvoll, hinreißend, klug.

*Kenah Cusanit,* geboren 1979, lebt in Berlin. Für ihre Essays und Gedichte wurde die Altorientalistin und Ethnologin bereits mehrfach ausgezeichnet. ›Babel‹ ist ihr Debütroman, er war nominiert für den Preis der Leipziger Buchmesse 2019.

Kenah Cusanit

# Babel

Roman

dtv

Die Autorin dankt dem Berliner Senat und der Stiftung Preußische Seehandlung für die finanzielle Unterstützung ihrer Arbeit.

**Ausführliche Informationen über unsere Autorinnen und Autoren und ihre Bücher finden Sie unter www.dtv.de**

FSC
www.fsc.org
MIX
Papier aus verantwortungsvollen Quellen
FSC® C019821

2020 dtv Verlagsgesellschaft mbH & Co. KG, München
Lizenzausgabe mit Genehmigung der
Carl Hanser Verlag GmbH & Co. KG, München
© 2019, Carl Hanser Verlag GmbH & Co. KG, München
Dieses Werk wurde vermittelt durch die
Literarische Agentur Michael Gaeb.
Umschlaggestaltung: dtv nach einer Vorlage von
Peter-Andreas Hassiepen, München unter Verwendung
des Gemäldes »Oase«, W. Kuhnert / akg-images
Satz: C.H.Beck.Media.Solutions, Nördlingen
(Satz nach einer Vorlage von Satz für Satz)
Druck und Bindung: Druckerei C.H.Beck, Nördlingen
Gedruckt auf säurefreiem, chlorfrei gebleichtem Papier
Printed in Germany · ISBN 978-3-423-14769-9

FÜR T.

**BUDDENSIEG, SAGTE KOLDEWEY,** als sie nach Tagen oder Wochen Konstantinopel erreichten, und wies in eine Richtung, von der beide wussten, wohin sie führte.

Dr. Koldewey?

Gehen Sie, Buddensieg, wir sind geschiedene Leute. Melden Sie sich als Kriegsfreiwilliger, vielleicht finden Sie an der Front noch einen anständigen Tod.

Er ging und meldete sich, kam in Palästina in Gefangenschaft und setzte nach seiner Heimkehr in den Berliner Museen seine Arbeit fort, die wie einst in Babylon darin bestand, Fundgegenstände mit einer Inventarnummer zu versehen.

# I

Von nun an ist die Vergangenheit so gewiß wie
die Gegenwart, ist das, was man auf dem Papier
sieht, so gewiß wie das, was man berührt.

**ROLAND BARTHES, DIE HELLE KAMMER**

**ES WAR EIN MESOPOTAMISCHES GELB**. Wie gemacht zum Davorstehen, Hinsehen, Aquarellieren – seine Lieblingsart, diese Gegend zu kartieren. Schlamm als Impression, Lehm, der sich durch das Wasser bewegte, indem er sich drehte.

Koldewey sah aus dem Fenster seines Arbeitszimmers, nirgendwo davorstehend, nichts kartierend. Er hatte sich hingelegt, auf seine Liege, die Teil der Fensterbank war, und beobachtete den Fluss, der an den Ruinen entlangfloss, zog an seiner Pfeife und sah ihn an, als hätte er noch nie einen Fluss angesehen, ohne dabei über etwas anderes, etwas Übergeordnetes nachzudenken: das Schiff, die Fahrt, das Ziel, die Reliefziegel Nebukadnezars, die Reliefziegel des Ischtartors, des Palastes, der Prozessionsstraße, die sich im Hof des Grabungshauses mehrere hundert Kisten hoch stapelten und die von Babylon den Euphrat hinunter über drei Kontinente nach Hamburg, die Elbe, die Havel, die Spree hinauf, bis zum Kupfergraben an den Steg der Berliner Museen zu transportieren waren.

Noch einmal: langsam Anschwemmendes, Angeschwemmtes. Ein paar Vögel am Ufer. Unter ihnen Schlamm, der aus Lehm bestand, aus Ruhe und Wasser. Das Haus bestand aus Lehmziegeln, die gebrannt waren, damit sie Feuchtigkeit und Wind und Sand standhielten. Damit die Wände sich nicht, nachdem sie witterungsbedingt allmählich zusammengefallen wären, wieder mit dem Boden verbanden und, wenn auch erst nach Jahrzehnten oder Jahrhunderten, zurück in den Fluss glitten.

Sich mit Flüssen zu beschäftigen. Koldewey nahm Liebermeisters *Grundriss der inneren Medizin*, legte das Buch vorsorglich auf seinen Bauch, als könnte es auf diese Weise die Symptome lindern, und sah hinüber zur Tür und durch ihr Fliegengitter hindurch auf die Tarma, den von Holzsäulen flankierten Gang, über den man vom Hof aus, wie über eine Loggia, Koldeweys Zimmer im oberen Geschoss betrat.

Wie weit mochte die Fliegengittertür entfernt sein: zwei, drei Meter?

Das Fliegengitter schien sich von Zeit zu Zeit zu bewegen, als wehte in unregelmäßigen, aber kürzer werdenden Abständen ein wenig Luft herein, die aber nicht, wie es für bewegte Luft charakteristisch wäre, Abkühlung brachte oder überhaupt auf der Haut zu spüren war. Als wollte etwas in Koldeweys Zimmer gelangen, aber nicht vollständig in Erscheinung treten, ähnlich aufdringlich wie das technische Geräusch – klick-klick-klick – des gestern eingetroffenen Photoapparates, mit dem zwei der drei Grabungsassistenten nahe der Tür hantierten und versuchten, einen Grabungsfund zu photographieren.

Koldewey wusste, wie der Apparat zu bedienen war. Er wusste, wie man etwas anfasste, das man verachtete, und losließ, was man mochte, und es war nicht seine Aufgabe, ihnen zu zeigen, wie man Letzteres machte.

Er sah wieder aus dem Fenster.

Und zurück zur Tür, deren Fliegengitter sich wohl infolge einer optischen Täuschung aufblähte, in drei Metern Entfernung, vielleicht zwei Meter und – Koldewey kniff ein Auge zusammen – neunzig.

Es war ein gedankliches Stöhnen, das ihm fast die Lippen passierte angesichts der Vorstellung, jetzt jemanden unterweisen zu müssen. Koldewey hörte in sich hinein, wie er keinen einzigen für ihn typischen Satz herausbrächte. Wie er nicht lachen könnte und sie deshalb seinen Raabe'schen Humor nicht erkennten, mit dem er gemeinhin Zustände wie diesen unter Kontrolle brachte, und dann ein Telegramm an den Bagdader Konsul aufsetzten, damit dieser Dr. Härle informierte. Es zumindest aufzusetzen versuchten, und wie er, Koldewey, wieder nicht lachen könnte, während er sich die Telegraphenlinie vorstellte, von der die Araber in regelmäßigen Abständen die Porzellanisolatoren herunterschossen, was der türkischen Verwaltung viele Sorgen bereitete, aber die Überlebensrate der Steinadler, die oben auf den Masten saßen, massiv erhöht hatte. Wie sie ihm dann abdominale Umschläge machen wollten, und er es zuließe, da seine Haut sich unter der Kühle zusammenzöge und er sich endlich einbilden könnte, es wehte doch ein wenig Luft herein, wenngleich seine Vorstellungskraft nicht ausreichte, die Bewegungen des Fliegengitters auf die taktile Wirkung eines Windzugs zurückzuführen.

Koldewey sah nach draußen. Schwimmende Schwemmböden. Alluviale Ruhe. Die Vögel jetzt am Wasser. In Lehm pickend, der aus Sand bestand, Schluff und Ton.

Und wieder zur Tür: Zwei Meter fünfundneunzig? Siebenundneunzig? Fünfundneunzig.

Er atmete laut in sich hinein, aber nicht so laut, dass es zu hören war. Es reichte, dass man ihn sah: einen etwas ekstatischer als sonst seine Pfeife rauchenden Grabungsleiter, der halb liegend, halb an eine Wand gelehnt so aussah, als läse er ein Buch, und nicht, als blickte er fast ununterbrochen aus dem Ausguckfenster seiner Bettnische, einer Liegestatt, deren Konstruktion nach seinen Wünschen detailliert ausgeführt worden war. Aus Koldeweys Zimmer hatte man eine im ganzen Haus einmalige Sicht, den palmengesäumten Fluss hinauf bis zu den nördlichsten Ausläufern des Grabungsareals. Darauf hätte Koldewey seine Aufmerksamkeit theoretisch eine ganze Pfeife lang richten können, wäre er nicht, von den Geräuschen des Photoapparates abgelenkt, gezwungen gewesen, hin und wieder wegzusehen von Fluss und Lauf und innerhalb der vierzig Minuten, die er für eine Pfeife benötigte, automatisch, wann immer ein Geräusch zu hören war, seinen Kopf vom Fenster zur Tür zu drehen.

Geschätzte zwei siebenundneunzig. Warum nicht.

Darum nicht. Als könnte man Distanzen allein mit den Augen erfassen. Jeder Archäologe, der auch Architekt war, würde jetzt aufstehen, die rechte Hand auf den Bauch legen und die Strecke ablaufen. Schritt für Schritt. Von der Liege zur Fliegengittertür. Von der Tür zum Euphrat. An der Stadtmauer entlang, die insgesamt etwa achtzehn Kilometer lang war, aber nicht über achtzig, wie Herodot angab. Auf die Prozessionsstraße und durch das Ischtartor, deren oberste Teile eingestürzt waren und nun in Kisten lagen, während die unteren noch immer meterhoch aufragten. Vorbei an den Wänden mit den Löwen und den Stieren, die jeden Europäer an die Symbole der biblischen Evangelisten erinnern mussten. Bis zum Turm zu Babel und einmal um dessen Fundament, das viereckig war und nicht rund. Das hieß, ein Architekt, der auch Archäologie und Kunstgeschichte studiert hatte, würde das tun. Obwohl in dem, was Koldewey tat, Architektur, Archäologie und Kunstgeschichte untrennbar zusammenwirkten, hatte er doch in den letzten Jahren oft das Gefühl gehabt, sich für ein Fachgebiet entscheiden zu müssen. Ob es Borchardt, der Architekt und Ägyptologe war, ähnlich ging? Dörpfeld hatte ja außer Architektur kein weiteres Fach studiert. Ob es Virchow schon so gegangen war, der als Prähistoriker gearbeitet hatte, aber auch Politiker und eigentlich Mediziner gewesen war? Allein Bell war Gesandte in jeder Hinsicht. Auch sie photographierte, aber meistens an einem vorbei, als hätte man sich nicht gerade vor der Stadt der Städte demonstrativ in Pose gebracht, einem mehrere tausend Jahre alten Mythos, dessen Originalvorlage jetzt nach der Beseitigung von zwanzig Metern Schutt (frühmittelalterlich, sassanidisch, parthisch, seleukidisch) so plötzlich ans Licht, wie sie ins 20. Jahrhundert geraten waren.

Es ging nicht. Die Gelassenheit des Flusses wirkte sich nicht auf Koldeweys Verfassung aus. Koldeweys Verfassung wirkte sich auf den Fluss aus, machte ihn zu einem, der sich nicht gelassen, sondern kraftlos durch seine Umgebung bewegte, seitdem er wusste, dass diese ihm Wasser entzog, einem Fluss, der sich selbst nicht entkam, Jahrhunderte ewig gleichen Schlamms mit sich ziehend, die so harmlos aussehend und untief dahintrieben, dass Boote oft auf Grund liefen, man deswegen von Aleppo nach Babylon lieber die Karawane nahm und ungefähr dreimal so lange unterwegs war wie ein Schiff von Hamburg nach Amerika.

Virchow war zweifellos eher Pathologe als Politiker gewesen, obwohl die Trennlinie, falls es eine gab, einer dynamischen Welle ähnelte und im euphratischen Stil an der einen Biegung Erde abtrug, um sie an der nächsten Biegung wieder aufzutragen. Könnte nicht der Politiker Virchow dem Pathologen Virchow die Augen verbunden haben, als dieser die Gewebeprobe Kaisers Friedrichs III. untersuchte und trotz freundschaftlicher Verbundenheit den Kehlkopfkrebs, an dem jener bald darauf sterben sollte, nicht bestätigen konnte? Archäologie studiert hatte Virchow nicht, aber über die theoretischen Grundlagen hatte er sich ausführlich belesen. Koldewey wiederum hatte alle grundlegenden medizinischen Schriften hinreichend erfasst, wie Härle bei einem seiner letzten Besuche festgestellt hatte. Und auch jetzt wieder feststellen würde, wozu es nicht käme, da Koldewey zwar grundsätzlich nichts dagegen hatte, einen alten Freund wiederzusehen, trotz seines ausgeprägten Diagnosebedürfnisses jedoch unfähig war, sich in die Hände angewandter Medizin zu begeben. Ärzte waren letzten Endes Handwerker, die reparierten, was sie selbst nicht konstruiert hatten.

Man musste die Strecke zur Fliegengittertür nicht gehen, man konnte auch kriechen. Den gewöhnlich aufrecht gehenden Körper, wenn waagerecht positioniert, der Schwerkraft überlassen und die eingesparte Bewegungsarbeit in Redeenergie umsetzen und endlich fragen:

Was macht der Photoapparat? Er übernimmt für Sie die Verantwortung. Was machen Sie? Sie vertrauen einem Gerät, das auf Ihr Kommando ein mechanisches Geräusch von sich gibt. Das ist, als würden wir vom Expeditionshaus aus die Grabung veranstalten und nicht einmal durchs Fenster sehen. Eine wahrhaft philologische Tätigkeit. Sind Sie Philologe, Reuther?

Nein, das würde Koldewey nicht fragen. Auch würde er sie nicht zum hundertsten Male gleichnishaft daran erinnern, wie der letzte oder der vorletzte oder vorvorletzte Philologe, bevor sie sämtliche Philologen der Grabung verwiesen, mit einem Keilschriftzeichen-Lexikon im Arm den Architekten Koldewey gebeten hatte, eine gerade ausgegrabene Mauer einzureißen – möglicherweise seien Gründungsurkunden darin, oder wiederverwendete Tontafeln, deren Übersetzung jede Grabung ersetzen könne. Nicht aus Lehmziegeln und Architektur, hatte der Philologe gesagt, aus Tontafeln und Schriften ergebe sich der Sinn der Mauer, ergebe sich der Sinn der Stadt, des Flussverlaufs, des Orients, der gesamten Menschheit, die sich wie das Licht aus dem Osten in der Wiege des fruchtbaren Halbmondes aufgehend gen Okzident ausgebreitet habe, während alles, was hinter ihr lag, auf der Stelle zu treten begann.

Nichts davon hatte Koldewey vor zu sagen. Denn er hatte nicht die Kraft, einen ganzen Satz oder auch nur ein längeres Wort auszusprechen, und auch nicht das Bedürfnis, eine vorübergehende Inkompetenz öffentlich zur Schau zu stellen. Insbesondere in einer Situation, in der er auf dem Boden hinter der Fliegengittertür kniete, zu der er eben gekrochen war, um beiden den Apparat aus der Hand zu nehmen und dessen Funktionsweise in annähernd systematischer Deutlichkeit zu erklären:

So. So. Und so. Nicht so!

So?

Nein, so!

Sie starrten Koldewey an, der noch eine Weile vor ihnen auf allen vieren blieb in großer Freude über den leichten Wind, der hier draußen wehte, ganz unangemessen wehte, während die beiden derart lange nichts sagten, dass er zu ahnen begann, was sie längst erfolgreich getan haben mussten. Sie hatten an Dr. Härle telegraphiert. Sie hatten zu ahnen begonnen, dass Koldeweys Zustand möglicherweise auf die drei Kannen Limonade zurückzuführen war, von der er am Vormittag bei den jüngsten Grabungsverhandlungen mit den Scheichs nicht umhingekommen war zu trinken, sehr wahrscheinlicher aber die jüngste Folge eines seiner Experimente war. Obwohl es dieses Mal ein recht harmloses gewesen war: Koldewey hatte lediglich alle Öffnungen seines Zimmers abgedichtet und, statt außerhalb des überhitzten Hauses, die Sommernächte drinnen verbracht. Es war der zweite Teil eines Experiments, das im Winter begonnen hatte, als er in Sommerkleidung, weißen Gewandes wie das schneebedeckte Europa zu dieser Jahreszeit, über die Grabung gelaufen war und am Ende des Tages sich nicht in sein Bett, sondern auf das nasskalte Dach zur Ruhe gelegt hatte, bis ihm ein akuter Rheumaschub über das informierte, was er in diesem Experiment herausfinden wollte: wann der Punkt erreicht war, an dem ihn seine Willenskraft verließ und sein Körper das Kommando übernahm.

Klack!

Immerhin war das Bild im Kasten. Das Bild eines Grabungsfundes, von dem nicht klar war, ob es den Grabungsfund zeigte oder die temporäre Begrenztheit des Photographen. Wenigstens glaubten an diesem Nachmittag zwei Leute, dass sie wissenschaftlich gearbeitet, indem sie etwas abgelichtet hatten, wenngleich sie nur die Eigenschaften, die das technische Gerät besaß, projiziert hatten.

Koldewey stöhnte jetzt, wie man stöhnte, wenn man krank war, und zwar – da Härle vermutlich bereits auf dem Weg war – in unerbittlicher Übertreibung seiner Enttäuschung, und stöhnte, als er sich zurück auf seine Liege zog, nach einer abgekrochenen Strecke von zwei Meter neunundsiebzig nur, eine Enttäuschung, die ihn mental erfrischte wie ein türkischer Kaffee, bevor sich das vertraute Gefühl einstellte, nach einem kurzen Irrweg wieder in das Territorium gesicherten Wissens zurückgekehrt zu sein.

Der Fluss hatte nie etwas anderes sein können als ein Fluss, der hin und wieder seinen Lauf änderte.

Aber Kowairesch hätte eine Sprache sein können oder ein Dialekt, wäre es nicht der Name des Dorfes gewesen, das sich im alten Bett des Euphrats von Süden her kommend an das Grabungshaus legte, jeden Tag in seiner freundlich gesinnten Art auf es zubewegte mit dem Ziel, Gastfreundschaft und Grabungsarbeiter auszutauschen, dessen Scheichs zusammen mit den Scheichs der in der Nähe liegenden Dörfer (Dschumdschuma, Sindschar und Ananeh) anreisten, und sie dann in dem für diese Art von Besuch eingerichteten Mudîf des Grabungshauses mehrere Stunden den Gastgebern gegenübersaßen, genau wie sie ihnen am Vormittag gegenübergesessen hatten, in einer bestimmten Abfolge Kaffee getrunken und geraucht und Limonade und wieder Kaffee getrunken hatten, bevor unter dem Palmblattdach den dort versammelten Spatzen vom Rauch der Schnabel nicht mehr zugegangen war und man angefangen hatte, über den Grund des Besuches zu parlieren.

Kowairesch hätte eine Sprache sein können.

Gastgeber zu sein hieß, sich in ein Gewand zu hüllen, dessen Sitzfestigkeit von der Kette einer Uhr abzuhängen schien, die sich unsichtbar, aber abzeichnend in der linken Brusttasche befand, kleine rhythmische Bewegungen an ihren Besitzer abgebend, als ginge dieser auch während der statischen Tätigkeit des Sitzens mit dem Messstab, nach vorgegebenem Takt, was auch immer messend, zählend auf und ab. Dabei aus einigem Abstand zum Sitznachbarn blickend: Reuther, der mit der Kamera hantierte, Buddensieg (was machte Buddensieg hier?), Wetzel, kurzer Blick zur Tür, mochte alle Ungeduld hinausgehen oder kein weiterer Gast hereinkommen, Blick zum Dach: die Spatzen atmeten noch.

Kowairesch war raumgewordene Sprache, wo Wüste kein akzeptabler Name für eine Landschaft war, mesopotamisches Flachland, dessen gebirgige Oberflächengestalt vom Persischen Golf bis zu den Ausläufern des Taurusgebirges aus Tells bestand, künstlich erzeugten Hügeln, übereinandergeschichteten Fundamenten, in Babylon die Bauten Nebukadnezars über den Bauten seines Vaters Nabopolassar und dessen Großvaters, eines Nachfahren König Hammurabis, dessen archetypische Gesetzesparagraphen aus dem 18. Jahrhundert v. Chr. im ganzen Orient, aber offenbar nicht in Babylon zu finden waren. Die Franzosen hatten sie im elamischen Susa auf einer Stele entdeckt und im Louvre ausgestellt. Die Engländer hatten sie auf Tontafeln entdeckt, in Ninive, der Hauptstadt des assyrischen Herrschers Assurbanipal, der in Babylon, bevor er die Stadt 648 v. Chr. zerstörte, Gesetzestexte und andere babylonischen Tontafeln hatte abschreiben lassen, um sich aus den Abschriften eine eigene Bibliothek zu erstellen. Die Bibliothek bestand aus Briefen aus Babylon, Verträgen aus Babylon, Urkunden aus Babylon, Verwaltungstexten aus Babylon, babylonischen Königslisten, Liedern, Gebeten, Ritualanweisungen, medizinischen, astronomischen und literarischen Texten, die Nebukadnezars

Vater Nabopolassar offenbar aus Respekt vor seiner eigenen Kultur nicht zerstört hatte, als er sich an Ninive revanchierte, weswegen die Dokumente nun als Zeugnisse der Wiege der Zivilisation Besucherscharen ins Britische Museum zogen, während die Deutsche Orientgesellschaft, die unter wilhelminischer Ägide die deutschen Ausgrabungen in Babylon organisiert hatte, statt einer handfesten Bibliothek allenfalls Photos von freigelegten Bücherregalen besaß.

Koldewey hätte am Vormittag die Grabungsverhandlungen ausfallen lassen sollen.

Der Fluss hatte nie etwas anderes sein können als ein Fluss, der hin und wieder seinen Lauf änderte. Grabungsverhandlungen waren keine Grabungsverhandlungen, wenn sie nicht immer gleich verliefen. Wenn sie nicht in einer Sitzung gipfelten, die umgekehrt zu einer deutschen Sitzung verlief, was Frequenz und Zeitpunkt des Gesagten betraf, gleichwohl nicht weniger anstrengend war.

Koldewey hätte nicht auf diese Sitzung gehen, hätte am Morgen überhaupt nicht aufstehen und gleich liegenbleiben sollen, um aus dem Fenster zu sehen, während er so tat, als studierte er Liebermeisters *Grundriss der inneren Medizin*.

Stattdessen war er um sechs Uhr aufgestanden, um minimal zu frühstücken und vor den Verhandlungen noch Besuch aus Deutschland über die Grabung zu führen, da später die Bewegungsfreiheit für einige Stunden eingeschränkt sein würde und er gestern, als er die Führung angesetzt hatte, noch nicht das Bedürfnis gehabt hatte, sich so wenig wie möglich zu bewegen. Koldewey hatte den Besucher, einen Studenten der Mathematik, der zum Erstaunen aller aus Leipzig mit dem Fahrrad angereist war, auf direktem Weg zu den Ufern des Euphrats geführt, um ihn in Androhung der Temperaturen, die zurzeit schon morgens über der Stadt lägen und nicht durch Fahren eines Fahrrads in

Hoffnung auf Fahrtwind missachtet werden könnten, gleich davon abzubringen, die Informationen zu überprüfen, die ihm zu Hause in öffentlichen Vorträgen des Philologen Friedrich Delitzsch zu Ohren gekommen waren. Die geflügelten Wesen der assyrischen Reliefs, hatte der Mathematikstudent gesagt, geflügelte Gestalten, von denen die assyrischen Könige ihre Paläste hatten bewachen lassen, sähen sie nicht genauso aus wie die goldenen Cherubim, die, wie das Alte Testament beschrieb, ihre Flügel über der Bundeslade ausgebreitet hatten? Dass die Heilige Schrift weder aus sagenhaften Geschichten bestehe, so habe der Philologe Delitzsch in seinen Vorträgen behauptet, noch das Wort Gottes sei. Dass diese Geschichten schon einmal in genau derselben Weise erzählt, habe der Philologe Delitzsch gesagt, Jahrhunderte vor Entstehung des Christentums von anderen Göttern offenbart worden oder tatsächlich sogar geschehen seien. Dass, bevor die biblische Schöpfungsgeschichte verschriftlicht wurde, die Mesopotamier schon fast zwei Jahrtausende geglaubt hätten, die Menschheit habe in einer fernen Urzeit den Zorn Gottes auf sich gezogen und sei daraufhin durch eine Sintflut bestraft worden. Und dass, so Professor Delitzsch, es nicht Noah gewesen sei, der sich auf eine Arche habe retten können, sondern Utnapischtim. Oder Ziusudra oder Atrahasis, wie Utnapischtim in anderen Sprachen geheißen habe. Mein Gott, wie viele Sprachen es damals schon gegeben habe, lange vor Erbauung des Turms. Die Tafeln, auf denen diese Geschichten geschrieben standen, wolle er gern sehen, oder zumindest ihre Fundorte. Oder wenigstens, wenn das nicht ginge, auf der Erde dieses Erdteils, auf deren lehmhaltiger Substanz wandeln, die dieses Wissen hervorgebracht habe und just hier in der Sonne liegend habe austrocknen und ewig werden lassen:

Das Rad erfunden. Quadratzahlen gekannt und Wurzeln gezogen. Die Mondbahn berechnet. Den Satz des Pythagoras angewandt, ohne den Satz des Pythagoras gekannt zu haben, und zugleich als gewissermaßen nach- und vorsintflutliche Kultur an solch abwegige Dinge wie Wahrsagerei geglaubt. Daran geglaubt, mit magischen Mitteln die Zukunft deuten und beeinflussen zu können.

Koldewey hatte, nachdem der Radfahrer wie die meisten Touristen an einem Ort bereits zu viel von dem gesehen hatte, was er nicht vor Ort in Erfahrung gebracht hatte, den Ort selbst sprechen lassen und spontan den Euphrat hinuntergezeigt, als habe er soeben eine verloren geglaubte Orientierung wiedergewonnen, nicht minder erstaunt über das Arrangement von Sinneseindrücken, das wahrzunehmen er in aller Herrgottsfrühe abseits der Ruine fähig war. Das sei er also, hatte Koldewey gesagt oder vielleicht auch nur gedacht, der Süden aus Sicht des Nordens, alluviale Schwemmböden inmitten eines Gebirges aus Staub, dennoch ein paar und für Wüstenverhältnisse gar nicht so wenige Vögel am Ufer, getrockneter Schlamm, Lehm zum Häuserbauen, um darin zu leben. Koldewey hatte sich zu ihm gedreht, als erwartete er auch von seinem Gesprächspartner, sich dringend thematisch umzuorientieren oder sich zumindest daran zu erinnern, dass ihm im Gegensatz zu Koldewey das Frühstück am Morgen geschmeckt hatte. Er hätte sich ja nicht auf die übermäßige Zahl der Vögel beziehen müssen oder die Bedeutung der Sedimente unter ihren Füßen, die der Fluss am Ufer abgesetzt hatte und die Koldeweys Aufmerksamkeit zu einem gewissen Grad noch immer beanspruchten. Lehm, der sich durch das Wasser bewegte, indem er sich drehte. Wissen, das sich durch den Kopf bewegte, indem es sich drehte. Mit magischen Mitteln, dachte Koldewey. Mit magischen Mitteln die Zukunft beeinflussen zu können? War die babylonische Idee der Divination, die Vorstellung, die Zukunft weissagen zu können, nicht etwas, was auch ihre Gesellschaft lenkte in ihrer wissenschaftlichen Vorstellung, die gesamte Welt basiere auf bestimmten Gesetzmäßigkeiten, die man nur erkennen müsse, um schließlich ebenjene Welt mithilfe ebenjener Gesetzmäßigkeiten deuten und steuern zu können? Aber Koldewey hatte nicht den notwendigen Ehrgeiz aufgebracht, einen vorgeblich harmlosen Satz aufzusetzen, wie er es bei Delitzsch zu tun pflegte, um anschließend dessen Gegenargument abzuwarten und dieses nach einer künstlichen Pause vorgetäuschten Unterlegenseins zu entkräften. Er hatte lieber die Frage gestellt, die er immer an diesem Ort stellte. Wegen dieser Frage ließ er die Touristenführungen zwischen Ruinen und Flusslauf enden, wenn er sie nicht wie in diesem Fall gleich hier begann – im Palmenhain, der im Norden den Zugang zum Grabungshaus bildete, an der schönsten und zugleich unausweichlichsten Stelle im Umkreis von mehreren Kilometern, wo sehr weit oben in den Bäumen gerade die Datteln zu reifen begonnen hatten, wo zwischen den Palmenstämmen die Beine der Schafe und zwischen den Beinen der Schafe die Beine der Kinder hin- und hertrabten und wo die Kinder mit ihren Hirtenstäben die europäischen Gäste empfingen, die gewöhnlich aus dieser Richtung kamen. Durch den Palmenhain geleiteten sie diese zum Expeditionshaus, wenn sie nicht, wie Gertrude Bell gewöhnlich, schon einen ersten Ausflug über die Grabungshügel machten, um den berühmten Vorgängerort des Dorfes Kowairesch zu photographieren und nicht Kowairesch, das nicht ganz unbeteiligt eine fremde Stadt aus gleicher Bausubstanz neben sich auferstehen sah, mit Hinterlassenschaften von Menschen, die den Einwohnern von Kowairesch wie die von Eltern und Großeltern vorkamen, deren Sprache sie nicht mehr verstanden. Für die Einwohner von Kowairesch hatte Kowairesch eine neue Bedeutung angenommen. Es bedeutete jetzt, eine uralte Stadt inklusive besten Baumaterials auszugraben, aber neben sich stehen zu lassen mit dem unbegreiflichen Gefühl, etwas seit der Kindheit grundlegend missverstanden zu haben an der Vergangenheit in ihrer Funktion als Schutthügel und an Schutthügeln in ihrer Funktion als Steinbruch. Koldewey hatte schon Ziegelräuber eigenhändig aus den Ruinen hinausgeworfen, später mitgenommen und angeworben, als Wächter, als Arbeiter – zweihundert Leute, die morgens bis abends hügelauf und hügelab liefen, die Gräben aushoben, die vierundzwanzig Stunden Wache hielten oder mit Erde beladene Körbe von Stufe zu Stufe trugen, hinauf zur Feldbahn; die halfen, die künstlichen Hügel bis zu zwanzig Meter tief abzutragen und woanders wieder abzuladen. Arbeiter, deren Zahl und Bezahlung neuer Unterredung bedurfte, gleich nachdem Koldewey den Radfahrer herumgeführt hatte, der zigsten Unterredung in Monaten, in der erst, wenn ihnen aus dem Dach des Mudîf die Spatzen entgegenfielen, darüber verhandelt würde, wie viele Arbeiter ein Scheich auf die Grabung schicken durfte und wie viele ein anderer Scheich zurückziehen musste, weil er diesem und jenem gegenüber aus irgendeinem Grund verpflichtet war. Grabungsverhandlungen waren keine Grabungsverhandlungen, wenn sie nicht immer gleich verliefen.

Also, hatte Koldewey zu dem Radfahrer gesagt, um die Führung vorzeitig zu beenden, um zum Haus zurückkehren und dort die Sitzung mit den Scheichs vorbereiten zu können, aber zunächst um die Frage einzuleiten, die er seit 1899 jedem europäischen Gast am linksseitigen Ufer des Flusses, in diesem sechshundert Meter breiten Streifen aus Palmen, kleinen Gärten und Feldern gestellt hatte: Wie wolle er hier begraben werden? Und der Leipziger Gast hatte in der unwissentlichen Befolgung eines mittlerweile vierzehn Jahre alten Gesetzes in einer Mischung aus Unsicherheit und Belustigung zu ihm aufgesehen. Auf dem islamischen Friedhof dürfe sich kein Ungläubiger zu Grabe tragen lassen, hatte Koldewey gesagt. In der Wüste kämen Schakale und Hyänen und fräßen einen auf, im Euphrat werde man weggeschwemmt. Also?

Koldewey wollte sich für den Fall der Fälle auf der Nordseite des Palastes Nebukadnezars in einer elf Meter starken Wand einbetonieren lassen. Eine Idee, deren praktische Umsetzung er sich auf der Sitzung, unmittelbar als diese begonnen hatte, erstmals wirklich vorgestellt hatte. Denn umgesetzt werden müsste sie, so hatte Koldewey gedacht, wenn er Mudîf und Grabungsverhandlungen nicht gleich wieder verließe und sich für unbestimmte Zeit auf sein Zimmer zurückzöge, wenngleich er so die Verhandlungen auf unbestimmte Zeit in die Zukunft verlegte. Er hatte zu Reuther gesehen, der die Kamera hin und her drehte, während Bedri Bey, der türkische Kommissar aus Konstantinopel, der die Grabung überwachte, unbewegt in einer Ecke des Raumes gestanden hatte, als würde jeden Moment jemand eine Aufnahme von ihm machen. Als Koldewey nach der inzwischen fast täglich stattfindenden Touristenführung vom Fluss heraufgekommen war, ohne Begleitung, die er versunken in Gedanken über potentielle Begräbnisstätten am Euphratufer stehengelassen hatte, war Bedri Bey gerade dabei gewesen, sich eilig von seinem kleinen Garten zu entfernen, den er im Hof des Grabungshauses angelegt hatte und mit dem er, wenn sich einheimischer Besuch ansagte, nicht in Verbindung gebracht werden wollte, mit Rosenhecken, Gurkenpflanzen und Rettichen. Bedri Bey versuchte zu verbergen, dass er während der Überwachung der Grabung seine Zeit nicht damit verbrachte, die Grabung zu überwachen. Koldewey versuchte zu verbergen, was er davon hielt, dass Reuther während der Sitzung die Zeit dazu nutzte, die vor kurzem doch erst erfundene, aber von den technischen Möglichkeiten eines Rollfilms schon wieder überholte und in der Handhabung dem jüngsten Assistenten schon nicht mehr geläufige Trockenplattenkamera anzusehen und hin und her zu drehen, als habe er sie gerade aus einer der unzähligen Vergangenheiten vor Ort ausgegraben. Reuther wusste, wie man das beste Omelett zubereitete (mit Champignons und Kresse), er beherrschte die Kunst des Gurkeneinlegens (nicht einkochen, nur mit kochendem Wasser übergießen) und er beherrschte die Kunst, sich nur auf Dinge einzulassen, die direkt oder indirekt damit zu tun hatten. Etwa auf das moderne arabische Wohnhaus, worüber er seine Doktorarbeit geschrieben hatte, das arabische Wohnhaus mit seinem funktionierenden Herd, und eben nicht das antike babylonische mit seiner verfallenen Küche. Der manchmal noch vorhandene Ofen, auf dem man sich mit überdurchschnittlicher Phantasie eine Omelett-Pfanne hätte vorstellen können, bestand aus einem Ziegelsteinhäufchen, mit dem nichts anzufangen war, das man nur photographisch aufnahm, um es und seine Insuffizienz, versehen mit einer Nummer, in eine Kiste legen zu können. Das war wohl auch die Kiste, in die der insuffiziente Apparat gehörte. Koldewey hatte Reuther angesehen. Reuther hatte Koldewey angesehen. Und langsam hatte Reuther angefangen zu begreifen, dass er die Sitzungsdauer nicht verkürzte, indem er versuchte, die Kamera zu verstehen, sondern die Sitzung nicht enden beziehungsweise so lange nicht beginnen würde, bis der Grabungsassistent die Kamera verstanden hatte, da jeder anwesende Scheich mittlerweile davon ausgegangen war, warten zu müssen, bis Reuther den Apparat so weit vorbereitet hatte, dass er von allen ein Bild machen konnte.

Und das Bilderverbot? Für Reuther schien es jetzt nicht mehr darauf anzukommen, den Mund zu halten, nachdem er selbst mit der Festlegung einer neuen Verhaltensregel anscheinend eine alte aufgehoben hatte.

Koldewey hatte inwendig den Kopf geschüttelt, sich Limonade nachgeschenkt und Reuther die Kanne hingehalten, der sie Buddensieg gab, der sie Wetzel weiterreichte. Dass er nach sieben Jahren, die er nun hier sei, noch immer nicht begriffen habe, dass Muslime nichts lieber täten, als photographiert zu werden: Je muslimischer, desto lieber! Aus religiöser Sicht gebe es absolut nichts einzuwenden gegen das Photo, das ja lediglich eine Reproduktion einer Repräsentation sei. Das Abbild eines Spiegels stamme ja auch nicht von Menschenhand, es stamme von einem Gegenstand. Das Photo war kein Abdruck der Natur, wie Daguerre es genannt hatte, und auch kein Abdruck der individuellen Schöpfungen Gottes, auf die sich das Bilderverbot gern erstreckte. Das Photo war das sich stets und nicht zum Besten weiterentwickelnde Ergebnis eines aufeinander reagierenden Gemischs organischer, mineralischer und metallischer Substanzen, die Folge eines chemischen Ablaufs: reflektierende Silberteilchen, die das Licht einfingen, bis es auf der Gelatineschicht des Glasnegativs klebenblieb. Das war die Trägersubstanz der Photoplatten der Plattenkamera, die im Gegensatz zur Zelluloidschicht moderner Rollfilme moderner Rollfilmkameras hitzeverträglich war und nicht drohte, im unpassendsten Moment in Flammen aufzugehen. Weil die Deutsche Orientgesellschaft in Berlin es auch in den Sommermonaten nicht ohne Tontafelphotos aushielt, deren Philologen etwas zu übersetzen haben wollten und Lexika schreiben und Vorträge halten, hatten sie in Babylon die Plattenkamera wieder eingeführt, wenngleich Delitzsch stets ein halbes Jahr im Verzug war und die Übersetzungen der für einen Grabungsabschnitt wichtigen Tafeln erst nach Babylon schickte, wenn die Grabung in einen anderen Abschnitt vorgerückt war. Das Photo war kein Abdruck der Natur und es war auch kein Abdruck des Lichts, es war ein Abdruck mittels Lichts, das göttlichen Ursprungs war, und die Photographie in diesem Sinne eine Erfindung Gottes. Brauchten nicht beide, die Photographie wie die Epiphanie, einen besonderen Träger, um Erscheinungen empfangen und aufnehmen zu können? Erscheinungen, die niemals das Wesen des Photographierten zeigten, gar dessen Essenz. Das machte Photoapparate zu einem äußerst platonischen Kommunikationsmittel und den Photographen zu einem, der offenen Auges leidenschaftlich blind ist in seinem Ehrgeiz, Ort und Zeit festhalten zu wollen, und belohnt wird durch viele kleine, maßlos augenfällige, aber in ihrer Begreiflichkeit ganz unwahrscheinliche Ausschnitte. In ihrer Halbherzigkeit behandelte die Photographie jegliche Bildinhalte gleich, sagte in fast steinerner Ernsthaftigkeit aus, dass diese noch so verschwommene und unterschiedlich genährte Gruppe kleiner Kinder am Ufer des Euphrats, die Koldewey von seinem Fenster aus einmal heimlich photographiert hatte, ihre nackten Füße im Sand tatsächlich da waren und irgendwann, vielleicht schon morgen, nicht mehr da sein würden. Das Photo hielt nicht das Photographierte fest, es hielt die Zeit fest und prophezeite zugleich deren Vergehen. Umso mehr traf Koldewey diese Prophezeiung, wenn er auf einem Photo eine Person erblickte, die bereits gestorben war, aber nach den Gesetzen der Photographie das Sterben noch vor sich hatte. Er erschauerte dann – vor einer Katastrophe, die bereits stattgefunden hatte. Sich einer Katastrophe zu nähern, ohne sich überhaupt zu bewegen. Die Photographie hatte den unwiederbringlich vergangenen und in seiner Unwiederbringlichkeit für immer festgehaltenen Augenblick erfunden. Das Photographieren kultivierte eine furchtbar evidente Geschichtsschreibung, die den poetischen Trost des Geschriebenen nicht kannte, des Liedes, des Gedichts, ja sogar den Trost, den ein altbabylonischer Gesetzesparagraph haben konnte, die allen mythischen Ballast abgeworfen hatte und im eigentlich wohlgesinnten Blick des Betrachters eine besinnungslose Bestürzung auslöste, nicht vor der eigenen

Sterblichkeit, sondern vor dem, was schon bald nicht mehr sein würde, dem Leben.

Koldewey wusste nicht, wann er aufgehört hatte, den algerischen Gelehrten Abd el Kader, und angefangen, sich selbst zu zitieren, um schließlich dessen und seine Ansichten auf unkenntliche Weise zu vermengen, bevor er angedeutet hatte, sich nun auf sein Zimmer zu bewegen. Er hatte auf die schweren technischen Probleme verwiesen, die eine Photographie zum jetzigen Zeitpunkt leider unmöglich machten, und gewusst, dass dieser Verweis noch etwas anderes ermöglichte, etwas, das Koldewey nicht beabsichtigt hatte und vermutlich nie würde rückgängig machen können: dass in Zukunft jede Zusammenkunft mit einem Gruppenbild begann.

**NICHT BEWEGEN**. So lautete die Anweisung bei Appendizitis in Liebermeisters *Grundriss der inneren Medizin*.

Koldewey bewegte sich nicht. Er hatte sich, nachdem er die Strecke zur Fliegengittertür vermessen hatte, auf seine Liege zurückgezogen, um wieder den Fluss zu beobachten, nicht um nachzudenken, über Reliefziegel, 20 000 nummerierte und 100 000 unnummerierte Fragmente in 500 Kisten.

Koldewey hatte nicht vor, das Buch über das Inhaltsverzeichnis hinaus aufzuschlagen, wo Liebermeister ausführlich zu beschreiben anfing, was eine Appendizitis bedeutete und wie mit ihr umzugehen war. Koldewey fand durchaus, dass es sinnvoll sei, Dinge in eine andere Form zu übertragen, damit sie verschwinden. Er fand nicht, dass es sinnvoll sei, Dinge in schriftlicher Form sehen zu müssen, bevor sie verschwinden, überhaupt Dinge zu verschriftlichen.

Koldewey hatte nicht vor, Seite 246 bis Seite 249 aufzuschlagen, Perityphlitis, Perforation des Wurmfortsatzes: Paratyphlitis, Typhlitis, Hydrops processus vermiformis.

Koldewey hatte die Briefe der vergangenen Wochen und Monate, Briefe aus Berlin, Briefe aus Bagdad, Briefe aus Konstantinopel, Briefe aus Milet, Briefe aus Assur und Briefe aus Uruk, auf einen Stapel gelegt, der sich weit außerhalb seines Blickfeldes befand.

Nicht bewegen, würde Liebermeister schreiben, keine Vergrößerung, keine Verschlimmerung provozieren, auch innerlich nichts bewegen, nichts essen, wenig trinken, auf keinen Fall Öl, um auf keinen Fall einen Durchbruch zu provozieren, einen Durchbruch in die Inguinalgegend, in die Blase, in das retrocöcale Bindegewebe, bei unvollständiger Ausheilung könne ein Tumor zurückbleiben, eine chronische Entzündung, die zu Metastasen in der Leber führen könne, tödlichem Ausgang.

Koldewey musste seinen Kopf sehr weit herumdrehen, um den Stapel Briefe sehen zu können. Er befand sich auf dem Tisch, aufgestapelt zu einem Turm, der sich gegen die Wand lehnte, an die der Tisch gerückt war, damit das, was aufgestapelt war, nicht umfiel. Der Tisch war wie Stuhl, Bett, Kommode, Waschgestell und Türen des Kleiderschranks in Kowairesch gezimmert worden, aus dem Holz der Euphratpappel, die am Oberlauf des Flusses wuchs. Unter dem einheimischen Mobiliar lag ein persischer Seidenteppich. Der Teppich lag auf einem Fußboden aus gebrannten Ziegeln, die an der Seite das Signum Nebukadnezars trugen. Die Herstellung moderner Ziegel unterschied sich nicht von der Herstellung altbabylonischer Ziegel, war aber aufwendiger, als alte Ziegel wiederzuverwenden.

Liebermeisters Behandlung unterschied sich zunächst nicht von der orientalischen Behandlung einer Krankheit: Er gab ihr einen Namen. Dann jedoch entfernten sich beide Verfahren mit zunehmender Geschwindigkeit in entgegengesetzte Richtungen. Während Liebermeister eine Szenerie entwarf, in der Allerlei passieren konnte, konzentrierte sich der orientalische Arzt auf das, was passiert war. Was hatte man falsch gemacht? Das fragte Liebermeister nicht. Er fragte: Was könnte man falsch machen? Krankheit war für Liebermeister ein Problem der Zukunft, kein Problem der Vergangenheit. Gleichwohl verband er das lose Gefühl eines Schmerzes, das alles Mögliche bedeuten konnte, wahrscheinlich aus eben diesem Grund mit einer schriftlich fixierten Unheilsgeschichte der Blinddarmentzündung, in all ihren unwahrscheinlichen, aber definierbaren Varianten seltener Komplikationen. Obwohl Liebermeister die gegenteilige Wirkung erzielen wollte, vergrößerte er den Schmerz, indem er ihn aus der maßlosen Welt des Glaubens, in der man ihn an allem Möglichen festmachen konnte, in die vermessende Welt der Medizin übertrug, die nicht glauben konnte, dass man gesundete, ohne vorher aufgeklärt zu werden. Aufgeklärt über Dinge, die man sich vorher nie vorgestellt hätte, weil man sie sich nicht vorstellen konnte, und die man jetzt vorgestellt bekam. Dinge, die die Sprache, anders als die Krankheit es in ihren Symptomen tat, nicht vorübergehend vergegenwärtigte, sondern auf Dauer konservierte, indem sie sie verschriftlichte. Diese Schrift band ein loses Gefühl so lange in Kategorien und Unterkategorien und Unterunterkategorien ein, bis eine auf 26 an sich bedeutungslose Zeichen geschrumpfte Sprache fähig war, es ausgerechnet als Bild einer Krankheit für alle gut lesbar wiederzugeben. Weshalb schrieb Liebermeister nicht: Nehmen Sie eine Zwiebel und häuten Sie diese. Weshalb schrieb er nicht: Fangen Sie an, Bedeutung abzubauen, statt aufzubauen.

Koldewey versuchte gedanklich zu formulieren, was sich wie und weshalb verkehrt hatte. Im Orient übertrug man die Krankheit auf einen Gegenstand und ließ diesen verschwinden. Im Okzident übertrug man die Krankheit in ein Buch, das man nicht verschwinden ließ, das man im Gegenteil so lange offen hielt, bis die Krankheit verschwunden war. Das hieß in den meisten Fällen: durch Herausschneiden entfernt worden war. Perityphlitis, Perforation des Wurmfortsatzes: Paratyphlitis, Typhlitis, Hydrops processus vermiformis. Die wissenschaftliche Poesie magischer Vorgänge. Koldewey sah nach draußen. Einmalig und anhaltend war die Sicht über Fluss und Lauf während der vierzig Minuten, die er von Pfeife zu Pfeife benötigte und in denen er nicht mehr bei jedem Geräusch seinen Kopf automatisch vom Fenster zur Tür drehte. Reuther und Wetzel waren auf dem Weg ins Freie und hatten die Plattenkamera, die eigentlich Magazinkamera hieß, nach ihrem Magazin, in das die Glasplattennegative einzeln einzusetzen waren, gegen eine mit Rollkassette und Rollfilm eingetauscht. Das war eine Kodak 3 A oder 4, für die es neuerdings einen Adapter für Photoplatten zu kaufen gab. Dieser ließ sich zwar leichter bedienen als eine ganze Plattenkamera, war aber auch teurer und leider wiederholt auf dem Weg nach Babylon abhanden gekommen. Statt jeder für sich mit einem Pinsel dieselbe Umgebung unterschiedlich auf Papier zu streichen, belichteten sie diese nun in ihrem eigenen Licht, wieder und wieder und wieder. Bei leichter Bewölkung durfte die Blende nur wenig geöffnet sein, entsprechend hoch war die Blendenzahl (24), entsprechend kurz die Belichtungszeit von 1/15 Sekunde, oder länger, wenn sie in den Schatten photographierten. Es ging darum, die Intensivität des Lichts zu manipulieren, um ein- und dieselbe Bildqualität zu produzieren, nicht zu hell, nicht zu dunkel. Es ging darum, eine Normalität zu erzeugen, deren artenreiche Einstellungen im Verborgenen existierten. Wieder und wieder und wieder. Was in anderer Funktion half, Naturgesetze zu beweisen oder Krankheitsbilder zu definieren, dem schien hier nicht derselbe Wert beigemessen zu werden. 24, 1/15: Das waren die Einstellungen, mit denen Reuther und Wetzel sich aus dem Umkreis seines Zimmers wegbewegt und Koldewey allein gelassen hatten, nachdem er die Strecke über zwei Meter neunundsiebzig vermessen und sich enttäuscht auf seine Liege zurückgezogen hatte, enttäuscht und erleichtert zugleich, dass er sie, ohne sie abzulaufen, immer nur schätzen konnte, dass sie ihm die Unfähigkeit des visuellen Sinns, andere Sinnesorgane ersetzen zu können, buchstäblich vor Augen geführt hatte. Diese Unfähigkeit disqualifizierte sie aber nicht, sie ließ sich zelebrieren und perfektionieren, sie war nicht das Kommunikationsmittel der vorsokratischen Redner, der Dichter und Denker, sie war das geheime Zuhause der aristotelischen Logik, sie war ein Werkzeug der Schreibtischgelehrten, der Keilschriftforscher und Philologen, sie war das Kommunikationsmittel der Briefeschreiber, machte sie misstrauisch, ungläubig und übermäßig wachsam.

Aus den Berliner Briefen, die zusammen mit anderen Briefen auf dem Euphratpappelholztisch lagen, hatte Koldewey eine simple Formel abgeleitet, die veranschaulichte, auf welcher Grundlage man sich einer distanzierten Umgebung schriftlich zu nähern hatte. Die Ungleichung: Berlin ≠ Babylon. Je weiter entfernt der Ort lag, den man über eine Briefkorrespondenz erreichen wollte, desto mehr musste man, um dorthin zu gelangen, sich von seiner lokalen Art zu denken und zu handeln entfernen, wollte man nicht, am Ziel angekommen, denselben Ort vorfinden. Berlin ≠ Babylon. Koldewey hatte den Überblick verloren, wie viele Kommissionen es mittlerweile in Berlin gab, deren Mitglieder sich mit der babylonischen Expedition beschäftigten. Allein drei waren damit beschäftigt, Koldewey zu bewegen, seine bisherigen Grabungsergebnisse zu veröffentlichen oder veröffentlichen zu lassen. Es gab die Orientalische Kommission der Preußischen Akademie der Wissenschaften, die eine Anzahl fester Stellen schaffen sollte für die Bearbeitung der Funde, für die Schaffung von Wissen über Dinge, die sich als Fundtrophäen nicht mehr so unkompliziert wegbewegen ließen aus einem Staat, der sie selbst als Fundtrophäen entdeckt hatte. Wissenschaftliche Erkenntnis war die in der Not entdeckte Tugend, Macht auch gegenstandslos ausüben zu können, um kurz darauf im wissenschaftlichen Thema einen neuen Gegenstand zu finden. Es gab eine Unterkommission, die sich über mögliche und notwendige Veröffentlichungen mit Koldewey verständigen sollte, und einen wissenschaftlichen Beirat, der dem Arbeitsausschuss der Deutschen Orientgesellschaft nur deshalb unterstellt war, da dieser sich statutenmäßig nicht in weitere Unterausschüsse aufteilen durfte. Sämtliche Kommissionen bestanden aus nahezu denselben Mitgliedern, die monatlich eine

Anzahl festgelegter Sitzungen absolvierten, die Mitgliederversammlung der Deutschen Orientgesellschaft, deren Sitzungen des Arbeitsausschusses, die Sitzungen des Publikationsausschusses, die Sitzungen der Akademie der Wissenschaften. Diese rundum und über die Berliner Museumsinsel zirkulierenden Veranstaltungen fanden wöchentlich zu festen Zeiten statt und deren Teilnehmer probten wie das Stammensemble eines Orchesters mit allmählich wechselnder Besetzung ein Stück, das nie zur Aufführung gelangte, obwohl es seit Jahren geprobt wurde. Es hieß: Wie man aus der Ferne Dr. K. bewegte, etwas zu tun, das er nicht zu tun einsah. Es war ein Stück, aus dem sich Delitzsch zwar nicht als Philologe, aber als Leiter der Vorderasiatischen Abteilung der Museumsinsel naturgemäß heraushielt, da Wilhelm von Bode, Delitzschs und Koldeweys gemeinsamer Arbeitgeber, sich nicht wesentlich für babylonische Angelegenheiten interessierte. Bode hatte, als er Generaldirektor der Königlichen Museen wurde, seinen Posten als Direktor der Gemäldegalerie beibehalten. Bode interessierte die bildende Kunst der nachchristlichen Epoche, am Rande noch die Kunst derjenigen Kulturen, die diese beeinflusst hatten, die Perser, der Islam, China. Mit dem klassischen Altertum konnte er wenig, mit Mesopotamien überhaupt nichts anfangen. Koldewey war sich sicher, dass es jenseits der Ausschüsse und Beiräte eine Geheimkommission gab, die sich ausschließlich damit beschäftigte, wie es hatte geschehen können, dass Koldewey vertraglich ausgerechnet Bode unterstellt war. Wie es hatte geschehen können, dass Koldewey, der im Auftrag der Deutschen Orientgesellschaft, der im Auftrag der Akademie der Wissenschaften, der im Auftrag Kaiser Wilhelms II., der im Auftrag des Preußischen Staates, der in einem offenen Wettrennen mit Frankreich und England Babylon ausgrub, die Wiege der Zivilisation, nur dem Generaldirektor der Königlichen Museen Rechenschaft schuldig war, den es seinerseits zu motivieren galt, die Zivilisationsfunde in den ihm unterstehenden Museen auszustellen und, viel wichtiger, sie vorher den Initiatoren der Grabung, der Deutschen Orientgesellschaft, gegen einen Unkostenbeitrag abzukaufen. Wie konnte es sein, dass die Deutsche Orientgesellschaft, die einen Großteil des Grabungsbudgets einwarb, die monatlich neue Mäzene aus Wissenschaft und Wirtschaft für die Finanzierung anwarb, die den Kaiser als Unterstützer gewonnen hatte und somit die Grabung überhaupt ermöglichte, nicht diejenige war, die dem Grabungsleiter Befehle erteilen durfte? Wie konnte es sein, dass auf einer Sitzung der Deutschen Orientgesellschaft, als Koldewey sein auf zusätzliche vierzehn Jahre ausgelegtes Grabungsprogramm vorstellte, alle Anwesenden die Luft anhalten mussten, nur weil der Finanzminister anwesend war? Wie konnte es sein, dass niemand Koldewey davon abhalten konnte, Babylon nicht punktuell zu erfassen, wie vorgesehen, sondern die gesamte Stadt mit einer Fläche von zehn Quadratkilometern zusammenhängend auszugraben? Weshalb funktionierte bei Koldewey nicht, was bei Borchardt und Dörpfeld funktionierte? Weshalb funktionierte es in Amarna und in Pergamon, aber nicht in Babylon?

Koldewey wandte sich vom Fenster ab und sah nach, auf welcher Seite des Liebermeister'schen *Grundrisses* das Photo steckte mit den kleinen Kindern am Ufer des Euphrats, die er durch jenes Fenster keine Sekunde lang, aber für mehrere Leben ausreichend, einmal belichtet hatte, zog sie, die als Lesezeichen dienten, auf Seite 389 heraus und hielt sie über Liebermeisters Inhaltsverzeichnis, ihre nackten Füße im Sand, über Lehm, eingetrocknetem Schlamm, und überlegte, wie sie aussähen, wenn er sie aquarelliert hätte. Wie zum Davorstehen, zum Hinsehen, zum Aquarellieren gemacht waren sie. Man musste eine Weile durch das noch nicht gemalte Bild hindurchgehen, hinübergehen, die Schafe zählen, den Hintergrund inspizieren, das Wasser. Man musste immer wieder hinsehen, man musste vorher hinsehen, anfassen, begreifen. Das war die Unerträglichkeit des Photos, die eigentlich eine unerträgliche Nachträglichkeit war: das Bild, wenn es einmal aufgenommen war, immer wieder ansehen zu müssen, geblendet von der Gewissheit, die es ausstrahlte, die aber nur die Gewissheit war, die Anwesenheit von etwas bezeugt, aber nichts erfasst zu haben. Man konnte beliebig viele Abzüge von einer Sache herstellen, ohne der Sache im Geringsten näherzukommen. Man konnte die eigene Art zu denken multiplizieren und die Ergebnisse logisch nennen. Logik. Man konnte Kant nicht vorwerfen, etwas an ihr übersehen zu haben, seit Aristoteles sie erfunden hatte. Es gab nichts, das Kant ihr hätte hinzufügen oder wegnehmen können, das er an ihr hätte verändern können. Aristoteles hatte eine Denkweise erfunden, die sich im Wesentlichen bis jetzt nicht verändert hatte, weil er weniger etwas erfunden als etwas übertragen hatte: die semantischen und grammatischen Strukturen der griechischen Sprache auf die Regeln der Beweisführung. Aristoteles hatte schon immer gedacht, wie er sprach. Logisch wurde es, als er das, was er sprach, plötzlich vor sich sah, fixiert, aufeinanderfolgend, linear.

Koldewey legte das Photo über Liebermeisters kategorisches Inhaltsverzeichnis. Niemals könnten die Reliefziegel Nebukadnezars, die sich im Hof des Grabungshauses mehrere hundert Kisten hoch stapelten, per Karawane transportiert werden. Zu groß die Gefahr, dass sie noch mehr zu Bruch gingen während des Transports oder während des Umladens oder gar eines Überfalls. Sie könnten immer nur per Schiff transportiert werden, auf großen Flussseglern, mit denen sie auf dem Euphrat unweit des Expeditionshauses ihre mehrere tausend Kilometer lange Fahrt nach Europa antraten. In Berlin würden die eingestürzten Teile des Ischtartors, die Thronsaalfassade des Palastes Nebukadnezars und die Mauern der Prozessionsstraße wieder auferstehen, wie die M'schattafassade und der Pergamonaltar, auch wenn der Generaldirektor der türkischen Museen damit nicht einverstanden war, auch wenn Koldeweys ehemaliger Assistent Andrae, der unter Koldeweys Oberaufsicht die Ausgrabungen im assyrischen Assur leitete, sich das nicht vorstellen konnte und sich zu Koldeweys Bedauern zu offensiv bemühte, die Funde noch nicht ans Konstantinopler Museum abgeben zu müssen und immerhin zu Studienzwecken noch eine Weile in Assur behalten zu können, während Koldewey versuchte, ihm das auf Griechisch am Ende eines Briefes auszureden. Es bedrückte ihn ein wenig, dass Andrae so weit weg war. Er schien ihm aus der Distanz näher als zuvor, besonders wenn er in seinen Briefen von den harmlosen Problemen las, die Andrae auf so herzzerreißende Art umgaben.

Koldewey wusste, Andrae würde der Grund sein, der ihn in den Stapel greifen ließ.

Er sah aber auf das Photo, aus dem Fenster, auf das Photo, aus dem Fenster. Zeigte nicht auch die erste Photographie der Welt den Blick aus einem Arbeitszimmer? Der Franzose Joseph Nicéphore Niépce hatte sie aufgenommen. Und eben nicht Daguerre, der Niépce' Erfahrungen später gewinnbringend vermarktete. Die erste Photographie der Welt hatte den Blick aus einem Arbeitszimmer auf einen Gutshof dokumentiert. Die zweite Photographie, ebenfalls von Niépce, einen gedeckten Tisch. Oder war diese die erste und die andere die zweite? In jedem Fall waren es zwei Photos, die nur undeutlich zu erkennen gaben, was sie darstellten, und in dieser Undeutlichkeit davon ablenkten, dass das Dargestellte die Folge eines Experiments und an sich bedeutungslos war. Bedeutung bekam es erst, als es deutlicher und deutlicher zu erkennen war und der

Vorgang des Photographierens in den Hintergrund und das Motiv in den Vordergrund trat, Haus, Hof, gedeckter Tisch, ein Alltag, der noch niemals so eindeutig sichtbar gewesen war. So sichtbar, dass ihn auch die Malerei, die eigentliche Bildmacherin, nicht übersehen konnte und als Motiv aufgriff, jedoch den Prozess der photographischen Sichtbarmachung sogleich umkehrte und das Dargestellte wieder unkenntlich machte. Als wollte sie, die sich Freilichtmalerei nannte und nie selbst Impressionismus genannt hätte, verbergen, wie sehr sie beeindruckt war von der Photographie und ihrem Fokus. Als wollte sie verbergen, dass sie eben nicht gegen die Regeln der Akademie opponierte, sondern versuchte, die Schande, sich plötzlich und ausschließlich für banale Motive – Stillleben, Gutshofgärten, Hausszenen – zu interessieren, in eine revolutionäre Haltung zu verkehren: Farbinszenierung statt Inhaltsfokussierung, die Handschrift des Malers gegen die maschinelle Reproduktion, Subjektivität statt Objektivität. Die Schande, nicht nur thematisch, sondern auch technisch dasselbe Produkt geschaffen zu haben: die Heliographie. So nannte Niépce seine photographierten Bilder: gezeichnet mithilfe des Sonnenlichts. Draußen, vor dem Motiv.

Dass Andrae ihn aus der Ferne so berührte – würde Reuther hier für Koldeweys letztes medizinisches Problem, ein nerviges Ekzem, eine psychosomatische Erklärung finden, die ihn endlich von seiner Theorie der falschen Ernährung abbrächte? Oder war es ein impressionistischer Akt entfernter Nähe. Impressionistisch: Menschen reduziert auf Striche und Punkte, verschwommen, in ihre Umgebung übergehend. Auch Andrae hatte, als er nicht in Assur als Grabungsleiter, sondern noch in Babylon als Koldeweys Assistent arbeitete, nichts von Nahem gezeigt, das Koldewey sonderlich beindruckt hätte. Das Impressionistische zeigte von Nahem nichts, das man sehen konnte.

Es zeigte, was der visuelle Sinn war: ein Sinn, der sich distanzieren musste, um wahrnehmen zu können, ein Sinn, der distanziert ist. Dass man sich auch von sich selbst distanzieren musste, um sich noch erkennen zu können, dass man sich bereits distanziert hatte, in die Welt hinausgegangen war, anstatt aus dem Fenster zu sehen, einstweilen lieber Bücher als sich selbst befragte, Briefe las. Die Impressionisten waren den Photographen vor die Tür gefolgt, um im Freizeitatelier des Gartens gegen eine industrialisierte Gesellschaft rebellieren zu können, dank industriell gefertigter Tubenfarben, die nicht austrockneten. Die Photographen waren den Ausgräbern gefolgt, bis in den Orient, wenn auch aus anderen Gründen: Der Orient hatte nicht die attraktiveren Motive, er hatte das attraktivere Licht.

**ANDRAE SCHRIEB,** dass Delitzsch – der einzige, wenn auch gutmütige Philologe, den sie nicht loswurden – wieder nach Mesopotamien reisen wolle. Und dass er nur nach Mesopotamien reisen könne, wenn Andrae und Koldewey aus Assur und Babylon nach Berlin schrieben, dass der Direktor der Vorderasiatischen Abteilung Friedrich Delitzsch zum Tontafelnlesen unbedingt erforderlich sei.

Zwischen Andraes Briefen aus Assur lagen:

Die Briefe der Generalverwaltung der Königlichen Museen zu Berlin, die auch die Anfragen der Deutschen Orientgesellschaft weiterleitete, da Koldewey sich weigerte, mit der Deutschen Orientgesellschaft offiziell zu kommunizieren.

Die Briefe des verständnisvollen Güterbock, der als Schriftführer der Deutschen Orientgesellschaft zwischen dieser und Koldewey inoffiziell vermittelte.

Die Briefe des Ministeriums für auswärtige Angelegenheiten.

Die Briefe des Bagdader Konsuls Hesse, der Koldewey aus nicht näher bestimmbaren Gründen auf die Nerven ging.

Die Briefe Wiegands aus Milet und Konstantinopel, der Koldewey aus genau bestimmbaren Gründen auf die Nerven ging, nicht weil er Grabungsleiter in Milet war, nicht weil er auswärtiger Direktor der Berliner Museen war, sondern Attaché der Konstantinopler Botschaft und die eigenen Interessen selbstverständlich motivierter vertrat als die der wenigen deutschen Ausgräber, die keine politischen Emissäre waren, wenn auch die Engländer sie für solche hielten.

Die Briefe Jordans, der die Ausgrabungen in Uruk unter Andraes Aufsicht und Koldeweys Oberaufsicht leitete und sich immer dann an Koldewey wandte, wenn Andrae in Assur abwesend war.

Die Briefe Reuthers, die er während seines letzten Aufenthalts in Deutschland und auf dem Rückweg nach Babylon geschrieben hatte.

Die Briefe der Grabungsassistenten in Assur und Uruk, deren Reisekostenabrechnungen über die Grabungskasse in Babylon liefen.

Die Briefe des Bagdader Händlers Püttmann, der Babylon mit allem versorgte, was im Umkreis von hundert Kilometern nicht zu beschaffen war.

Püttmann war in seinen Briefen der Einzige, der Koldewey anredete, wie er Koldewey anredete, wie neben ihm stehend, auf die Schulter klopfend, und neuerdings, da man ihm in Berlin, vermutlich um ihn zu bestechen, unnötig akademisch einen Professorentitel verliehen hatte:

Lieber Herr Professor!

Oder:

Lieber Herr Professor und Freund!

Oder:

Lieber Tippfreund und Professor!

Lieber Professor und Koldewey!

Lieber Professor und altes Haus!

Lieber Herr Professor, Doktor und alter Freund!

Sagen Sie mal, liebes Professorchen …

Liebster bestbedankter Professor!

Freundlichst getippter Herr und Professor!

Freundlichst gegrüßter Herr Professor!

Trübsal blasender Freund und Professor!

Verehrter Freund und Erikakollege!

Versedichtender Freund und Professor!

Nein, nein, nein, nein, was soll man dazu sagen, lieber Herr Professor!

Ach ja, lieber Freund und Professor! Es gibt eine neue Sorte

Gemüsebandnudeln von Knorr, die schicke ich Ihnen, auch die versprochenen Kataloge, aus denen Sie eine Auswahl treffen können.

Die meisten Briefe hatte Koldewey gelesen, manche überflogen, Passagen unterstrichen, Rechtschreibfehler korrigiert. Er hatte Briefe als vertraulich markiert, Briefe mit anderen, älteren Briefen verbunden und so lange zu Korrespondenzen und Themenkomplexen arrangiert, bis er eine Form der Ordnung geschaffen hatte, die auf den ersten Blick so aussah, als hätte sie eine chronologische Basis, eher aber einem großen Raum glich mit vielen Türen, die in andere Räume führten, die in Koldeweys Vorstellung trotz ihres vielfältigen Inhalts von weißen Wänden umgeben waren und wiederum eine Anzahl Türen zu anderen Räumen, jedoch keine Fenster besaßen. Koldewey würde nichts lesen, das er nicht schon wüsste. Er könnte distanziert bleiben. Aber er würde es nicht. Er würde so lange lesen, bis er nicht mehr distanziert war und sich bewegen müsste, um sich wieder zu distanzieren. Er würde so lange lesen, bis er einen Grund fand, aufzustehen und den Stapel wieder wegzulegen – oder neu zu sortieren.

**ANDRAE, ASSUR**

Delitzsch will schon wieder herkommen!

**ANDRAE, ASSUR**

Delitzsch versucht auszusenden, dass von Assur und Babylon aus die dringende Notwendigkeit nach Berlin gehen müsste für seine Wiederkehr, auf Grund deren er die Reise beantragt. Soll ich darauf eingehen?

**ANDRAE, ASSUR**

Delitzsch schreibt wieder mit der zarten Andeutung, es müsse nur von Babylon und Assur der dringende Antrag gestellt werden, dass der Direktor der Vorderasiatischen Abteilung zum Tontafelnlesen unbedingt erforderlich sei, dann würden sofort die Gelder für Delitzsch' Reise bewilligt. Delitzsch selbst wolle den Antrag nicht stellen, obwohl er seine Herkunft für unbedingt erforderlich hält.

**DIE GENERALVERWALTUNG DER KÖNIGLICHEN MUSEEN, BERLIN**

Die GV ermächtigt Sie hiermit, den photographischen Adapter zu beschaffen, auch wenn für diesen höhere Mittel als die angegebenen erforderlich sein sollten.

**ANDRAE, ASSUR**

Delitzsch schreibt, dass Wiegand schreibt, er wünsche, dass ich wisse, dass der derzeitige Wali von Mossul ein Mann sei, mit dem man sich unbedingt sehr gut stellen müsse. Er sei nämlich der Bruder des allmächtigen Izzet Pascha, dessen Sohn Geheimsekretär des Sultans ist.

**DIE GENERALVERWALTUNG DER KÖNIGLICHEN MUSEEN, BERLIN**

Die GV hat die Firma Kodak, hierselbst Friedrichstr. 16, beauftragt, 5 je 171/2 cm breite Filmspulen sowie 7 Packungen à 12 photographische Platten für Apparat und Adapter passend an Sie abzusenden.

**ANDRAE, ASSUR**

Die Grabungsverlängerung ist noch nicht da, wieder mal. Von Berlin habe ich telegraphisch vor 14 Tagen Bescheid bekommen, dass sie eingetroffen ist. Wollen die sie dort in Salz einpökeln?

**DIE GENERALVERWALTUNG DER KÖNIGLICHEN MUSEEN, BERLIN**

Die GV möchte Sie darum bitten, gütigst Mitteilung zu machen, ob der an Sie abgesandte photographische Adapter sowie die von der Firma Kodak hierselbst abgesandten Filmspulen und photographischen Platten richtig in Ihre Hände gelangt sind.

**ANDRAE, ASSUR**

In Mossul gibt es keinen Weizen mehr, Ismael versucht in Karatschok kurdischen zu bekommen. Hier ist schon wieder alles schwarz von den Heuschrecken. Habe in Bagdad bei Püttmann & Co. Gersten- und Weizenlieferung erbeten.

**DIE GENERALVERWALTUNG DER KÖNIGLICHEN MUSEEN, BERLIN**

Über den Verbleib des photographischen Materials sind die erforderlichen Nachforschungen in die Wege geleitet worden.

**PÜTTMANN, BAGDAD**

Wertgetippter Freund und Professor! Gestern Abend haben wir unserem Besuch (Mr. und Mrs. Todd) Omelette à la Reuther serviert mit Bedlidjan oder Champignons oder was drin ist. Das hat ihnen geschmeckt. »Ach, und das kann Dr. Reuther machen?«, fragte man.

**REUTHER, BERLIN**

Hier in Berlin regen sie sich ziemlich auf, dass Sie nicht publizieren wollen. Außerdem, heißt es, wird wohl kein Finanzminister Ihr Grabungsprogramm genehmigen.

**PÜTTMANN, BAGDAD**

Die Rechnung für den Standardventilator ist da, aber anstatt das Dings via Bombay an das Consulat de Belgique hierher zu senden, haben die Kanaken in Europien es an das Consulat de Belgique nach Bombay gesandt. Bitte, bitte fahren Sie nicht in die Höhe. Das hat gar keinen Zweck und Sie werden noch erhitzter!

**ANDRAE, ASSUR**

Reuther schrieb, dass Sie Ihr Ekzem noch nicht los sind. Ist das wahr?

**REUTHER, BERLIN**

Sie armer Hiob und Lazarus! Also nicht einmal das Arsenik hat geholfen? Das dachte ich mir doch gleich! Mit Arsenik, das man gewöhnlich im Kaffee genießt, dem es einen äußerst angenehmen Knoblauchgeschmack geben soll, vergiftet man hier seine Schwiegermütter, wenn man welche hat. Warum nehmen Sie nicht gleich Zyankali oder Strychnin, wenn Sie sich absolut vergiften wollen. Mir scheint, Ihnen täte eine ausgiebige Gemüsekur gut. Spargel, Artischocken, junge Erbsen, Eisbein und Sauerkohl, Braunkohl etc. Das ist sicher besser als Arsenikschnaps und »Abschaben mit stumpfem Messer und Bestreichen mit Petroleum«.

**PÜTTMANN, BAGDAD**

Ich sitze auf 6000 Zelten, die man mir wegen angeblich minderwertiger Qualität nicht abnehmen will: »Ja, wo denn?« – »Na, man fühlt's doch! Fühlen Sie das nicht? Ja, dann fühlen Sie doch nur!« Und ich begnadetes Kamel? Ich nehme eine ganz unzuverlässige Lupe und zähle den

Irokesen vor, dass ein Quadratzentimeter des Musters genau die Anzahl Fäden eines Quadratzentimeters des gelieferten Stoffes enthält. In Europa ist das ein Beweis, aber hier … ! Mensch ärgere dich nicht. Was auch meine Frau sagt, die ich gar nicht auf die Straße lassen darf, weil sie sonst directement ins Serail läuft und alles ermordet. Ihr trotzdem verbleibender, auch von meiner Frau grüßender alter E. Püttmann.

**REUTHER, BERLIN**

Bitte passen Sie auf, dass Wetzel, bevor ich zurück bin, nicht alle Gänse isst. Er schrieb mir neulich, einige Gänse hätten sich dem »Aufgegessenwerden durch natürlichen Tod entzogen«. Wahrscheinlich brät er sich heimlich welche auf seiner Bude oder in den Katakomben Nebukadnezars!

**PÜTTMANN, BAGDAD**

Vielleicht sollte ich lieber profitable Romane schreiben wie Carl May. Ihr wieder an das Rad zurückkehrender E. Püttmann.

**REUTHER, BERLIN**

Die Gemüsekonserven in Würfelform, die Buddensieg empfiehlt, habe ich nirgends entdecken können. Getrocknete Gemüse gibt es nur unverpackt. Anscheinend muss man sie lange aufweichen … Es gibt auch noch keine frischen Waren dieser Art, sie kommen erst Ende September in den Handel.

**PÜTTMANN, BAGDAD**

Der nun schon greisenhaft alte Ventilator ist in die Arme seines Besitzers zurückgekehrt. Der königlich belgische Verstand hat auch in Bombay versagt. Ihr königlich belgisch ergebener E. Püttmann. PS: Dafür habe ich eine brauchbare Plattenkamera aufgetrieben, die ich Ihnen umgehend zukommen lasse.

**REUTHER, BERLIN**

Der Deutschen Orientgesellschaft scheint das Kleingeld auszugehen. Gott gebe den Juden ein gesegnetes Börsenjahr und leite das Gemüt von W. II. gnädiglich von der Zeppelin'schen Nordpolfahrt ab, für die er ein bedenkliches Interesse zu haben scheint!

**JORDAN, URUK**

Kann es denn sein, dass der alte Utuhengal im 21. Jahrhundert v. Chr. schon schöne Rundstabfronten hat bauen lassen?

**PÜTTMANN, BAGDAD**

Hassan Riza Bey, der nette deutschsprechende, ehrliche Oberst und frühere Generalstabschef ist zum Vali von Basra ernannt worden. Das ist famos! Dennoch! Eben war er Kommandant eines CLIXten Armeecorps in Albanien und jetzt eine Zivilstellung? Nee, wie kann man denn aus einem Schuster über Nacht einen Konditor machen.

**JORDAN, URUK**

Ich schreibe nach Dresden an die Hochschule und verlange mein Kolleggeld zurück, von Stabwerkspfeileraltären haben sie uns damals nichts erzählt.

**GÜTERBOCK, BERLIN**

Ihr Telegramm hat 3 mal 24 h gebraucht. Ich denke mir also, dass es in Constantinopel angehalten und erst einmal in allen Miniaturen herumgeschickt worden ist, um zu eruieren, ob es nicht staatsverräterische Dinge enthält.

**HESSE, BAGDAD**

Die Engländer haben sich, wie erwartet, in Persien um die Eisenbahnkonzession Kermanschah-Schuschter-Mohammera beworben für den Fall, dass die Russen im Norden die Bahn Djulfa-Täbris-Teheran-Kermanschah bauen.

**GÜTERBOCK, BERLIN**

Manche Telegramme sind am nächsten Tag da. Anderen merkt man an, dass sie englische Instanzen passiert haben, so das vom 7. (das ich am 10. erhielt). Rekord an Unkenntlichkeit ist dieses Telegramm: »bitte 2 new oelontile fuer die hohrdrafcrlinder und 8 nicter 4 millimetre storkin frahten fuer danyfeilte besorgen. Kaldwey.« Mein Name war dabei nicht besser weggekommen als der Ihrige: ich hieß »gruetterbook«.

**PÜTTMANN, BAGDAD**

Lieber Professor, Herr und Freund! In Amara feuern die Araber auf die Häuptlinge der Bagdadbahn. Man hat die Schiffe aufgehalten und will die Herren Ingenieure nicht passieren lassen, bis sie die Bahn fix und fertig haben. Sehr aufdringliche Gastfreundschaft.

**HESSE, BAGDAD**

Das große Petroleumlager ist niedergebrannt. In Basra gerade das halbe Wohnhaus Wönkhaus samt Warenlager.

Heute ein Teil der Militärtuchfabrik, die Halle mit den alten Maschinen, glücklicherweise war nur Dr. Härles Pferdestall gefährdet. Wir hoffen, dass Marschall die deutsch-englische Entente über die Türkei zu Stande bringt.

**JORDAN, URUK**

Wir haben 35 Stelen gefunden, einige schön und gut erhalten, aber blödsinnig schwer. Soll man sie nun wegen der 5–8 Zeilen Inschrift, die draufsteht, in Kisten packen und mitnehmen, oder soll man sie liegen lassen, wo sie sind, und zuschütten?

**HESSE, BAGDAD**

In Kermanschah alle öffentlichen Gebäude verbrannt, Luren und Kurden haben Bündnis beschlossen, in Teheran scheint der Sipehdar mit dem Parlament aufräumen zu wollen. Halb Stambul ist am Nationalfeiertag abgebrannt, einschließlich des Generalstabsgebäudes. Mahmud Schefket hat sich den Bart versengt. Das Saloniker Comité erklärt jeden für einen Schurken, der von Brandstiftung redet. Parlament, Hohe Pforte und Kriegsministerium – alles brennt zufällig ab. Schade um die schönen Dokumente!

**JORDAN, URUK**

Machen wir also. Die Stelen werden alle eingepackt.

**DIE GENERALVERWALTUNG DER KÖNIGLICHEN MUSEEN, BERLIN**

Sowohl Sie als auch Herr Andrae möchten doch bitte einen <u>freundlichen</u> brieflichen, nicht nur formellen Kontakt zu dem Generaldirektor der Museen in Konstantinopel Halil Bey aufrechterhalten. Und auch bitte den türkischen

Kommissaren auf der Grabung möglichst liebenswürdig alle ihnen zustehenden Rechte einräumen.

**ANDRAE, ASSUR**

Ein Bekannter meines Vaters war neulich beim Botschafter in Konstantinopel und berichtete danach meinem Vater von den Unterhaltungen mit der Frau des Botschafters: »Ach, dieser unglückliche Andrae verursacht meinem Mann recht schweren Ärger. Er versteht es anscheinend nicht, sich mit den Türken zu stellen.« Ich sei zwar ein guter deutscher Beamter, aber mit den Eigenschaften eines solchen komme man in der Türkei nicht immer durch. Ich habe dem Bruder H. B.s, der mich anpumpen wollte, nichts gegeben, und der Botschafter sagte, ich müsse doch wissen, dass, wenn ein türkischer Beamter 20 Pfund haben wolle, man ihm 40 geben müsse, dann habe man keine Schwierigkeiten.

**MINISTER FÜR AUSWÄRTIGE ANGELEGENHEITEN, BERLIN**

Beschwerden gegen türkische Behörden oder Beamte bitte immer an Kaiserliches Konsulat in Bagdad telegraphieren!

**DIE GENERALVERWALTUNG DER KÖNIGLICHEN MUSEEN, BERLIN**

Direktor Wiegand hat wiederholt darauf aufmerksam gemacht, in wie hohem Maße es auch der neue Generaldirektor der türkischen Museen, seine Exzellenz Halil Bey, schätzt, wenn unsere Expeditionsteilnehmer, in Sonderheit die Herren Expeditionsleiter Koldewey und Andrae bei ihrer Aus- oder Heimreise ihm in Konstantinopel einen Besuch abstatten.

**ANDRAE, ASSUR**

Unter uns gesagt: Ich finde, unsere Botschaft ist türkischer als die Türken.

**DIE GENERALVERWALTUNG DER KÖNIGLICHEN MUSEEN, BERLIN**

Das Interesse an der Grabung beginnt zu erlahmen sowohl in den Kreisen der Mitglieder der Deutschen Orientgesellschaft als auch speziell an maßgebenden Stellen der Regierung. Um Rückgang aufzuhalten, sollte mit den wissenschaftlichen Publikationen ein Anfang gemacht werden, andererseits mehr als bisher an die Bereicherung der Museen gedacht werden. Die Generalverwaltung möchte Ihnen deshalb ans Herz legen, die Durchforschung des Stadtgebietes nach Schriftdenkmälern mittels Suchgräben, die bereits vor zwei Jahren angeregt worden ist und bei der man nach den früheren Erfahrungen auf Erfolg rechnen darf, tunlichst bald auszuführen.

**JORDAN, URUK**

Haben Sie schon einmal eine Postkarte aus Chemnitz in Sachsen über Assuan, Haleb, Bombay und Rio de Janeiro in 5 Monaten erhalten?

**REUTHER, BRANDENBURG/HAVEL**

Neulich habe ich eine englische Marmelade gegessen, hergestellt in Tangermünde. Grund der meist erheblich schlechteren Qualität der deutschen Marmeladen ist ja der, dass bei uns wenig von dem Zeug in besseren Sorten gegessen wird. Es soll ein billiger Ersatz für Butter sein und da bilden Kartoffelmehl und Zucker den Hauptbestandteil dieser Marmeladen, während die guten Sorten in großer Menge nach England exportiert werden.

**PÜTTMANN, BAGDAD**

Meine Frau verbietet mir, Kartoffeln zu kaufen (die 14 Piaster kosten). Ich kaufe heimlich von meinem Taschengeld welche und tue so, als seien es Backäpfel.

**DER GENERALDIREKTOR DER KÖNIGLICHEN MUSEEN, BERLIN**

Es werden mehr Reliefziegel benötigt, insbesondere für die Löwen. Ich wie die Deutsche Orientgesellschaft würden es daher mit Freude begrüßen, wenn Sie unmittelbar nach Abschluss der Arbeiten am Palast, d.i., soviel hier beurteilt werden kann, etwa Ende d.Js., an die Ausgrabung der gedachten Ziegelbrocken gehen würden. Es würde mir außerdem für die Vertretung der Grabungsinteressen, insbesondere gegenüber der Finanzverwaltung, von höchstem Werte sein, über den Stand und die voraussichtliche Dauer der einzelnen Grabungsabschnitte dauernd möglichst eingehend unterrichtet zu bleiben.

**ANDRAE, ASSUR**

... damit die »fehlende Wissenschaftlichkeit dieser Architektengraberei« endlich einmal erfolgreich gehindert und durch echte wissenschaftliche Forschungen ergänzt wird! Wenn wir Güterbock nicht hätten, der für uns immer eintritt.

**GÜTERBOCK, BERLIN**

Publikationen sind für die Deutsche Orientgesellschaft Kapital. Außerdem muss sie dem Finanzminister die Früchte ihrer Arbeit vorlegen. Ich verstehe Sie. Aber wenn ich befragt und bedrängt werde, möchte ich in einer Weise antworten können, durch die ich am sichersten einen Schutzwall aufrichte gegen etwaige Gelüste des Dreinredens in Dinge, über die nach meiner persönlichen Auffassung einzig und allein Ihnen die Entscheidung zusteht. Herzlich also möchte ich Sie um Andeutungen nach diesen zwei Richtungen bitten: Was soll ich antworten, wenn ich gefragt werde 1) nach dem mutmaßlichen Zeitpunkt des Erscheinens des ersten Bandes Ihrer Babylonpublikation und 2) nach dem Programm der weiteren Ausgrabungen?

**DIE GENERALVERWALTUNG DER KÖNIGLICHEN MUSEEN, BERLIN**

Im Einverständnis mit der Deutschen Orientgesellschaft wird ausdrücklich erklärt, dass Sie natürlich, wenn Sie bei der Durchforschung nach Schriftdenkmälern auf andere bedeutsame topographische oder archäologische Aufgaben geführt werden sollten, dieselben natürlich ebenfalls, und zwar so, wie es Ihnen am zweckmäßigsten erscheint, in Angriff nehmen mögen.

**HESSE, BAGDAD**

Salar ed Dauleh hat Kermanschah besetzt und die Sicherheit auf den Karawanenwegen wieder hergestellt, die Russen stehen vor Teheran, in Tripolis wird weiter gesiegt, ebenso in China, in Stambul prügeln sich die Parteien und in Mazedonien werden Bomben geworfen. Alles geht also seiner gewohnten Beschäftigung nach.

**REUTHER, MUNSTER/LÜNEBURGER HEIDE**

Liest man die Zeitungen, hat man den Eindruck, es könne wirklich jeden Moment Krieg ausbrechen. Sie sind voll von politischen Techtelmechteln, die man nicht lesen kann, weil sie von heute auf morgen nicht mehr wahr sind. In Konstantinopel wird es sehr blutig zugehen. Bismarck wusste recht gut, dass der wahre Gefahrenherd am Balkan sitzt.

**PÜTTMANN, BAGDAD**

Drei Herren Ingenieure sind heute eingetroffen, zwei Drittel Sachsen. Ich frage Sie: Wo bleiben wir da, wenn es später ein sächsisches Mesopotamien wird?

**GÜTERBOCK, BERLIN**

Der »kranke Mann«, nicht die Engländer sind unser Problem. Die Türken befürchten, dass die Engländer aus dem Irak ein zweites Ägypten machen. Deshalb versuchen sie es zu vermeiden, den Engländern einen Anlass zu geben, im Zweistromland festen Fuß zu fassen. Die Türken aber können den Engländern nichts vorenthalten, was sie den Deutschen zugestehen.

**HESSE, BAGDAD**

Kommen Sie nach Bagdad, um den Spatenstich der Bagdadbahn zu feiern?

**JORDAN, URUK**

Wir wurden zum Spatenstich der Bagdadbahn eingeladen, hatten aber keine Lust, deswegen nach Bagdad zu fahren, zumal der Brief mit der Einladung 14 Tage nach dem Spatenstich eintraf.

**REUTHER, WIEN**

Ich las in Wetzels Brief, dass es Ihnen wieder besser geht, sodass das von mir vorgeschlagene Bad in 30-prozentiger Schwefelsäure überflüssig wird.

**DIE GENERALVERWALTUNG DER KÖNIGLICHEN MUSEEN, BERLIN**

Bitte neues Grabungsprogramm vorlegen und wie die Verteilung der einzelnen Hilfskräfte auf die Arbeiten geplant ist. Dabei beachten, dass Folgendes erledigt wird: Palast Nebukadnezars; Etemenanki, der Turm zu Babel; keine systematische Aufdeckung umfassender Gebiete, nur Schürfungen an den Stadtmauern und an Esagila, dem Tieftempel des Marduk, sowie im Stadtgebiet, insbesondere auch auf dem rechten Euphratufer.

**HESSE, BAGDAD**

Noch immer nicht klar, was in der europäischen Türkei los ist. Auch der Kaiser ist krank, heißt es. Man habe die Straße zum Schloss dem Verkehr gesperrt. Vielleicht handelt es sich um eine Ohrenoperation.

**ANDRAE, ASSUR**

Es ist uns Ismaels Stute abhandengekommen. Da unser Soldat betrunken war, schickte ich eigene Leute und rüstete sie mit eigenen Pferden aus, damit sie Dr. Härle in Tekrit abholen konnten. In Tekrit nun wurde dem Reiter, der auf Ismaels Stute saß, Ismaels Stute von einem verfeindeten Stamm weggenommen, da der Stamm des Reiters jenem anderen Stamm mal eine Stute gestohlen habe, was wahr ist. Aber gestohlen hatten sie diese nur, da zuvor selbige Leute ihnen einige 100 Hammel entwendet hatten.

**PÜTTMANN, BAGDAD**

Lieber Freund und Professor! Dr. Härle ist scheinbar noch in Samarra, Herzfelds Kaffee- und Zigarettensucht behandeln. Die Engländer wollen Kuweit streitig machen. Eben habe ich mich mit meiner Frau ausgesöhnt, da fängt's da wieder an.

**ANDRAE, ASSUR**

In Mossul soll ein großes Strafgericht stattfinden, auch der Stute will sich der Vali annehmen.

**HESSE, BAGDAD**

In Persien hat Prinz Salar Hamada und Kermanschah besetzt und rückt zum Zuge gegen Teheran. Sicherheitskommissare reisen bereits nach Europa ab. Engländer wollen nicht intervenieren, um Russland keinen Vorwand zu geben. Ihr Kommissar Bedri Bey ist übrigens nach Samarra gefahren im Auftrag der Museumsverwaltung und der Hohen Pforte, um die Streitigkeiten zwischen Kaimakan und Museumskommissar zu schlichten. Er lässt Sie bitten, jemanden anzuweisen, sich um seine jungen Truthühner und seine Beete zu kümmern.

**ANDRAE, ASSUR**

Die Stute ist noch nicht da, obwohl, wie das Bagdader Konsulat ans Mossuler Konsulat schrieb, der Bagdader Corpskommandeur dem Kommandanten in Charnina befohlen hat, die Stute zurückzuschicken.

**HESSE, BAGDAD**

Der »Osmanische Lloyd« berichtet, dass in Jerusalem eine englische Ausgräbergesellschaft die Wächter der Omarmoschee bestochen hat, um Ausgrabungen unter der Omarmoschee vorzunehmen zwecks Auffindung der Bundeslade.

**ANDRAE, ASSUR**

Die Stute haben wir noch nicht. Dagegen ist unser Ismael beschuldigt worden, er habe eine Stute gestohlen, und bis er die nicht herausgäbe, sollte er seine nicht zurückerhalten. Leider ist in Assur tatsächlich ein Ismael vorhanden, welcher vor 4 Monaten eine Stute gestohlen hat.

**HESSE, BAGDAD**

Salar ed Dauleh ist, wie man hört, daran gescheitert, dass sich die sunnitischen Kurden mit den schiitischen Luren in seinem Heer nicht vertragen haben. In Persien zieht mal wieder der Ex-Schah mit seinen Turkmenen gegen Teheran. Große Reden im Reichstag. Geringschätzige Kritiken ausländischer Zeitungen über das deutsche Heer.

**ANDRAE, ASSUR**

Kein Bescheid vom Bagdader Konsulat wegen der Stute.

**HESSE, BAGDAD**

Politisch das Neueste angeblich deutsch-englische Annäherung.

**PÜTTMANN, BAGDAD**

Lieber Professor und altes Haus! Jede Woche neue Deutsche und Österreicher, wirklich unheimlich, der Fez verschwindet unter den vielen Tschappkalis.

**ANDRAE, ASSUR**

Ismael will sich hier 2 Stuten stehlen und damit nach Hilleh entfliehen, was ich ihm dieses Mal noch ausreden konnte.

**HESSE, BAGDAD**

Tag und Nacht kommen Maschinen und Material, Schienen liegen jetzt 5 Kilometer weit.

**ANDRAE, ASSUR**

Inliegend Briefe von Ismael, der sich an die Söhne des Mohammed Pascha in Hilleh wendet, denen früher seine Stute und jetzt 3 Beine des Abkömmlings dieser Stute gehören und die ihm helfen sollen, die Stute von den Obêd, deren Scheich mit ihnen verwandt ist, wiederzubekommen. Sonst muss ich die Stute bezahlen.

**DIE GENERALVERWALTUNG DER KÖNIGLICHEN MUSEEN, BERLIN**

Bitte sobald als möglich endgültiges Grabungsprogramm vorlegen.

**ANDRAE, ASSUR**

Keine Nachricht von der Stute. Ich habe Lust, die Sache, so lächerlich sie ist, nach Berlin zu berichten. Man weiß genau, was vorgeht, und kann doch nichts tun!

**HESSE, BAGDAD**

Putsch in Cospoli unter Nasim Pascha. Dabei scheint es zum Kriege mit Montenegro zu kommen, was unabsehbare Verwicklungen geben kann.

**ANDRAE, ASSUR**

Ismael hat wegen der Stute eine Privataktion nach »arabischem Rechte« ins Werk gesetzt, von der wir natürlich nichts wissen. Nun ist die Stute wieder da, inklusive einem Fohlen.

**HESSE, BAGDAD**

Fancydressball bei Lorimers nächste Woche, deswegen schneidert hier alles um die Wette Kostüme. Kommen Sie?

**PÜTTMANN, BAGDAD**

Gegrüßter und geehrter Freund und Professor! Der Ventilator ist noch immer nicht da. Und auch ich werde bald nicht mehr da sein und in einem Monat aus B. wegziehen. Es ist auch gar nicht mehr schön. So viel Europäer und alles so vornehme Leute mit so langen Namen. Todschick und mit tadellosem Hackenklappen!

**REUTHER, ALEXANDRIA**

Aus Europa sind die Türken fast verdrängt.

**GÜTERBOCK, BERLIN**

Manchmal denke ich, durch herrisches Auftreten würde man mehr erreichen. Der Generaldirektor antwortet auf erbetene Weisungen aus Babylon wohl oft: »Weisungen werden Ihnen von der Botschaft zugehen«, »schwerwiegende Gründe, die von Cos'pel aus geleiteten diplomatischen Kreise nicht zu stören«. James Simon hat neulich in der Ausschusssitzung dafür plädiert, den Kaiser über die Vorgänge zu unterrichten, aber aus Furcht vor einem impulsiven »quos ego« wurde sein Vorschlag niedergestimmt – auf die Gefahr hin, dass nun, wenn S. M. die Dinge zu spät erfährt, ein Donnerwetter sich entlädt.

**PÜTTMANN, BAGDAD**

Tun Sie das man lieber nicht, bester Herr Professor und Freund.

**WIEGAND, MILET**

Wegen Ihres Beschwerdebriefes, der dem Kaiser zugespielt wurde, hat sich nun dieser eingeschaltet. Jeder, der den Brief nicht als Privatbrief, sondern als kaiserliche Lektüre durchfliegt, muss ja den Eindruck bekommen, dass in Cos'pel eine Rotte von faulen Kerlen sitze, die nicht wisse, wofür sie da ist!

**GÜTERBOCK, BERLIN**

Es tut mir leid, ich habe Ihren vertraulichen Brief Hollmann und Simon zu lesen gegeben, es schien mir zu wichtig. Die meinten, das müsse S. M. sofort lesen. Wiegand nun stellte es so dar, als ob die Unterbreitung des Briefes eine Intrige an allerhöchster Stelle sei, ein zwischen Ihnen und mir abgekartetes Spiel. Unterdessen hat der Botschafter in Cos'pel ein Schreiben an Reichskanzler und S.M. aufgesetzt für Wiegand und gegen Andrae und Sie. Jetzt hat Hollmann den Bagdader Konsul gebeten, einen Brief über Sie zu schreiben, damit auch der Reichskanzler erfahre, was wir an Ihnen haben. S.M. weiß es ja bereits. Es wäre mir lieb, wenn Sie mir mitteilten, dass Sie diesen Brief vernichtet haben.

**WIEGAND, MILET**

Die fortgesetzten Selbstleugnungsakte und Geduldsproben in Constantinopel habe ich unsagbar satt. Das ewige Hin und Her zwischen Botschaft und türkischem Museum, zwischen türkischem Museum und unserem Museum, zwischen unserem Museum und Botschaft, der Orientgesellschaft, der Generalverwaltung. Was einen Deutschen besonders mitnimmt: diese ewigen Versündigungen gegen Treu und Glauben.

**REUTHER, BOMBAY**

Schicken Sie doch bitte alle, die europahungrig sind, nach Bombay. Lassen Sie sie abends in einem Taxometer durch die Straßen fahren und sie werden den festen Eindruck haben, sie wären in Berlin. Die Häuser, Laternen, Firmenschilder, Cafés, Droschkenplätze etc. sind ganz genau so, praktisch alles sieht aus wie in Berlin, zumindest für Leute, die bei Nacht Kokospalmen, Mangroven und Linden nicht unterscheiden können. Ich hoffe, dass es Ihnen gut geht und alles in bester Ordnung ist. Grüße an die Enten, Gänse und Katzen, den Kleinen (Buddensieg) und den Dicken (Wetzel).

**ANDRAE, ASSUR**

Die Eisenbahnbrigade ist eingetroffen.

**DIE GENERALVERWALTUNG DER KÖNIGLICHEN MUSEEN, BERLIN**

Nicht die Engländer, die Amerikaner haben bei der Pforte nachgefragt und die Grabungserlaubnis für Ur bedauerlicherweise auch erhalten, sodass Wiegand sofort einen erneuten Antrag gestellt hat, für Eridu. Mittel sind da, als Grabungsleiter ist Reuther vorgesehen.

**WIEGAND, MILET**

Aber Recht hin, Recht her, nur so (und nach einigen psychologischen Beobachtungen an meinen Machthabern) habe ich die Prienefunde und die Miletfunde nach Berlin bekommen, zwischendurch noch einige Stücke vom Pergamon, eine Menge byzantinischer Dinge, die jetzt im Kaiser-Friedrich-Museum stehen.

**DIE GENERALVERWALTUNG DER KÖNIGLICHEN MUSEEN, BERLIN**

Mit Bezug auf Ihr letztes hier am 25. d. Mts. eingegangenes Telegramm ersucht Sie die GV ergebenst um gefällige Auskunft, was der Schlusssatz »Reuther ist hier unter keinen Umständen abkömmlich« zu bedeuten hat.

**WIEGAND, KONSTANTINOPEL**

Über Sie, verehrter Herr Professor, ärgert sich der Generaldirektor der türkischen Museen ja bereits seit Jahren, weil Sie ihn persönlich ohne Grund geradezu als Luft betrachten. Die regelmäßigen Unterbrechungen der Ausgrabungen in Assur und Babylon sofort mit Ablauf der gesetzlichen Frist scheinen somit eine Antwort auf unterlassene Höflichkeit zu sein.

**HESSE, BAGDAD**

Friede jetzt durch rumänische Vermittlung?

**WIEGAND, KONSTANTINOPEL**

Warum können Sie denn nicht einfach ein bisschen an Halil schreiben, sich zu ein wenig persönlicher Courtoisie bequemen, die das bürokratische Deutschland gar nicht benötigt? Es ist keine blanke Ehrlichkeit vonnöten in einem Land, in dem Bakschischgeben nicht verkehrsunfähig macht. Ich will gewiss nicht empfindlich gelten, aber als Preuße kann ich es gar nicht aushalten, bei einem so tatkräftigen, von mir so ehrlich bewunderten Herrscher wie Seiner Majestät in den Verdacht der Saumseligkeit gebracht zu sein.

**EICHBAUM, SEKRETÄR UND KASSENKONTROLLEUR DER GENERALVERWALTUNG DER KÖNIGLICHEN MUSEEN, BERLIN**

Ich hatte Sie gütigst gebeten, Ihre Schreiben fortan nicht mehr allgemein an die Generalverwaltung zu schicken, sondern an den Generaldirektor zu adressieren. Die nun gestern hier eingetroffenen Sendungen von Ihnen trugen die persönliche Adresse Seiner Exzellenz und sind infolgedessen später als sonst in den Geschäftsgang gekommen, da der Herr Generaldirektor ja natürlich nicht immer so wie gewünscht zur Stelle ist. Wenn Sie also nicht gerade etwas lediglich an Seine Exzellenz persönlich zu berichten haben, so möchte ich mir im Anschluss an das obige amtliche Schreiben die Bitte auszusprechen erlauben, in der Zukunft gütigst nur unpersönlich »An den Herrn Generaldirektor der Königlichen Museen Berlin« zu adressieren.

**PÜTTMANN, BERLIN**

Hier regnet es. Ich vermisse Arrak und Nargile. Meine Frau vermisst Ihre Briefe. Sie hütet die alten wie Reliquien und liest sie manchmal durch.

**ANDRAE, ASSUR**

Ich wurde gefragt, ob ich nicht endlich der Deutschen Orientgesellschaft beitreten wolle. Wurden Sie auch gefragt? Sind Sie beigetreten? Ich werde es nicht tun, wenn Sie es nicht tun.

**DER GENERALDIREKTOR DER KÖNIGLICHEN MUSEEN, BERLIN**

Bitte endgültiges Grabungsprogramm vorlegen.

**HESSE, BAGDAD**

Miss G. Bell ist wieder im Lande. Sie war in Ha'il und möchte Sie am Sonntag oder Montag in Babylon aufsuchen.

Koldewey blickte auf Hesses Brief, dann sah er auf. Wenn Dr. Härle das Telegramm bekommen hatte, das Reuther und Wetzel aufgesetzt hatten, würde er frühestens in einem Tag hier sein, also wahrscheinlich nach Bell eintreffen, möglicherweise aber auch nicht. Reuther, nicht Wetzel, musste das Telegramm aufgesetzt haben, gleich nachdem Koldewey die von Reuther angebotenen feuchten Umschläge abgelehnt hatte, die nun zu Koldeweys Füßen in einem Eimer Wasser schwammen, zusammen mit den brandenburgischen Kamillenblüten, die Reuther, der vor ein paar Tagen von seinem Deutschlandaufenthalt oder Urlaub oder Militärdienst zurückgekehrt war, in einer übertriebenen Handvoll in den Eimer getan hatte, als wollte er sagen: Sehen Sie, Dr., ich hätte mir lieber einen Tee daraus gemacht, um die drei Kannen Limonade zu verdauen, die wir heute Vormittag auf der Grabungsverhandlung zu trinken genötigt waren, aber ich spendiere sie Ihrem Blinddarm.

Bewegen sollte man sich nicht, sofern es eine Liebermeister'sche Appendizitis war, auf gar keinen Fall, aber beschweren konnte man sich. Was Koldewey mittlerweile alles vor und auf sich gestapelt sah: die Briefe; das Photo einer Gruppe kleiner Kinder am Ufer des Euphrats, von denen es im Übrigen mehrere gab, diese aber zu gut und vor allem zu weit weg in diesem wenn auch kleinen Zimmer versteckt waren, ein Zimmer, das ja eigentlich eine Kammer war; zwischen den Briefen Notizhefte aller Art mit Skizzen, Routenzeichnungen, stenographierten Duplikaten selbst verfasster Briefe, Gedanken, Ideen, Zusammenhängen, die Koldewey während seiner Lektüren einfielen,

Umschläge und lose Zettel, Papierbögen, und: Liebermeisters *Grundriss der inneren Medizin.*

Grundriss.

Koldewey sagte das Wort vor sich hin: Grundriss. Er sah in den Raum, in diese Kammer hinein, auf ihre mit Gips verputzten Wände, er sah nach oben, dem Rauch der Pfeife nach, sah die unbearbeiteten Palmstämme, über denen die seit Jahrtausenden für Palmholzdeckenkonstruktionen verwendete Schilfmatte lag. Darüber befand sich der Lehmschlag des Daches, auf das Koldewey manchmal hinaufkletterte, über eine Treppe, unter der sich ein Teil seines Zimmers befand, die Nische aus Liege und Fenster. Wenn er auf das Dach kletterte, dann sehr schnell, sein weißer Leinenanzug wehte, und dann hauptsächlich, um sich daraufzustellen und zu schweigen und nach unten in den Hof zu sehen, wo jemand aufgrund einer orientalisch aufgezogenen Kleinigkeit jemand anderen gerade zu erschießen drohte. Die Drohung allein erzeugte nicht viel Lärm, bildete sich nicht, wenn einer sein Gewehr nur leicht berührte, sogleich eine gewisse Anzahl Personen, die sehr schnell und lautstark und ebenso auf ihr Gewehr verweisend sich hinter die eine oder andere der streitenden Parteien gruppierte. Koldewey schaute dann unbewegt auf sie herab. Er war ein in die Landschaft hineingezeichnetes Bild der Draufsicht, Übersicht, Aufsicht, das aus dem Nichts erschienen war. Regungslosigkeit als Mittel, Regungen zu unterbinden, Ruhe zu erzeugen, sämtliche Hitze in einem flatternden Gewand aufzunehmen. Auf dem Dach funktionierte das, unter dem Dach nicht.

Etwas einen »Grundriss« nennen. Einen *Grundriss der inneren Medizin.* Etwas Inneres musste etwas Äußeres haben. Es sei denn, es war gerissen und in sich zusammengefallen. Einen plastischen Körper zur Fläche gemacht. Einen Grundriss gemacht. Und alles praktisch zusammengefaltet, gebunden, verpackt und wieder zu einem Körper gemacht. Diesen Körper aufgeschlagen und zugeschlagen. Das Buch – etwas, das man schlägt, damit es sich öffnet, und schlägt, damit es sich schließt.

Auch vom Turm zu Babel war allein ein Grundriss geblieben, nach Jahrhunderten des Neubaus, Umbaus und Abbaus. Und sein Name, der sich auf den Standort des Turmes bezog. Babylon. Anfang des 20. Jahrhunderts erinnerte an Babylon einzig ein Hügel, der sich aber nicht in der Stadt selbst, sondern an einem ihrer nördlichsten Ausläufer befand und dort in einer in jedem Sinne randständigen Existenz ihren Namen bewahrt hatte: Babil. Ein überwachsener Schutthaufen beziehungsweise der Sommerpalast Nebukadnezars beziehungsweise der letzte Sitz des letzten Herrschers Alexander des Großen.

Es war nicht möglich, in Koldeweys Zustand bis nach Babil zu laufen. Es war auch nicht möglich zu erkennen, ob auf dem Hügel, über den Bell gewöhnlich die Stadt betrat, schon irgendjemand zu sehen war. Sie hatte ja normalerweise einen ganzen Hausstand dabei. Allein das Objektiv ihrer Kamera leuchtete kilometerweit.

Als Herodot im 5. Jahrhundert v. Chr. Babylon betrat, fiel ihm der Hügel am Rande der Stadt nicht auf, ihm fiel auf, dass im Zentrum der Stadt ein ziemlich hoher Turm stand, aber ihm fiel nicht auf, dass er keinen Eingang besaß. Nachdem das Persische Reich bereits ein halbes Jahrhundert über Babylon einigermaßen friedlich geherrscht hatte, hatte Xerxes anders als seine Vorgänger entschieden, die sechzig Meter lange Eingangstreppe, die langsam ansteigend zum Turm zu Babel hinaufführte, abreißen zu lassen. Xerxes hatte kurz vor der Ankunft Herodots entschieden, nicht mehr daran zu glauben, er könne nur König von Babylon sein, wenn er sich wie ein babylonischer König verhielte und jedes Jahr zum babylonischen Neujahrsfest anreiste und dort Marduk, dem Gott aller Götter, die Hand reichte, um für eine Herrschaft legitimiert zu werden, die angeblich nicht unter dem Einfluss zarathustrischer, sondern noch immer babylonischer Götter stand. Götter, die noch Jahrhunderte nach dem letzten einheimischen König über jeden zu Gericht saßen, der die Stadt Babylon betrat. Xerxes hatte entschieden, nicht ängstlich zu sein wie seine Vorgänger Dareios I. und Kambyses II. und Kyros II., die nichts anderes getan hätten als die Eroberer Babylons vor ihnen getan hätten: auf die Königswürde in Babylon lieber zu verzichten, als mit alten Rechten zu brechen.

Auch Koldewey ließ es zu, dass ihn manchmal ein altes Gesetz daran hinderte, eigenmächtig über sein Leben zu bestimmen. Er hielt es für ausgemachten Unsinn, an irgendeinen Gott zu glauben, würde es aber genauso unsinnig finden, an einem Freitag oder an einem 13. des Monats eine Reise anzutreten oder an so einem Tag an Punkt x, y, z eine neue Grabung zu beginnen.

So ähnlich musste es auch Xerxes gegangen sein, denn er zerstörte nicht den gesamten Turm, wie es der assyrische König Sanherib einmal getan hatte, der ihn nach eigenen Angaben, wie Delitzsch übersetzt hatte, »in den Euphrat warf«, aus dem ihn sein unbotmäßiger Sohn Asarhaddon sogleich wieder herausholte, um die babylonischen Götter nicht zu verärgern und ihn neu und größer wieder aufzubauen. Auch Asarhaddons Sohn Assurbanipal versuchte, bis es zu einem Aufstand seines in Babylon eingesetzten Bruders kam, die rituellen Abläufe in der Stadt nicht zu stören und dies vorsichtshalber auf alle anderen Abläufe auszudehnen. Womöglich aus Ehrfurcht vor dem, was es in seiner Bibliothek, die eins zu eins aus kopierten babylonischen Erkenntnissen bestand, über diese Babylonier zu lesen gab, wahrscheinlicher aber, damit sich das als rabiat geltende assyrische Volk die Kultiviertheit der Babylonier aneignete, die babylonische Kultur an sich, die wie jede Kultur ohne

Pflege ihrer Ursprünge und Riten nicht beständig sein würde. Assurbanipals babylonische Tontafelsammlung in Ninive war auch der Grund, weshalb sie in Babylon das unheimliche Gefühl hatten, die Engländer, die Ninive vor fünfzig Jahren ausgegraben hatten, wüssten noch immer mehr über Babylon als sie selbst. Also auch Assurbanipal, der letzte bedeutende Herrscher des assyrischen Reiches, reiste jedes Jahr nach Babylon, um die Prozessionsstraße hinunterzufahren zusammen mit Marduk und den Göttern, die aus den umliegenden Städten als Statuen angereist waren, um elf Tage das Neujahrsfest zu feiern und sich das babylonische Weltschöpfungsepos anzuhören, die Legitimation der Stadt Babylon, überhaupt das Neujahrsfest feiern zu dürfen. Assurbanipal reichte Marduk die Hand und war daraufhin vor jedem Gericht des Orients, das mindestens dem Gewohnheitsrecht unterstand, als König anerkannt. Aber bevor er ihm die Hand reichen durfte, nahm es sich ein babylonischer Priester als Teil der Zeremonie heraus, dem König seine Insignien wegzunehmen, Zepter, Ring, Tiara und Götterwaffe, und den König, der vor der Statue des Marduk niedergekniet war, zu ohrfeigen, während dieser beteuerte, nicht gesündigt zu haben. Xerxes konnte keine Gewohnheiten zerstören, lediglich aller Gewohnheiten Anfangsgedanken untergraben. Er hatte nichts dagegen, sich ohrfeigen zu lassen. Er wollte auch nicht die Verbindung von Himmel und Erde trennen, deren Fundament, wie der Turm seit Jahrhunderten genannt wurde. Er wollte nur die Verbindung von Himmel und Erde in Babylon trennen, deren schöngeistige Bewohner, die zu Nörgelei und aufständischem Benehmen neigten, auf ein anderes Fundament stellen. Aber erst Alexander der Große hatte es hundertfünfzig Jahre später geschafft, dieses Fundament bis auf eine letzte Schicht auszuheben.

Was Herodot kurz nach Xerxes' Eingriff sah und was Herodot nicht sah, stand auf einem Papierbogen, den Koldewey mit einer Quellenangabe versehen an die Wand gehängt hatte. Es war der Auszug eines selbst schon mythologischen Textes, den Koldewey auf mögliche Tatsachen untersuchen wollte, Herodot I, 178–181: Die Beschreibung der Stadt.

> Sie liegt in einer großen Ebene und ist ein Viereck, und jede Front ist 120 Stadien lang, das macht im Ganzen einen Stadtumfang von 480 Stadien. Das wäre die Ausdehnung der Stadt Babylon. Bauten und Anlage aber sind so großzügig wie sonst bei keiner Stadt, von der wir wissen. Erstens läuft ein Graben um sie, der ist tief und breit und voll Wasser, dann die Mauer, die ist fünfzig Königsellen breit, zweihundert hoch.
>
> Hier muss ich auch noch gleich sagen, wozu die Erde aus dem Graben verwendet wurde und wie die Mauer gebaut ist. Während sie den Graben aushoben, formten sie gleich Backsteine aus der Erde, die sie aus dem Graben schafften, und wenn sie genug Backsteine gestrichen hatten, brannten sie die in Öfen. Dann nahmen sie als Bindemittel heißes Erdpech, legten auch noch nach je dreißig Lagen Ziegel ein Rohrgeflecht auf, und so bauten sie zuerst die Wände des Grabens, dann die Mauer selber nach dem gleichen Verfahren. Oben auf der Mauer an beiden Rändern errichteten sie einstöckige Aufbauten, einander gegenüber; in der Mitte zwischen den Aufbauten aber blieb Raum genug für ein Viergespann, die Stadt zu umfahren. Torflügel gibt's rings in der Mauer einhundert, alle mit Bronze beschlagen, und die Pfosten und Oberbalken desgleichen.
>
> Die Stadt besteht aber aus zwei Teilen. Denn in der Mitte trennt sie ein Fluss, der heißt Euphrat und kommt von Ar-

menien geflossen und ist groß und tief und schnell, und er mündet ins Rote Meer. Die Mauer ist nun beidseits in einem Vorsprung bis an den Fluss geführt, von dort an aber biegt ein Wall aus gebrannten Ziegeln ab und zieht sich an beiden Ufern entlang. Die Stadt darin, die voll ist von Häusern mit drei oder vier Stockwerken, wird durchschnitten von geraden Straßen, die längs des Flusses oder quer auf ihn zulaufen. Am Ende einer jeden Straße nun waren Pforten in dem Wall am Fluss, so viel Gassen, so viel Pforten.

Mitten in beiden Stadtteilen steht je ein Bau mit Mauern, hier die Königsburg, dort das Heiligtum, und das steht noch zu meiner Zeit, zwei Stadien lang und breit, ein Quadrat. In der Mitte des Heiligtums ist ein Turm gebaut, ohne Innenraum, ein Stadion lang und breit, und auf diesen Turm ist ein weiterer Turm gekommen und dann immer noch einer drauf, bis es acht sind. Der Aufstieg ist außen rings um alle Türme herum geführt; und ist man bis zur Mitte aufgestiegen, gibt es einen Ort zur Rast und Sitze zum Ausruhen, und da lassen die Aufsteigenden sich nieder und ruhen sich aus. Auf dem Turm aber steht ein großes Gotteshaus, und in dem Haus steht ein großes Ruhebett mit schönen Decken und daneben ein goldener Tisch. Aber ein Götterbild ist nicht darinnen aufgestellt.

Ausgerechnet kein Bild des Gottes, das konnte nicht den Tatsachen entsprechen. Es sei denn, jüdische Glaubensvorstellungen beeinflussten bereits die rituellen Praktiken. Seit der Belagerung Jerusalems 598 v. Chr. hatte Nebukadnezar für ihn nützliche Teile der Bevölkerung ins Babylonische Exil geführt, auch den Propheten Daniel und diejenigen, die nicht schon der Weisung des Propheten Jeremia folgend nach Babylon übergelaufen waren. Nebukadnezar hatte vor, die größte Variante des Turms zu bauen, die es jemals gegeben hatte, und er wollte dies umsetzen mithilfe der Vorfahren derjenigen, die später den Pentateuch komponierten und darin den Turmbau verfluchten.

Herodot sah nicht die von Xerxes zerstörte Eingangstreppe, die schnurgerade auf die erste Etage des Turms geführt hatte, er sah einen Aufstieg, der um den Turm herum verlief. Jeder innerhalb der Stadt schien zu wissen, ob es oben im Tempel, den ein normaler Bürger Babylons nicht so einfach betreten konnte, ein Götterbild gab oder kein Götterbild gab, aber niemand schien zu wissen, dass Xerxes eine vor kurzem noch für jeden sichtbare, sechzig Meter lange Treppe hatte abreißen lassen. Vielleicht hatte es sich noch nicht herumgesprochen, nicht bis zu der Stelle, von der aus Herodot den Turm betrachtete. Es hieß bei Aristoteles, dass es, nachdem Babylon von Kyros II. erobert worden war, drei Tage gedauert habe, bis die Nachricht über die persische Eroberung der Stadt alle Bewohner erreicht habe, so groß sei diese gewesen. Die Eingangstreppe sah Herodot nicht, aber er sah die Seitentreppen und vermutete, dass eine Treppe außen rings um den Turm herumgeführt haben musste, und notierte also im 5. Jahrhundert vor Chr. einen Gedanken, dessen Assoziationsfeld über die Jahrhunderte ausschließlich Monokulturen hervorbringen konnte: eine Wendeltreppe, einen spiralförmigen Turm, eine Renaissance, die sich seit dem Holzschnittporträt Hans Holbeins d. J. im Kreis drehte in der Darstellung und in der Auffindung dieses Turms, der seit Jahrhunderten gesucht und nicht gefunden wurde, dessen Erbauung sich indes immer tiefer in das Alte Testament einschrieb, als Bild der Überheblichkeit und des Größenwahns, sich Gott gleichstellen zu wollen, und zugleich als Abwehrzauber derjenigen, die das Alte Testament abgefasst hatten und einen Gegenstand brauchten, von dem sie es abgrenzen konnten: die babylonische Geschichtsschreibung, aus deren Fundus die biblischen Schreiber die biblischen Geschichten zusammenstellten, ohne sich auf deren Ursprung zu berufen, im Gegenteil einen neuen Ursprung kreierten: das Wort Gottes.

Erinnerte das nicht ein wenig an die Methode der Impressionisten, die im wörtlichen Sinne verschleierten, was sie sich von der Photographie abgeschaut hatten? Eine Frage, wie geschaffen für einen Eintrag ins Notizbuch, wenn Koldewey Lust gehabt hätte, einen Eintrag zu verfassen. Die impressionistischen Züge des Christentums. Aber auch der Wissenschaft. Wenn nicht des gesamten Fortschritts. Denn je schneller die Geschichten der Bibel zur Grundlage des Christentums zusammengewachsen waren, desto hartnäckiger hatten sich ja die Griechen auf die Autorität Babylons berufen, um ihre eigene Lehre zu rechtfertigen und in Abgrenzung zum entstehenden Christentum ein Heiliges Buch der wahren Erkenntnisse, der Wissenschaft zu verfassen. Die Griechen versuchten einen Fortschritt durch einen Rückgriff abzusegnen, indem sie ihn in eine Linie mit der Wissenstradition Babylons stellten. Es war aber nicht die babylonische Wissenschaft, die den griechischen Fortschritt autorisierte. Es war die Tatsache, dass die babylonische Wissenschaft eine religiöse Grundlage hatte, somit direkt von Gott kam, während im Gegenzug die Schöpfer der jüdisch-christlichen Linie ihre Erkenntnisse, die einer sehr realen Bibliothekswelt entstammten, als Eingebung eines neuen Gottes verkauften. Verständlich also, dass es dem Europa, das gerade den darwinistischen Schock verarbeitete, wie ein böser Spaß vorkam, als man Anfang des 20. Jahrhunderts diese bibliophile Stadt wiederentdeckte: Dass man ausgraben und erkennen würde, dass etwas, woran man nur glauben konnte, Tatsache war, und das, was man zu wissen glaubte, allenfalls Aberglaube, den andere in einem Vortrag thematisieren durften in den angesehenen Räumen der

Berliner Singakademie; dass man den Vortragenden Philologen Friedrich Delitzsch abwechselnd für genial und verrückt halten konnte; dass selbst der Kaiser nicht wusste, ob er ein wissenschaftliches Fundament von Religion gutheißen sollte oder ein Glaubensbekenntnis des Wissenschaftlers einfordern, und dies in öffentlichen Stellungnahmen in abwechselnden Versionen besprach, großzügig ausblendend, worin überhaupt der Unterschied bestand zwischen der Grundlage des einen und der Grundlage des anderen. Delitzsch hatte lange darauf gewartet, den Babel-Bibel-Streit ausbrechen zu lassen. Dass es eine Keilschrifttafel mit einer Version der Sintflutgeschichte gab, die Jahrhunderte vor der göttlichen Offenbarung mit einem Bambusgriffel in feuchten Ton gedrückt worden war, war schließlich seit Ende des 19. Jahrhunderts bekannt, wenn auch nur in Akademikerkreisen, die zunächst vorsichtshalber nicht zu laut darüber gesprochen hatten. Möglicherweise war es eine Fälschung, oder ein Zufall. Also hatte der Philologe Delitzsch gewartet, bis der Archäologe Koldewey den heidnischen Boden der Bibel ausgrub, hatte darauf gewartet, dass er genau die Gebäude und auf deren Bauinschriften genau die Namen derjenigen Herrscher und Orte entdeckte, von denen die Bibel sprach: Nebukadnezar, Babylon, Sardanapal alias Assurbanipal, Amraphel alias Hammurabi, den Turm zu Babel, Euphrat, Tigris … Koldewey brauchte etwas zu tun, das nicht vom Lehnstuhl aus zu verrichten war, und Delitzsch brauchte neben dem Ort der Bibelexegese, welcher der Lehnstuhl war, ein Laboratorium des Wissens, das die Grundlagen dieser Exegese produzierte. Delitzsch hatte den Posten als Leiter der Vorderasiatischen Abteilung der Berliner Museen nicht angenommen, um eine Museumsabteilung aufzubauen mit einer eigenen Sammlung und wechselnden Ausstellungen. Er hatte den Posten angenommen, um jede Tontafel, die auf irgendeinem Weg durch die Türen des Museums gelangte, egal wie viele Keilschriftzeichen darauf waren, als Erster in die Hände zu bekommen und übersetzen zu können.

Koldewey nahm Hesses Brief wieder auf und sah nach Babil, dann auf die gegenüberliegende Seite des Expeditionshauses, wieder nach Babil und wieder auf die gegenüberliegende Seite des Expeditionshauses. Buddensieg stand auf der Dachterrasse, wo sie und normalerweise auch Koldewey im Sommer schliefen, aber Buddensieg tat nicht, was er normalerweise tat: Kleinfunde abbürsten und waschen, trocknen, nummerieren, inventarisieren: Haushaltsgeräte aus Keramik, Schmuck, Grabbeigaben, Münzen, Knochen, Werkzeuge, Tontafeln. Für die farbigen Ziegel des Ischtartors, des Palastes Nebukadnezars, der Prozessionsstraße, die Fragmente mit den Löwen, Drachen und Stieren, war Buddensieg nicht zuständig. Weder Koldewey noch Reuther noch Wetzel, noch nicht einmal Bedri Bey, der türkische Grabungskommissar, trauten ihm zu, ein Ziegelfragment in ein Papier zu wickeln, dem Papier eine Nummer zu geben, die auf die wahrscheinliche Verbindung des Fragments mit anderen Fragmenten hinwies, und eine Schnur um das Papier zu binden, bevor es in einer von 500 Kisten verschwand, um dort umgeben von viel Häcksel auf seinen Transport nach Berlin zu warten. Nur die farbigen Reliefziegel der jüngsten Baustufe ließ Koldewey einpacken, die letzte und schönste Version, die oberste Schicht, die über alle anderen jahrhundertealten Schichten gebaut worden und schließlich über ihnen eingestürzt war, diejenige, die von den Ziegelräubern liegengelassen oder abgetragen wurde, da diese versuchten, an die unteren Mauerschichten heranzukommen, die älteren Versionen von Ischtartor, Prozessionsstraße und Thronsaalfassade, deren Ziegel nicht farbig glasiert, sondern allerhöchstens mit Relief versehen waren und die sich auch leichter herausbrechen und in Form klopfen ließen, weil sie weicher als die oberen Ziegel und mit Asphalt verfugt waren und nicht mit Nebukadnezars modernem Kalkmörtel, der so steinhart war, dass der oben liegende Ziegelschutt, wollte man daraus noch halbwegs verwendbare Ziegel zuschneiden, oft in viele unbrauchbare Einzelteile zerfiel, vor allem wenn man versuchte, den blau-gelben Schmelz zu entfernen. In Berlin sollten diese Einzelteile bis zu sechs Wochen in Wasser gebadet werden, damit sich der hohe Salzgehalt auswusch, anschließend würden sie getrocknet und mit einer Paraffinschicht versehen, damit sie in der säurehaltigen Luft der Hauptstadt nicht zerfielen, wenn sie zusammengesetzt zu Ischtartor, Thronsaalfassade und Prozessionsstraße im Museum wieder auferstanden sein würden. Aus Ziegelbruch würden sie also zusammengesetzt, der in Babylon herumlag und der allenfalls von Dorfbewohnern in der Nähe des Euphrats für ein Wohnhaus, einen Stall oder einen neuen Kanal wiederverwendet oder nach Bagdad verkauft werden würde, wenngleich die Dorfbewohner lieber ebenjene aus europäischer Sicht kulturverbrecherische Tat begingen und ganze Ziegelsteine aus noch existenten Mauern herausbrachen. Es gab Kulturen, die ihre Vergangenheit wiederverwendeten, und es gab Kulturen, die ihre Vergangenheit ausstellten.

Buddensieg war nicht nur für die Kleinfunde zuständig, Buddensieg fütterte auch jeden Tag die Expeditionsgänse, notierte jeden Morgen den Zeitpunkt des Sonnenaufgangs vom höchsten Punkt des Palastes Nebukadnezars und registrierte die Besonderheiten des Wetters morgens, mittags und abends zu festgelegten Uhrzeiten in einem kleinen beigefarbenen Heft: Temperatur, Windrichtung, Windstärke von 0 (Windstille) bis 12 (Orkan), Niederschlag in Zehntelmillimeter (wobei die Dezimalnull bei vollen Millimetern nicht versäumt werden durfte, um Verwechslungen zu vermeiden), Grad der Bewölkung von 0 (wolkenlos) bis 10 (bewölkt), Gewitter (Startzeit, Himmelsrichtung), sonstige Auffälligkeiten. Es gab an mehreren Standorten Extremthermometer, die Minimal- und Maximaltemperatur angaben. Im einen gerieten zuweilen Luftblasen in das Quecksilberröhrchen; im anderen kam es vor, dass der Alkohol kondensierte und so in den oberen Teil der Röhre gelangte. Da die Indexthermometer in dieser Weise zu Ungenauigkeiten neigten, war es notwendig, dass Buddensieg die Werte auf dem trockenen Psychrometer gegenlas. Aus der Differenz der Angaben des feuchten und trockenen Psychrometers ermittelte er zudem die relative Luftfeuchtigkeit.

Aber Buddensieg schien gerade mit keiner dieser Aufgaben befasst. Vor Buddensieg stand Bedri Bey, der Grabungskommissar, und gestikulierte, während Buddensieg über die Ruinen zeigte, die Prozessionsstraße hinunter zum Turm. Gerade hatte Koldewey aufgehört, während der vierzig Minuten, die er von Pfeife zu Pfeife benötigte, bei jedem Geräusch seinen Kopf automatisch vom Fenster zur Tür zu drehen. Jetzt sah Koldewey auf einen Stapel Papier, um in immer kürzer werdenden Abständen aus dem Fenster zu sehen. Diesmal nicht ausgelöst durch das Klicken des Photoapparates, mit dem Reuther und Wetzel ja draußen unterwegs waren. Es war ein Auslöser anderer, unmittelbarerer Art. Bedri Bey hatte jetzt die Arme verschränkt und schüttelte den Kopf, Buddensieg tippte an seine Stirn; oder tupfte er sich nur auf besonders exaltierte Weise den Schweiß ab?

Alexander der Große konnte sich auch nicht mehr bewegen. Wie viele Jahre, Monate war es her, als er beschlossen hatte, Babylon zur Hauptstadt seines Reiches zu machen, als er krank wurde. Wie viele Monate, Wochen war es her, als er angeordnet hatte, den Turm zu Babel abzutragen, was man nahezu vollständig getan hatte, um ihn wieder neu und größer aufzubauen. Wie viele Tage, Stunden war es her, als man ihn nahezu fertig abgetragen hatte, als Alexander wieder zu viel Wein trank und zu fiebern anfing und ärztlich überversorgt wurde mit Nieswurz und starb und eine gesamte Stadt mit sich einschlafen ließ. Die Stadt mit sich einschlafen zu lassen – hätte das nicht angesichts seines bevorstehenden Todes auch sein letzter geheimer Wunsch gewesen sein können, verursacht durch einen jugendlichen Zorn, für den er sich noch während des Sterbens schämte und der ihm zugleich tragisch vor Augen führte, dass es der Zorn eines Mannes war, der nicht ansatzweise alt geworden war. Im Vergleich etwa zu Diogenes, dem vermutlich einzigen Menschen, der sich von Alexander dem Großen nicht hatte beeindrucken lassen und, falls die Quellen stimmten, im selben Jahr gestorben war und ein für die hellenistische Zeit selten hohes Alter von knapp neunzig Jahren erreicht hatte. Diogenes habe sich ja auch von Wasser, rohem Gemüse und Wildkräutern ernährt, würde Reuther sagen. Kein Tier koche seine Nahrung, würde Reuther sagen, und zerstöre freiwillig die für die Verdauung wichtigen Enzyme, die ja in der Nahrung bereits enthalten seien. Enzyme seien doch Eiweißmoleküle, und Eiweiß gerinne bei einer Temperatur von über 41 Grad, das wisse jeder, der einmal ein Ei in der Pfanne gebraten habe. Oder einen Angehörigen durch Fieber verloren. Sei nicht auch Alexander der Große fiebernd aus dem Leben geschieden? Nein, das Tier Mensch, würde Reuther sagen, zerstöre die Nahrungsenzyme, weil es sich darauf verlasse, dass nach dem Kochen seine Bauchspeicheldrüse sie produziere. Neuerdings werde Nahrung ja so lange gekocht, dass sie in Konservendosen unendlich lange haltbar sei. Konservendosen lieferten keine geeigneten Zutaten für das Essen, das auf den Teller komme, sie lieferten die geeigneten Zutaten für unüberbrückbare Differenzen jeder Art, nicht nur organisch, auch politisch, man denke nur an den amerikanischen Bürgerkrieg, wäre der ohne Zucker und Dosenfleisch so umfassend möglich gewesen? Koldewey würde darauf den

Kopf schütteln und sagen, dass dieser vor allem ohne den Telegraphen so umfassend nicht möglich gewesen wäre, eine Tatsache, der sich kein einziger Historiker bewusst war. Gut, würde Reuther sagen, Zucker, Dosenfleisch und Telegraph – dies und nicht die neuesten Waffen seien die Ingredienzen für einen modern geführten Krieg. Es sei kein Wunder, dass Wetzel so dick sei. Verfettung, hatte Reuther einmal gesagt, sei ja schon das erste Symptom einer nicht mehr effizienten enzymatischen Aufbereitung der Nahrung im Darm. Und jeder wisse doch, dass Zucker, dass alle Kohlenhydrate zu Fett umgebaut und eingelagert würden, wenn sie nicht anständig verstoffwechselt werden könnten; ja, bevor Krieg ausbreche, versuche man noch Brücken zu bauen, sei diplomatisch und bereit, über Umwege das Funktionieren der Dinge aufrechtzuhalten. Auch Wetzels verminderte Sehfähigkeit sei ein Symptom dieses Versuchs. Seine Bauchspeicheldrüse scheine die erforderliche Menge an Insulin nicht mehr ausreichend zu produzieren, er werde bald kein Insulin mehr eigenständig herstellen können, dieser Zellstoff sei ja der erste, der ausfalle, dann bekomme Wetzel Diabetes, habe er vermutlich schon angesichts seines erhöhten Limonadenkonsums und allgemein gesteigerten Appetits.

Zwei Meter neunundsiebzig und ein paar Zentimeter von Koldeweys Fensternische entfernt trieb sich der überhaupt nicht übergewichtige, dafür sehr kleine Buddensieg jetzt auf der Tarma vor Koldeweys Zimmer herum, die Fliegengittertür vibrierte. Was machte Buddensieg da? Für das Photographieren der Kleinfunde waren doch Reuther und Wetzel zuständig. Koldewey zog sehr tief an seiner Pfeife. Also gut: Wetzels Diabetes. Das war ein Grund, Liebermeister aufzuschlagen. Diabetes: Ätiologie, Symptomatologie, Folgezustände und Komplikationen, Therapie, 225 Seiten entfernt von Perityphlitis, Perforation des Wurmfortsatzes. Außerdem könnte er dann Hesses Brief, in dem dieser Bell ankündigte, weglegen, ohne sich zu bewegen, auch wenn das nicht seine ursprüngliche Intention gewesen war. Er stellte sein rechtes Bein, um nicht einzuschlafen, in den Eimer Kamillenwasser, den Reuther, bevor er mit dem Diabetiker nach draußen gegangen war, vor seiner Liege hatte stehen lassen, und schlug das Buch auf.

Liebermeister schrieb nichts über Enzyme, auch nichts über erhitzte Nahrung. Auf Kohlenhydrate aller Art, insbesondere Brot, solle man weitgehend verzichten und unbedingt den übermäßigen Konsum von Rohrzucker einstellen, wie er zurzeit in Mode sei. Aber auch, Reuther hatte tatsächlich Recht, viel rohe Salate essen: Lattich, Endivien, Feldsalat, Kresse, Brunnenkresse, dazu Spargel, Spinat, grüne Bohnen, Gurken, Kohl. Es gebe einen Grund, weshalb unsere nächsten Verwandten, die Affen, niemals Diabetes oder Ähnliches bekämen, hatte Reuther gesagt. Liebermeister erlaubte alle Arten von Fett, er empfahl sie geradezu. Fett essen, um nicht fett zu werden. Das hörte sich nach einem Widerspruch an, der auf ganz diogenische Weise Sinn ergab. Koldewey dachte an die Flasche Rizinusöl auf dem Euphratpappelholztisch. Öl, das das Körperinnere anstiftete, sich zu bewegen, Öl, das zu einem Durchbruch führen konnte. Aber vielleicht war das ja ein noch unentdeckter Widerspruch der Theorie, der darauf wartete, seinen praktischen Sinn zu enthüllen. Denn Liebermeister konnte solch eine Verordnung auf gar keinen Fall empfehlen, nicht bei einer Blinddarmentzündung: Auf keinen Fall bewegen, auch nicht innerlich.

Das war der Moment, in dem die Fliegengittertür nicht nur in Bewegung geriet, sondern sich tatsächlich öffnete. Ob er kurz stören dürfe, fragte Buddensieg. Koldewey sah nicht auf. Auf keinen Fall bewegen, auch nicht äußerlich.

Entschuldigen Sie, Professor Koldewey.

Buddensieg, sagte Koldewey, ohne aufzusehen, ich sagte

doch, Sie sollen mich nicht Professor nennen. Er sagte es, ohne beim Sprechen eine Pause machen zu müssen oder in Atemnot zu geraten, als wäre es vorhin, als er aufgestanden war, um zum Tisch zu gehen und die Briefe zu holen, nicht unförderlich gewesen, sich entgegen Liebermeisters Rat zu bewegen.

Entschuldigen Sie, Dr. Koldewey. – Was machen Sie da? Ist das ein neues Experiment?

Buddensieg, sagte Koldewey, sehen Sie nicht, dass ich lese.

Entschuldigen Sie, ich hatte mich nur gefragt, weshalb Sie Ihren rechten Fuß in einen Eimer Wasser gestellt haben.

Ich ahme Diogenes nach.

Diogenes?

Diogenes.

Den in der Tonne?

Nein, den von Sinope.

Aber der von Sinope war doch der in der Tonne, nicht wahr. Der, der so ähnliche Experimente gemacht hat wie Sie. Barfuß lief er im Schnee. Im Sommer wälzte er sich in heißem Sand, im Winter umarmte er die schneebedeckten Statuen mit seinen Armen, um sich auf jede Weise abzuhärten.

Ich sehe, Buddensieg, Sie haben den sechsten Band der Geschichte der antiken Philosophie gelesen.

Leben und Lehre der Philosophen von Diogenes Laertios, Dr. Koldewey. Wussten Sie, dass Diogenes am selben Tag wie Alexander der Große gestorben sein soll?

Welchen Diogenes meinen Sie, Buddensieg?

Den von Sinope, Dr. Koldewey.

Ich dachte, er sei im selben Jahr gestorben.

Nein, am selben Tag. Am 11. Juni, Dr. Koldewey.

Koldewey sah nun zu ihm auf, dann blickten beide auf den Kalender, der neben Herodots Stadtbeschreibung hing.

Diogenes Laertios schrieb auch, Dr. Koldewey, dass es Diogenes', also Diogenes von Sinopes Stärke gewesen sei, seine Zeitgenossen zu verhöhnen. Die Schule des Eukleides nannte er Galle, Platons Unterricht Zeittotschlagen, die Dionysischen Wettkämpfe ein gewaltiges Blendwerk für Blödsinnige und die Politiker Lakaien des Pöbels. Für dieses Leben, sagte er, müsse man mit Verstand oder mit einem Strick ausgerüstet sein. Von der Ehe hielt er nichts. Seinen Beifall fand, wer heiraten will und dann Abstand nimmt, wer zu reisen beabsichtigt und dann zu Hause bleibt, wer Lust hat, politisch tätig zu sein, und es dann lässt. Dabei behauptete er, dieselbe Lebensweise wie Herakles zu verfolgen, der die Freiheit allem vorzog …

Ich sehe, Buddensieg, sagte Koldewey und widmete sich wieder Liebermeisters *Grundriss der inneren Medizin,* Sie haben ausführlich den sechsten Band der Geschichte der antiken Philosophie gelesen.

Alle zehn, Dr. Koldewey.

Oh, gar alle zehn.

Den sechsten Band sogar mehrfach, Dr. Koldewey.

Das nehme ich an, Buddensieg, Sie können schließlich daraus zitieren. Welche Erkenntnis aber haben Sie aus Ihren Zitaten gezogen?

Zum Beispiel, dass Sie und Diogenes sich tatsächlich ziemlich ähnlich sind, Dr. Koldewey. Finden Sie nicht auch?

Welchen Diogenes meinen Sie, Buddensieg?

Den von Sinope.

Wie viele antike Denker namens Diogenes hat es eigentlich gegeben, wissen Sie das, Buddensieg?

Mindestens zwanzig, Dr. Koldewey.

Mindestens zwanzig also.

Führen Sie gerade ein dialektisches Experiment mit mir durch, Dr. Koldewey?

Koldewey sah zu ihm auf. Führte er gerade ein Experiment

durch? Das wusste er selbst nicht genau. Er wusste, dass er zuweilen die Sätze von Gesprächspartnern wiederholte, um sich Zeit zum Nachdenken zu verschaffen über eine andere Sache, eine wichtigere. Um welche Sache es sich allerdings handelte, und das war konstitutiv für diese Augenblicke, wusste er ebenso wenig. Er hoffte lediglich, dass sie ihm auf diese Art jede Sekunde einfallen würde.

Nein, Buddensieg, sagte Koldewey und widmete sich wieder Liebermeister, ich versuche Ihnen nur subtil zu vermitteln, dass ich nicht weiß, weswegen Sie in mein Zimmer getreten sind, obgleich Sie doch gesehen haben, dass ich beschäftigt bin.

Es tut mir leid, aber ich hatte Angst, dass Sie wieder eine Idee an sich ausprobierten.

Sie glauben, dass ich während einer Blinddarmentzündung auf irgendwelche Ideen komme? Weswegen sind Sie wirklich hier, Buddensieg?

Ich hatte einen kleinen Disput mit dem Grabungskommissar.

Worum ging es denn?

Um den Turmbau, Dr. Koldewey.

Weshalb sollten Sie mit Bedri Bey über den Turm disputieren, Buddensieg?

Es ist so: Er glaubt nicht, dass wir in Europa seit zwei Jahrtausenden die Geschichte des Turmbaus kennen, wiewohl wir doch jetzt erst den Turm hier gefunden hätten. Er versteht einfach nicht, weshalb wir so viel wissen von der Geschichte des Orients, von der noch nicht einmal er weiß, geschweige denn die Dorfbewohner vor Ort …

Koldewey sah wieder auf: Woher weiß Bedri, dass wir den Turm gefunden haben.

Buddensieg zog seine Augenbrauen arglos nach oben.

Schon gut, sagte Koldewey, irgendwann hätte er es ja doch

erfahren. Irgendwann hatten sie es ja auch in Berlin erfahren. Koldewey hätte es gern noch eine Weile für sich behalten. Einen der wichtigsten Punkte in einer Grabung abzuhaken, bedeutete ja, bald die gesamte Grabung als abgehakt zu betrachten und beenden und die Ergebnisse verschriftlichen zu müssen. Das hieß, am Schreibtisch zu sitzen und einen Text zu verfassen, der Ausschnitte aus einem Zusammenhang immerhin optisch zusammenhängend präsentierte, ein sichtbares Band der Kultur, im Orient aufgegangen, im Okzident festgemacht. Wer es gewohnt war, fernab Babylons sich anhand von Photos ein Bild von der hiesigen Grabung zu machen, gewöhnte es sich wahrscheinlich an, auch photographisch über die hiesige Grabung nachzudenken. Als reichte es aus, nur die einzelnen Noten eines Liedes zu spielen, um das ganze Lied hören zu können. Ein Ton hatte doch eine Frequenz, Licht hatte eine Frequenz, Farben hatten eine Frequenz, und Frequenzen benötigten einen bestimmten Zeitraum, um in Erscheinung treten zu können. Ereignisse, die Zeit benötigten, um stattzufinden, waren doch keine Abfolge von Augenblicken, die nichts miteinander zu tun hatten. Man versuche doch mal in Form von Augenblicken mit dem Zug von A nach B zu fahren. Es war sehr einfach, über diese Stadt eine wissenschaftliche Theorie aufzustellen, wenn man nur die Hälfte des Belegmaterials außer Acht ließ. Spezialisierung nannten sie das in Berlin. Koldewey solle vom Studium anderer, irrelevanter Fächer der Medizin, der Musik, der Physik ablassen und sich nur mit der Grabung, insbesondere der Veröffentlichung der bisherigen Ergebnisse dieser Grabung beschäftigen. Da erfasste man als erste Ausgräbergemeinschaft in der Geschichte der Archäologie ein Gebäude insgesamt und durchforschte es nicht nur nach Wandreliefs und anderen Trophäen, achtete auf das, worin die Trophäen zu finden waren; da dokumentierte man den Fundkontext und durfte diesen nicht auf andere Kontexte beziehen und den so geschaffenen Bezugsrahmen über die Stadt legen. Dann solle Koldewey die Veröffentlichungen anderen überlassen, jemand anderen das Dokumentierte nun schriftlich dokumentieren lassen oder besser die Verantwortung vor Ort abgeben und die Veröffentlichungen vorbereiten und am besten dazu nach Berlin fahren. Verantwortung für eine Grabung übertragen zu bekommen schien neuerdings zu bedeuten, die Verantwortung für das Gelingen der Grabung zu haben, das Graben aber anderen zu überlassen.

Dr. Koldewey?

Koldewey hatte sich von Buddensieg abgewandt, um aus dem Fenster zu sehen, ein Automatismus, der offenbar auch dann funktionierte, wenn andere Personen sich im Raum aufhielten.

Sie sind ja immer noch da, Buddensieg, sagte Koldewey, ohne sich umzudrehen.

Was soll ich denn Bedri jetzt antworten?

Lesen Sie ihm doch aus der Bibel vor, da steht der Turmbau doch drin.

Sie haben im Expeditionshaus doch alle Ausgaben der Bibel verboten.

Stimmt. Glauben Sie, dass unser Pastorensohn Wetzel deswegen so oft Ersatzbefriedigung im Nahrungsmittelkonsum sucht?

Wie meinen Sie das, Dr. Koldewey?

Ach, vergessen Sie's. Lassen Sie sich eine aus Berlin kommen, schreiben Sie's auf die Expeditionskasse.

Eine Bibel aus Berlin? Aber das dauert doch mindestens vier Wochen. Denken Sie nur an den Ventilator.

Koldewey wandte sich vom Fenster ab: Buddensieg, Sie kennen die antiken Schreiber auswendig, aber Sie wissen nicht, was in der Bibel steht? Sie graben das historische Fundament dieser Bibel hier gerade aus, aber wissen nicht, was auf diesem Fundament steht? Es ist fast so, als suchten Sie Beweise für etwas, das Sie vergessen haben und nur Sie allein wiederfinden können.

Er schlug Liebermeister zu, der noch aufgeschlagen auf seinem Bauch gelegen hatte, nahm ein Blatt Papier, legte es auf das Buch und schrieb darauf, zugleich laut vorlesend:

Genesis 11,1: Und die ganze Erde hatte eine Sprache und einerlei Worte.

11,2: Und es geschah, als sie nach Osten zogen, da fanden sie eine Ebene im Lande Sinear und blieben dort wohnen.

11,3: Und sie sprachen einer zum anderen: Wohlan, lasst uns Ziegel streichen und hart brennen! Und der Ziegel diente ihnen als Stein, und das Erdharz diente ihnen als Mörtel.

11,4: Und sprachen: Wohlan, bauen wir uns eine Stadt und einen Turm, dessen Spitze an den Himmel reiche, und machen wir uns einen Namen, dass wir nicht zerstreut werden über die ganze Erde!

11,5: Da fuhr der Herr hernieder, dass er sähe die Stadt und den Turm, die die Menschenkinder bauten.

11,6: Und der Herr sprach: Siehe, es ist einerlei Volk und einerlei Sprache unter ihnen allen, und haben das angefangen zu tun; sie werden nicht ablassen von allem, was sie sich vorgenommen haben zu tun.

11,7: Wohlan, lasst uns herniederfahren und ihre Sprache daselbst verwirren, dass sie einer des anderen Sprache nicht verstehen!

11,8: Also zerstreute sie der Herr von dort über die ganze Erde; und sie hörten auf, die Stadt zu bauen.

11,9: Darum gab man ihr den Namen Babel; denn daselbst verwirrte der Herr die Sprache der ganzen Erde, und von dannen zerstreute sie der Herr über die ganze Erde, und so weiter und so fort …

Und nun gehen Sie, Buddensieg.

Buddensieg nahm das Blatt, das ihm Koldewey entgegenhielt: Aber was, wenn Bedri nun wieder behauptet, eine Sache sei nicht wahr, nur weil sie geschrieben stehe?

Buddensieg, tun Sie mir einen Gefallen und gehen Sie zu meinem Tisch, nehmen Sie die Flasche Rizinusöl, die dort steht, und geben Sie sie mir.

Was haben Sie vor, Dr.?

Nichts, Buddensieg, aber behalten Sie es trotzdem für sich, und jetzt gehen Sie, Buddensieg, gehen Sie die Gänse hüten, treiben Sie sie zum Euphrat hinunter und übermitteln Sie Bedri meine Grüße, aber machen Sie einen großen Bogen um seine Beete.

Nur weil eine Sache geschrieben stehe, heiße das nicht, dass diese Sache wahr sei. Bedri hatte Recht. Beziehungsweise Unrecht. Vor allem weil eine Sache geschrieben stand, war sie wahr, weil man ein Vokabular benötigte, um Wahrheiten vermessen und überhaupt zum Ausdruck bringen zu können. Aber wahr war nicht sie allein. Wie sollte Koldewey das Buddensieg erklären. Die Babylonier hatten Recht, als sie behaupteten, Babylon sei das Zentrum des Kosmos. Die Heilige Inquisition hatte Recht, als sie behauptete, die Sonne bewege sich und nicht die Erde. Galilei hatte Recht, als er behauptete, die Erde bewege sich und nicht die Sonne. Newton in seiner absoluten Vorstellung des Raumes hatte Recht, als er behauptete, sowohl Erde als auch Sonne bewegten sich. Denn seit einigen Jahren ging man davon aus, dass nicht nur eine, sondern alle Ansichten wahr sein konnten, wenn man nur vorher definiert hatte, was Ruhe und Bewegung in der jeweiligen Behauptung bedeuteten. Bis vor einigen Jahren galt als unvereinbar, was formuliert war in Unkenntnis der Möglichkeit, Bewegung relativ zu definieren, eine Idee, die wissenschaftlich nützlicher war als die anderen drei und ihnen in dieser Weise einen posthumen, aber nutzlosen Wahrheitsgehalt verlieh. Diese Relativität entschied nicht, ob Licht Welle oder Teilchen war. Diese Relativität war so relativ, dass Koldewey zuweilen das Gefühl hatte, sie sei überhaupt keine moderne Errungenschaft, sondern eher ein Rückschritt ins Mittelalter, als man davon ausging und es auch guthieß, dass jeder seine eigenen Vorstellungen hatte und eigene Erfahrungen in der Welt machte. Interessanterweise versuchte der heilige Anselm im Mittelalter seinen Glauben rational zu fassen und ein wissenschaftliches Argument zu finden für die Existenz Gottes, während Hume im 18. Jahrhundert seine Theorie der Naturgeschichte der Religion auf den Glauben an eine Naturordnung baute. Hier also ein Zeitalter des Glaubens, das sich auf die Vernunft stützte, dort ein Zeitalter der Vernunft, das sich auf einen Glauben stützte. Hatte nur Koldewey den Eindruck, dass sich hier etwas scheinbar endlos wiederholte? Die Babylonier hatten sich auf die Sumerer gestützt. Die Assyrer und Griechen auf die Babylonier. Die abendländische Gelehrtentradition hatte sich auf die babylonische bezogen, aber sie hatte in bester Absicht vergessen, dass sie dies heimlich getan hatte, so wie Hume später großzügig ausgeblendet hatte, dass seine gesamte Argumentation auf einer Voraussetzung basierte, dem einzigen Argument, das er nicht überprüft hatte. Vielleicht schien deswegen ihr Jahrhundert, das nichts mehr ausgeblendet lassen wollte, so besessen zu sein von der Erforschung der Wurzeln, die aber gewöhnlich nicht ohne Sinn nur im Verborgenen den oberirdischen Teil ihres Gewächses mit Nährstoffen versorgten. Man war daran gewöhnt, von allen Dingen, die man naturgemäß, das hieß mit den eigenen Augen oder in der Heimat nicht sehen konnte, ein Bild zu erstellen, eine Karte Amerikas, des Nordpols, des Orients, des eigenen Körpers. Auf die Kartierung der Welt folgte die Topographie der Organe, man kartographierte deren Wundstellen und legte zugleich offen, was letztlich den Tod herbeiführen würde. Man begann den Tod zu lokalisieren im offenen, hell erleuchteten Körper der pathologischen Anatomie, hatte einen Vordergrund ausgeleuchtet, vor dem das Leben in den Hintergrund trat und undurchsichtig und dunkel erschien. Das pathologische Schicksal hatte sämtliche Ideen der abendländischen Geschichte verkehrt, es hatte den Körper aufgeschnitten und photographiert. Nun wusste man, dass darin ausgerechnet ein Blinddarm lag, der offensichtlich keine weitere Aufgabe hatte, als seinen Besitzer ohne sichtbaren Grund zu terrorisieren.

Auf Babil war nichts zu sehen, keine Bewegung, nichts. Bell nicht, Härle nicht. Buddensieg hatte das Zimmer verlassen, nachdem er Koldewey die Flasche Rizinusöl hinübergereicht hatte, nicht ohne ihr noch einmal einen besorgten Blick hinterherzuwerfen. Koldewey schlug Liebermeister wieder auf. Und schlug Liebermeister wieder zu. Wenn in Relationen gedacht, ergab es überhaupt keinen Sinn: Weshalb sollte das Organ, das befallen war, die Krankheit definieren? Weshalb sollte das kranke Organ nicht nur ein Symptom eines größeren Zusammenhangs sein, wie Wetzels verminderte Sehfähigkeit? Ginge es Wetzel besser, wenn man ihm die Augen entfernte? Und diese dann nachträglich aufschnitt, um den Fehler zu finden, und einen verlängerten Augapfel sähe und schließlich die Gründe für die Verlängerung irgendwo bei den Vorfahren suchte. Geographische wie organische Kartierungsverfahren hielten einen zufälligen Moment in der Geschichte fest, prinzipiell nicht anders, als es die Photographie tat, wenn sie eine Auswahl traf, die immer auch eine chronologische Basis hatte mit Verweisen, die nicht diese Auswahl betrafen. Dort, wo die Trümmerteile des Turmes zu Babel lagen, musste nicht der Turm zu Babel gestanden haben.

Aber wie sei er darauf gekommen, hatte Bell bei einem ihrer

Besuche einmal gefragt. Und Koldewey hätte auf ihre Frage nicht geantwortet, wenn er nicht gewusst hätte, dass sie die Engländer in Karkemisch mit den Grabungsmethoden der Deutschen bloß aufzog, die Ergebnisse der Deutschen jedoch für sich behielt. Es war eine Frage, die in Berlin noch niemals gestellt worden war: Aber wie war er darauf gekommen? In Berlin fragte man: Habe Koldewey Tafeln gefunden, auf denen das, was er sage, geschrieben stehe? Tafeln, die das Gesagte belegten oder seine Vermutungen untermauerten? Untermauerten, ausgerechnet. Stützen, tragen ... Die Sprache nahm immer Metaphern zum Anlass, sich über ihre eigene Unzulänglichkeit zu beschweren, ihre Unfähigkeit, auf sprachlicher Ebene Dinge zu klären, die nichts mit Sprache zu tun hatten, aber sprachlich kommuniziert werden sollten. Bell und er hatten vor dem Fundament des Turms gestanden, das damals noch vollständig unterhalb des Grundwasserspiegels gelegen hatte. Noch heute befand sich das gesamte zweite Jahrtausend vor Christus im Grundwasser, weswegen sie leider keine Abschriften von Hammurabis Gesetzestafeln finden konnten, die ersten Gesetze der Welt des legendären Königs, der es geschafft hatte, die vielen kleinen Stadtstaaten Mesopotamiens zu einem Reich zusammenzuschließen und das bis dahin unbedeutende Babylon zur Hauptstadt dieses Reiches zu machen, dessen Stadtgott Marduk zum Reichsgott und die Stadt selbst zur größten Stadt der Welt. Koldewey hatte Bell beschrieben, wie Andrae und er an diesem einundneunzig mal einundneunzig Meter messenden Grundriss gestanden hatten, vor dem Negativabdruck eines Gebäudes, das am Stück herausgehoben und seitdem verschwunden schien. Andrae und er hatten sich umgesehen, als könnte dieses Gebäude, nachdem es ausgehoben worden war, nicht weit gekommen und irgendwo in der Nähe abgestellt worden sein. Sie hatten sich angesehen, umgesehen und wieder angesehen: In der Nähe war nicht der geringste Hinweis zu erkennen auf irgendeine Form abgetragenen Lehmziegelmaterials. Und dann, statt bis 1913 zu warten, bis das Grundwasser so weit zurückgegangen war, dass sie im Fundament des verlorengegangenen Gebäudes nach Bauinschriften Asarhaddons, Assurbanipals oder Nebukadnezars suchen konnten, hatten sie die Fläche der gesamten Stadt durchschritten und waren zwei Kilometer östlich des Euphrats auf eine Erhebung gestoßen. Das war keine Erhebung, die sie laut Grabungsprogramm hätten anfassen dürfen, aber eine, die eine bewundernswerte Menge loser Steine enthielt, wenngleich keinerlei Grundmauern. Von der Stelle des Turms konnte man geradewegs über die Altstadt sehen, in der Reuther gerade seine unbefriedigenden Küchen ausgrub und Buddensieg wie immer alle ausgegrabenen Funde sogleich nummerierte und in einer Zeichnung vermerkte. Man konnte von hier aus sehr gut sehen, wie die Stadt Babylon, wie die künstliche Hügelkette, in deren Tälern die Bauern der umliegenden Dörfer ihre dürftigen Felder bewirtschafteten, sich mit jedem ausgegrabenen Stück veränderte. Vielleicht nicht so sehr veränderte, wie auf sich selbst zurückgeworfen wurde, auf ihre eigene Projektionsfläche. Koldewey hatte, als er mit Bell über die Altstadt hinwegblickte, auf die östliche Erhebung gezeigt, auf die Andrae und er gestoßen waren, und zurück auf den Grundriss des Turms und wieder auf die Erhebung. Sie hatten also hier das Fundament eines kolossalen Gebäudes ohne Schutt und dort eine kolossale Schuttmasse ohne Gebäude. Eine Schuttmasse, die sie laut Grabungsvorgaben nicht hatten anfassen dürfen, in der sich aber eine Gründungsurkunde Nebukadnezars befand mit einer Inschrift, die sich auf den Bau des Turmes bezog.

Wie hoch er gewesen sei, hatte Bell gefragt, wie hoch und wie alt.

Ziemlich hoch und vermutlich ziemlich alt, hatte Koldewey geantwortet.

Hundert Meter? Oder höher als die Cheopspyramide, höher als der Leuchtturm von Alexandria?

Der Leuchtturm, der Pharos von Alexandria, hatte als siebtes Weltwunder die Stadtmauern von Babylon ersetzt, nachdem diese in hellenistischer Zeit verfallen waren. Vermutlich war es einer der Generäle Alexanders, Ptolemaios I., der den ersten Leuchtturm der Welt nach Alexanders Tod in Alexandria errichten ließ. Nach mehreren Zerstörungen und regelmäßigem Wiederaufbau brach er bei einem Erdbeben 1323 endgültig zusammen und fiel ins Meer, wo man ihn liegen ließ. 1323 n. Chr. War Alexander nicht 323 v. Chr. in Babylon gestorben, nachdem er den Turm zu Babel hatte abtragen lassen? Numerischer Zufall. Möglicherweise hatte den Leuchtturm aber nicht Ptolemaios initiiert, sondern Ptolemaios' Architekt Sostratos von Knidos, der ihn als vermögender Diplomat und Unternehmer auch gestiftet hatte.

Also, wie hoch, hatte Bell gefragt. Höher als das Woolworth Building?

Woolworth, ein Unternehmer, der mit Fünf- und Zehn-Cent-Läden reich geworden war, war gerade dabei gewesen, das als »achtes Weltwunder« bezeichnete Gebäude in New York bauen zu lassen. Es sollte über zweihundertvierzig Meter hoch werden und aussehen wie eine neugotische Kathedrale, war aber jetzt, da es fertig war, allenfalls eine Kathedrale des Konsums, und zwar in erster Linie des Konsums verschiedener mittelalterlicher Bauelemente, deren Zusammenstellung so beliebig und überladen wirkte wie das Sortiment der Woolworth'schen Billigläden.

Er schätze, der Turm zu Babel habe bis in den Himmel gereicht, hatte Koldewey geantwortet.

Im Ernst, Robert, wie hoch? Mehr als zweihundert Meter?

Robert, hatte sie gesagt.

Koldewey hatte also angefangen zu rechnen beziehungsweise die Rechnung, die er bereits vor einigen Jahren aufgestellt hatte, sich in Erinnerung zu rufen. Er hatte einmal einem Ingenieur, mit dem er eine seiner Touristenführungen über die Grabung gemacht hatte, zwei Ziegel mitgegeben, einen luftgetrockneten und einen gebrannten, und ihn gebeten, in einer Hydraulikpresse zu testen, unter welcher Drucklast sie zusammenbrachen. Der luftgetrocknete Lehmziegel hatte es auf eine Belastbarkeit von etwa 1800 Kilogramm gebracht. Bei einem Gewicht von 450 Gramm pro Ziegel und einer Ziegelhöhe von drei Zentimetern ließen sich also 4000 Ziegel übereinanderlegen. Asphalt-, Lehm- und Schilflagen inbegriffen hätte demnach ein Turm zu Babel aus luftgetrockneten Ziegeln 150 Meter hoch gebaut werden können. Aber wie aus der Bibel hervorging und auch vor Ort ersichtlich war, hatte der Turm aus Backsteinen bestanden, gebrannten Lehmziegeln. Das heutige Ziegelherstellungsverfahren war dasselbe wie in babylonischer Zeit: Wenn ein Lehmziegel bei 850 Grad Celsius 24 Stunden lang gebrannt wurde, war er wenigstens siebenmal stabiler als ein luftgetrockneter Lehmziegel, die Hydraulikpresse musste einen siebenmal höheren Druck aufbauen, um ihn zerbrechen zu können. Der Turm könnte demzufolge eine Höhe von etwa drei Kilometern gehabt, also tatsächlich in den Himmel gereicht haben. Theoretisch, wenn man neben dem relevanten Faktor des Gewichts alle anderen Faktoren der Baukunst ausblendete.

Koldewey wusste es nicht. Koldewey wusste nicht, ob der Turm in den Himmel gereicht hatte. Er wusste nur, dass er hatte in den Himmel reichen sollen und damit einer Idee ausgerechnet durch Höhe zu Standfestigkeit verhelfen. Und er wusste, dass diejenigen, die so hoch bauten, gewöhnlich davon ausgingen, die Spitze dessen erreicht zu haben, was sie zu demonstrieren versucht hatten. Weshalb sonst hatte man in den für die Weltausstellung von 1889 gebauten Eiffelturm die 72 Namen von Wissenschaftlern in Gold eingraviert, wenn nicht in der Annahme, dass sie auch Anfang des 20. Jahrhunderts für das Wesen eines Fortschritts stünden, ungeachtet der Bedeutung von Fortschritt, die ja vor allem implizierte, nicht stehenbleiben zu können. Es nützte Koldewey nichts, dass die Namen auf den Friesen der ersten Etage des Turmes, der inoffiziell »Turm zu Babel« genannte wurde, jetzt überstrichen waren. Als er die Konstruktion vor über zwanzig Jahren detailliert betrachtet und angefangen hatte, die Namen zu lesen, hatte er sehr schnell geahnt, dass er sie nie wieder vergessen würde, wie alles, das keine sofort erkennbare Ordnung aufwies und nicht harmonisch durch die Wahrnehmung hindurch- oder direkt daran vorbeiging. Solche Ordnungen waren wie ein guter Schluck Whiskey, der zwar schmeckte, aber auf unergründliche Weise im Hals steckenblieb. Hätte Eiffel die 72 Namen alphabetisch aufgelistet, wären sie vermutlich wie eine Garnison preußischer Soldaten an ihm vorbeigezogen:

Ampère (Mathematiker und Physiker)
Arago (Astronom und Physiker)
Barral (Agrarwissenschaftler und Chemiker)
Becquerel (Physiker)
Bélanger (Mathematiker)
Belgrand (Ingenieur)
Berthier (Geologe)
Bichat (Mediziner)
Borda (Mathematiker)
Breguet (Physiker)
Bresse (Mathematiker)

Broca (Chirurg und Anthropologe)
Cail (Industrieller)
Carnot (Mathematiker)
Cauchy (Mathematiker)
Chaptal (Chemiker)
Chasles (Mathematiker)
Chevreul (Chemiker)
Clapeyron (Ingenieur)
Combes (Ingenieur)
Coriolis (Mathematiker)
Coulomb (Physiker)
Cuvier (Naturforscher)
Daguerre (Maler)
De Dion (Ingenieur)
Delambre (Astronom)
Delaunay (Astronom und Mathematiker)
De Prony (Ingenieur)
Dulong (Physiker und Chemiker)
Dumas (Chemiker)
Ebelmen (Chemiker)
Flachat (Ingenieur)
Fizeau (Physiker)
Foucault (Physiker)
Fourier (Mathematiker)
Fresnel (Physiker)
Gay-Lussac (Chemiker)
Giffard (Ingenieur)
Goüin (Ingenieur und Industrieller)
Haüy (Mineraloge)
Jamin (Physiker)
Jousselin (Ingenieur)
Lagrange (Mathematiker und Physiker)

Lalande (Astronom)
Lamé (Mathematiker und Physiker)
Laplace (Physiker und Mathematiker)
Lavoisier (Chemiker)
Le Chatelier (Ingenieur)
Legendre (Mathematiker)
Le Verrier (Astronom)
Malus (Physiker)
Monge (Mathematiker)
Morin (Physiker)
Navier (Mathematiker)
Pelouze (Chemiker)
Perdonnet (Ingenieur)
Perrier (Geodät)
Petiet (Ingenieur)
Poinsot (Mathematiker)
Poisson (Mathematiker)
Polonceau (Ingenieur)
Poncelet (Mathematiker und Ingenieur)
Regnault (Chemiker und Physiker)
Sauvage (Ingenieur)
Schneider (Industrieller)
Seguin (Ingenieur)
Sturm (Mathematiker)
Thénard (Chemiker)
Tresca (Ingenieur)
Triger (Ingenieur und Geologe)
Vicat (Ingenieur)
Wurtz (Chemiker)

Vielleicht war diese Art des photographischen Gedächtnisses, sich nur Dinge merken zu können, die keine sofort erkennbare Ordnung aufwiesen, auch der Grund, weswegen Koldewey, sobald er einen Tempel oder ein anderes Gebäude freigelegt hatte, dessen Freilegung nicht schriftlich dokumentierte, sondern als abgeschlossene Sache betrachtete. Vielleicht war sie auch der Grund, weswegen er von dem freigelegten Gebäude zwar eine Zeichnung anfertigte, in dieser aber absichtlich Bestandteile wegließ, die einerseits so einfach waren, dass sie der Betrachter selbst ergänzen konnte, andererseits halfen, sich die Zeichnung besser einzuprägen, die man auf diese Weise während des Betrachtens praktisch selbst erschuf. Koldewey vergaß eine Grabungsaufgabe, sobald sie gelöst war, um zur nächsten Grabungsaufgabe überzugehen, vermutlich aber würde er nie die 72 Namen auf dem Eiffelturm vergessen, sosehr er auch versuchte, sie in eine alphabetische Ordnung zu bringen, denn die alphabetische Ordnung war nicht die Ordnung, die Eiffel im Sinn gehabt hatte. Ob eine Ordnung einen Sinn oder keinen Sinn bekam, war offenbar nicht nur von demjenigen abhängig, der versuchte, ihr einen Sinn zu verleihen. Vielmehr davon, ob man es schaffte, die eigene Ordnung mit bestehenden Ordnungen in Einklang zu bringen. Als bedeutete Erfassen: einverleiben zu können, und Einverleiben: vergessen zu können, und Vergessen: sich mittels Einverleibtem auf anderer Ebene umzuorganisieren.

Falls es Koldewey schaffte, sich umzuorganisieren und seine Kammer zu verlassen, müsste er unbedingt den Mathematikstudenten aus Leipzig aufsuchen, falls dieser nicht auf seinem Fahrrad bereits nach Basra unterwegs war, den letzten Teil der Etappe wohl ausnahmsweise auf dem Schiff, wie er heute Morgen bedauert hatte, da es keinen durchgängig befahrbaren Weg nach Basra gab. Koldewey würde ihn aufsuchen und fragen, nicht, ob er wisse, weshalb sich unter den 72 Männern, die nahezu ausschließlich Franzosen waren, ausschließlich Männer befanden. Auch nicht, weshalb sich unter den Berufenen eine derart hohe Anzahl Mathematiker befand. Er würde ihn fragen, ob er sich erklären könne, weshalb sich auf den Balkonfriesen des Eiffelturms neben den Namen der 20 Mathematiker nicht der Name der Mathematikerin Sophie Germain befand, deren Theorie über elastische Oberflächen maßgeblich dazu beigetragen hatte, den Turm überhaupt bauen zu können.

Koldewey nahm Hesses Brief und drehte ihn um, um sich die Frage zu notieren, nicht weil er fürchtete, sie vergessen zu können, eher weil ihre Niederschrift wie ein vorzeitiges Indiz auf ganz greifbare Weise ein Ereignis andeutete, das noch nicht einmal in seiner Vorstellung existierte: dass er aufstand und sein Zimmer verließ.

Bis Babil waren es etwa zwei Kilometer, etwa die gleiche Distanz, die die Bestandteile des Turms zwischen ihrem ursprünglichen und neuen Standort zurückgelegt haben mussten.

Weshalb aber hatte Alexander das gesamte Ziegelmaterial fast zwei Kilometer entfernt ablegen lassen, hatte Bell gefragt, als Koldewey und sie vor dem babylonischen Turm gestanden hatten. Schließlich umfasste es 300 000 Kubikmeter, für die übrigens, um sie zu bewegen, etwa 600 000 Tagelöhne nötig wären, genau so viel, wie Alexander laut dem Geschichtsschreiber Strabo für die Aufräumarbeiten ausgegeben hatte. Weshalb, wenn er doch den Turm sogleich wieder aufbauen lassen wollte. Wollte er ihn an anderer Stelle wieder aufbauen lassen, wollte er die chaldäische Sterndeuterei, die oben auf dem Turm betrieben wurde, auf eine andere Grundlage stellen und dachte damit negativen Zukunftsdeutungen aus dem Weg gehen zu können? Denn richtig, Alexander war nicht an Nieswurz gestorben. Und auch nicht an Fieber. Er war seiner eigenen Ungläubigkeit erlegen, glaubte Regent einer Stadt sein zu können, ohne deren Glauben anheimfallen zu müssen. Man hatte ihn gut empfangen. Man hatte ihm die Zukunft geweissagt. Und man hatte ihm gesagt, dass er, acht Jahre nachdem er in Babylon gut empfangen worden war, Babylon wieder verlassen werde und wenn er Babylon verlasse, auch seine Herrschaft ende und dass es, so ein weiteres Omen am Ende der acht Jahre, nur eine Möglichkeit gebe, diese Prophezeiung positiv zu beeinflussen: indem er nach seinem letzten Feldzug die Stadt überhaupt nicht betrete, und wenn doch, dann auf keinen Fall durch das Osttor betreten dürfe, sondern von Westen in die Stadt dem Aufgang der Sonne entgegengehen müsse und nicht deren Untergang. Aber Alexander kam gerade aus dem sehr weit entfernten Industal und hatte keine Lust, nach dreieinhalbtausend Kilometern noch die Sümpfe zu durchqueren, die westlich Babylons lagen. Einen Monat später war er tot. Und der Turm lag aufgeschüttet zwei Kilometer von seinem ursprünglichen Standort entfernt, nicht weil er an einem anderen Ort wieder aufgebaut werden sollte, sondern weil der Euphrat zu Alexanders Zeiten zwischen dem Turm und dessen zukünftiger Lagerstätte floss, in einem kleinen Bogen, gerade geschwungen genug, um das Baumaterial auf einem Boot von einem zum anderen Ort hinübertransportieren zu können.

Zurzeit floss der Euphrat wieder ungefähr so, wie Nebukadnezar ihn hatte fließen sehen. Nebukadnezar schien überhaupt einige Sichtweisen mit ihnen geteilt zu haben. Sie blickten auf seine Geschichte, wie er auf die Geschichte seiner sumerischen Vorfahren geblickt hatte, sie dokumentiert und reproduziert und, worauf einige Räume in seinem Palast schließen ließen, auch wie in einem Museum repräsentiert hatte, was vor zweitausend Jahren Zeugnis abgelegt hatte über eine Zeit, die er geglaubt hatte nur genug studieren zu müssen, um darin einen Verweis auf seine eigene Zeit finden zu können. Er war wie jemand, der sich an etwas zu erinnern versuchte, das ihm einmal als eine gute Lösung erschienen war, die man wieder verwenden könnte, wenn man sie nur auffände in seinem Gedächtnis, das man im Übrigen nicht anders betrat als andere Räume der Geschichte. Er hätte auf einem Thron sitzen können, gezimmert von den besten Handwerkern aus dem besten Holz der höchsten Zedern des Libanons, aber lieber hatte er in seinem großen, aber unübersichtlichen Reich auf einem selbstgebauten Thron gesessen, wie gemacht aus den Erinnerungen eines Kindes, das in früherer Zeit mit ahnungsloser Herzlichkeit seiner Umgebung vertraut hatte. Dieses Vertrauen war abhandengekommen, aber nicht sein Vertrauen in frühere Zeiten, die, egal wie weit sie zurücklagen, den magischen Hintergrund bildeten, den man immerhin versuchen konnte ein wenig auszuleuchten, auf dass er etwas Licht in die Gegenwart zurückwarf.

Koldewey nahm zum wiederholten Mal Hesses Brief in die Hand, als kennte er ihn nicht bereits auswendig. Sonntag oder Montag, spätestens morgen also würde Bell ihn aufsuchen. Vielleicht las er diesen Brief immer wieder, um nicht nachdenken zu müssen über die Kisten im Hof des Grabungshauses, die von Babylon über drei Kontinente nach Hamburg, die Elbe, die Havel, die Berliner Spree hinauf, bis zum Kupfergraben, an den Steg der Königlichen Museen zu transportieren waren. Um keine Fragen beantworten zu müssen, die sich nicht beantworten ließen, wie alle Fragen, die man sich zu stellen verpflichtet fühlte in einer Situation, die aus gewissenhafter Untätigkeit bestand. Allein aus diesem Grund konnte es nicht diese andere, wichtigere Sache sein, über die Koldewey vorhin hatte nachdenken wollen, als er mit Buddensieg gesprochen hatte und dessen Antworten hin und wieder, um sich Zeit zum Nachdenken zu verschaffen, geistesabwesend wiederholt hatte. Nein,

Koldewey versuchte nicht, die Räume seines Gedächtnisses aufzusuchen, um etwas zu finden. Es schien eher, als versuchte etwas in den Räumen seines Gedächtnisses ihn aufzusuchen. Wie bekäme er die 500 Kisten aus dem Hof des Grabungshauses nach Berlin, weg von einem Ort, an dem man auf dieselben Verkehrsmittel angewiesen war wie zu Zeiten Alexander des Großen, Harun al Raschids und Marco Polos. Im Fluss stand kaum Wasser, das Wasser stand auf den Feldern. Koldewey verbat sich, in der Nische seiner Kammer einem weiteren Reflex seiner Situation nachzugeben und aus dem Fenster zu sehen. Die Felder überflutet, während der Fluss austrocknete – das war kein Widerspruch, sondern etwas, das sich nach türkischen Begriffen ausglich. Es gab sehr wenige Bauern, die in ihren Anbau investierten, etwa durch sinnvolle Bewässerungssysteme. Sobald der Anbau sich zu lohnen begann, übernahm die türkische Regierung die Bewirtschaftung der Getreidefelder oder verlangte unrentable Abgaben, weswegen man nur für den Eigenbedarf anbaute und die Felder den Tamarisken, Dornengewächsen und trockenem Gras überließ. Reuther hatte auf Höhe des Expeditionshauses auf einer mehrere Meter breiten Schlamminsel im Euphrat einen Garten angelegt, in dem die Früchte des Feldes praktisch von selbst gediehen (Gurken, Melonen, Bohnen), ähnlich den Datteln und Maulbeeren, die am Rande des Euphrats zuverlässig zur Reifezeit an den Bäumen hingen. Der Fluss hatte nie etwas anderes sein können als ein Fluss, der hin und wieder seinen Lauf änderte. Immer floss er höher als die umliegende Umgebung, eingegrenzt von Ufern, die er selbst erhöht hatte, indem er regelmäßig im Frühjahr über die Ufer trat und seine Sedimente naturgemäß in seiner Nähe ablagerte. Was in der Nähe des Flusses anfing zu wurzeln, zu wachsen, Früchte und trockene Pflanzenteile abzuwerfen, erweiterte die Ufer schließlich zu breiten Dämmen, die der Fluss zuweilen durchbrach, wenn ein Bewässerungskanal allzu unvorsichtig hindurchgegraben wurde. Dann verließ er kurzfristig sein altes Bett, um es einige hundert Meter weiter südlich wieder aufzusuchen. Neben der türkischen Verwaltung waren die Bauern in Kowairesch und den umliegenden Dörfern den Leuten im Nachbarort Hilleh zu Abgaben verpflichtet, behaupteten aber, das Land gehöre ihnen. Wenn Koldewey sie fragte, weshalb sie dann in aller Welt den Leuten in Hilleh Geld gäben, antworteten sie, dass sie den Leuten in Hilleh schon immer Geld gegeben hätten und aus diesem Grund auch weiterhin gäben.

Gewohnheit war gewiss nicht der Grund, der Koldewey nicht aufhören ließ, Hesses Brief zu lesen, wenngleich unter ökonomischen Gesichtspunkten das Lesen von Dingen, die man bereits gelesen hatte, wie die Gebühr für das eigene Feld eine sagenhaft überflüssige Angelegenheit darstellte. Hesse schrieb, dass Bell in Ha'il gewesen sei und dass es so ausgesehen habe, als hätte sie bei ihrer Ankunft in Bagdad eine bemerkenswerte Anzahl leerer Flaschen Champagner im Gepäck gehabt. Wenn Hesses Vermutung stimmte, oder vielmehr das Bagdader Gerücht, von dem er gehört hatte, hätte sie damit eine Tradition fortgeführt, die der gelangweilte Baron Eduard von Nolde auf dem Weg nach Ha'il einst begründet hatte. Allerdings würde sich Bell niemals in die Tradition dieses Abenteurers stellen, dessen Reiseberichte allenfalls Karl May interessiert hatten. Koldewey kannte niemanden, der mit Alkohol im Gepäck nach Ha'il reiten würde, er kannte niemanden, der überhaupt im Moment nach Ha'il reiten würde, hinein nach Zentralarabien, bis ans Ende der Nefud-Wüste. Es gab Leute, die in der Wüste kein Wasser brauchten, und es gab Leute, die in Bagdad, wo es genügend Wasser gab, sich jeden Tag aus dem fünfzig Kilometer entfernten Euphrat Wasser bringen ließen, wie ein ehemaliger

Bagdader Gouverneur, dem das Wasser des Tigris zu schwer gewesen war. Vielleicht hatte er schwache Nieren gehabt, oder Diabetes. Man unterschied hier ähnlich zahlreiche Arten des Wassers wie in Europa Varianten des Alkohols. Koldewey hatte auf der Grabung alle Varianten verboten, hätte jedoch kein Problem, nach der Arbeit oder auf dem Weg nach Ha'il ein wenig zu trinken, betrinken allerdings würde er sich nicht. Wenn es also stimmte, hatte Bell sicher einen anderen Grund gehabt, einen Geliebten, der sie in den Wahnsinn trieb, oder Ähnliches. In solch einem Fall würde Koldewey jedoch warten, bis er in Bagdad war, und dort in eine Bar gehen. Aber nein, Bell ginge auch dann nicht in eine Bar. So eine Frau ging nicht in eine Bar, sie ritt zu den Raschids. Und da sie einmal zu den Raschids unterwegs war, die sich als regierende Dynastie des jahrhundertealten Stammes der Schammar gerade mit den Sauds bekämpften, dokumentierte sie gleich die auf dem Weg liegenden historischen Ruinen, kartierte das Terrain, Oasen und Brunnenstellen, Rastplätze, Karawanenwege, traf auf Beduinen- und Araberstämme, erstellte Persönlichkeitsanalysen ihrer Stammesherrscher, erfasste die Anzahl der Stammesmitglieder, analysierte die Art der Politik und ihre Beziehungen zu anderen Stämmen, die sie bereits kannte von Reisen durch Zentralarabien, den Irak und die Gebiete am Golf. Sie wusste, wer mit wem rivalisierte oder paktierte. Ohne diese Frau könnten die Engländer keinen Krieg gewinnen, falls sie vorhatten, einen zu beginnen.

Einen Krieg beginnen. Vielleicht suchten ja die Engländer deswegen in der Omarmoschee nach der Bundeslade, hatte Wetzel einmal gewitzelt. Aber Nebukadnezar hatte während der Eroberung Jerusalems auch den Tempel geplündert, dessen Schätze seitdem als verschwunden galten. Wenn die Bundeslade also irgendwo war, dann in Babylon und nicht in Jerusalem. Aber was sollte sie hier? Die Babylonier hatten ja ihre eigenen Schicksalstafeln, die, wenn überhaupt, nicht nur eine ähnliche Funktion hatten wie Moses' Tafeln in der Lade, sondern vielleicht sogar von Anbeginn dieselben Tafeln waren. Mittlerweile waren die orientalischen und okzidentalen Mythengeschichten ja nicht mehr auseinanderzuhalten. Es waren ja auch keine Geschichten mehr, es waren Tatsachen, die man untersuchte und deren Funktion man mit der Untersuchung en passant dem Obhutsbereich anderer Tatsachen anvertraute. Wo und was auch immer die Engländer suchten, sie suchten an der falschen Stelle oder sie suchten an den Stellen, an denen ihre Grabungstechnik es ihnen zu suchen erlaubte. Zwar hatten sie den Ort, der in der nächsten Umgebung als Babil bekannt war, noch vor den Ausgrabungen der Deutschen nach Funden durchsucht, hatten ihre Durchsuchungen jedoch sehr bald aufgegeben, da sie für die babylonische Lehmziegelarchitektur weder Geduld noch die notwendigen architektonischen Kenntnisse besaßen, falls sie eine Lehmziegelmauer überhaupt erkannten. Sie waren eben keine Architekten und verbrachten noch immer ihre Zeit damit, vorrangig nach Ausstellungsstücken zu suchen und nebenbei die Fortschritte an der Bagdadbahn zu beobachten. Bell suchte die Ausgräber im nordmesopotamischen Karkemisch, das vierhundert Meter von der Eisenbahnlinie entfernt war, in regelmäßigen Abständen heim, um ihnen von der präzisen Grabungsmethodik der Deutschen zu berichten, die so neu war, dass Bell die Einzelheiten aus ihrem Tagebuch ablesen musste: über die systematische, detailgetreue Bestandsaufnahme jedes einzelnen Ziegels, die Erfassung des Gebäudes, überhaupt die Freilegung eines Gebäudes, nicht nur seines Inhalts, die Methode der Lehmziegelpräparation, die Erfassung der Bauschichten und Perioden der Besiedelung, die Erfassung der gesamten Stadt mit allen damit verbundenen Komplikationen. Die Engländer dachten in Funden, die Deutschen in Befunden. Denken in Zusammenhängen unter Berücksichtigung der Details war eine Vorgehensweise, mit der man sich aus englischer Sicht finanziell nur ruinieren konnte, sofern über allem nicht der orientverliebte Geist Wilhelms II. schwebte, dessen Staat sich zwar über die preußischen Tugenden der Sparsamkeit und Effizienz definierte, aber auch über Fleiß und Gründlichkeit.

Ohne Bell könnten die Engländer keinen Krieg gewinnen. Aber beginnen. Wenn kein Krieg ausbräche, bekäme Deutschland einen Großteil der Funde, das zumindest hatte die Türkei einst zugesichert; Koldewey würde die benötigten Stücke dann irgendwie nach Berlin manövrieren. Wenn Krieg ausbräche, fielen die Funde den Engländern in die Hände, weil die Engländer den Krieg gewännen. Und gewinnen würden sie, weil Bell ihnen zu gewinnen helfen würde in moralischer Verantwortlichkeit gegenüber den Stämmen, die sie kannte und denen sie verpflichtet war und die bei einer kriegerischen Auseinandersetzung in jedem Fall benachteiligt wären. Das hieß, sie würde im Falle eines Krieges, ob sie wollte oder nicht, politisch eingreifen, um ihnen einen Vorteil zu verschaffen, und das, wie er sie kannte, an oberster Stelle, genau dort, wo auch über die Funde der deutschen Ausgrabungen entschieden würde.

Während Andraes Briefe Koldewey in Bewegung gesetzt hatten, ihn hatten aufstehen und in den Stapel greifen lassen, war es überraschenderweise ein Brief Hesses, der Koldewey in Bewegung hielt.

Koldewey nahm einen doppelten Bogen Papier und den Federhalter. Es war unmöglich, zusätzlich eine Schreibmaschine vor sich aufzustapeln, die Bänder der Marke Hammond waren sowieso eingetrocknet oder nie frisch gewesen. Seltsam, ab einer gewissen Zeit ließ in aller Regelmäßigkeit die Qualität derjenigen Produkte nach, mit denen die Unternehmen ihren größten Umsatz machten. Er wusste, wenn er noch einmal Gemüsebandnudeln von Knorr essen müsste, käme er nicht umhin, sich spontan zu übergeben.

»Eine bemerkenswerte Anzahl leerer Flaschen Champagner.« Vielleicht hatte Bell tatsächlich einen Geliebten, der sie in den Wahnsinn trieb. Die Orientgesellschaft hatte Koldewey, der sie in den Wahnsinn trieb. Die Engländer hatten den deutschen Kaiser, der sie in den Wahnsinn trieb. Andrae hatte eine Stute, die ihn sicher noch, nachdem sie zurückgekehrt war, in den Wahnsinn trieb, da Andrae den Vorfall immer wieder durchspielen würde, um irgendetwas zu verstehen, was es aus Koldeweys Sicht schlichtweg nicht zu verstehen gab. Koldewey hatte laut Auskunft Liebermeisters, dessen wichtigstes Kapitel er sich zu lesen weigerte, einen Appendix, der ihn in den Wahnsinn trieb. Einen Appendix und Buddensieg, der auf dem Außengang herumschlich und vermutlich gleich wieder sein Zimmer betreten würde. Er sollte doch die Gänse zum Euphrat hinuntertreiben.

Koldewey nahm den Federhalter und schrieb: »Lieber Kollege Andrae«.

Ihm fiel das Blatt mit den Chiffren in die Hände, die sich offiziell die Generalverwaltung der Berliner Museen, aber inoffiziell die Deutsche Orientgesellschaft ausgedacht hatte und die er schon lange nicht mehr benutzte, über die er sich dennoch jedes Mal, wenn er sie sah, von Neuem aufregte. Für den Briefwechsel hatte sie Orte, Personen, Funde und Tätigkeiten einfallsreich chiffriert. Statt Babylon sollte man Feldkirchen schreiben. Statt Berlin: Innsbruck, statt Konstantinopel: München, statt Türkei: Bayern, statt Babylonien: Lausitz. Babylonien und die Lausitz waren sich beide, um miteinander verchiffriert werden zu können, allerdings fast zu ähnlich, was die mondähnliche Oberflächengestalt betraf, abgesehen davon, dass diejenige in

Babylonien bereits so aussah, bevor man die Erde aus dem Boden hob und mittels Förderbahnen abtransportierte.

Warschau statt Aleppo.
Prag statt Damaskus.
Spandau statt Iskenderun.
Spanien statt Deutschland.
Dänemark statt Amerika.
Belgien statt Frankreich.
Lausitz statt Babylonien.

Allerdings verwendeten sie, um bis zu fünfundzwanzig Meter tief in die Erde zu gelangen, noch immer Spitzhacken und Breithacken und Schaufeln, keine Eimerkettenbagger. Die Feldeisenbahn, die das Erdmaterial zu transportieren half, hatte die Arbeiter ausreichend geängstigt. Sie hielten sie für ein Werk des Teufels, so lange, bis derjenige, der als erster behauptet hatte, sie sei ein Werk des Teufels, überraschend gestorben war. Daraufhin war sie ein Segen.

»Paläste«, die man in dieser Erde entdeckte, hießen »Äcker«. »Grub« man darin, dann »jagte« man. Wollte man Resultate finden, veranstaltete man eine Jagd, aber »Resultate« und »Jagd« gleichzusetzen war eine unglückliche Idee, da das, was verschlüsseln sollte, nicht das benannte, was es verschlüsselte, sondern allenfalls die Tätigkeit, die zum Verschlüsselten führen sollte.

Zu jagen gab es:

Wild (Altertümer).
Felle (babylonische Inschriften).
Fleisch (Ziegel).
Geflügel (Bronzen).

Hirsche (Reliefs mit Kampfszenen).
Gänse (Siegelzylinder).
Gazellen (Statuen).
Enten (Tontafeln).
Schnepfen (Bauzylinder).
Zebras (zweisprachige Inschriften).

Mussten Orte und Funde näher bestimmt werden, bekamen sie Eigennamen: Der Palast Nebukadnezars, aus dem die wertvollsten Funde erwartet wurden, hieß »Hans«.

»Maria« war eine Inschrift aus griechischer oder späterer Zeit.

»Peter« war ein Relief mit einer Löwenjagd.

»Laura« eine juristische Inschrift.

»Paul« ein gut erhaltener geflügelter Stier und »Meyer« ein schlecht erhaltener, also auch substantiell nicht ganz vollständiger Cherub. Fand man irgendwo auf dem »Hans« einen »Meyer«, fand man also den halben Teil der von Menschenhand geschaffenen Basis einer später christianisierten Figur, wie vorzeitig abgebrochen von der Bundeslade oder schon an der Idee gescheitert, etwas oder jemanden engelsgleich umrahmen und zugleich an ihm mittragen zu sollen, oder an der Aufgabe selbst oder einfach an der Zeit, der immer eine andere Zeit nachfolgt mit anderen Vorstellungen, Ideen umzusetzen.

Das Wort Bundeslade war nicht chiffriert. Dafür gab es andere Chiffren:

Wiesen (Tempel).
Ställe (Gräber).
Tiere (Arbeiter).
Heu (Zoll).
Federn (Depeschen).
Blei (Briefe).

Und es gab die Fabrik (Museum), die das gejagte Wild, Fleisch und Fell abkaufte und weiterverarbeitete. In diesem Theater (Mission), stinkend nach Zigarren (Bakschisch) und verrauchtem Tabak (Empfehlungen), spielten unterschiedliche Volksgruppen mit, wie etwa Wenden (Kurden) und Slaven (Beduinen), Tataren (Türken) und Chinesen (Juden). Wer »predigte«, benahm sich falsch. Wer aus der »Bibel« zitierte, der zitierte aus einer 1873 erschienenen Neuauflage eines Buches von 1848, Austen Henry Layards Standardwerk aller archäologischen Orienterkundungen: *Nineveh and its Remains.*

Koldewey hielt die Luft an und warf nach einem obligatorischen Moment der Höflichkeit die Chiffren an die Palmholzdecke, von der sie von Koldewey unbeachtet zurücksanken und leise neben ihm auf dem weiß verfugten Steinfußboden und einem Teil des Teppichs aufkamen, während Koldewey den anderen Arm zum Schreiben streckte und schüttelte und versuchte, so forciert wie möglich auszuatmen.

Dann setzte er an, um Andrae die Frage zu beantworten, die von den vielen Fragen, die in den Kopf dieses großen, zurückhaltenden Mannes passten, ihn am meisten beschäftigte.

Wenn Krieg kommt, schrieb Koldewey, so machen Sie:

1. Kassenabschluss und nehmen
2. die Bücher an sich (Kassenbuch, Inventarliste, Grabungstagebuch, Zeichnungen). Nachdem Sie
3. die Arbeiter ausgezahlt und die Grabung eingestellt haben, bitten Sie den Kommandanten der Kaserne, dass er auf das Expeditionshaus aufpasst, bis der Konsul jemanden schickt. Darauf reisen Sie
4. nach Mossul. Übergeben Sie Bücher, Zeichnungen und Kassenbestand dem Konsul und bitten ihn, jemanden nach Assur zu schicken, der dort das Haus bewacht. Reisegeld in

Höhe von hundert türkischen Pfund pro Mann entheben Sie soweit möglich aus dem Kassenbestand. Wenn so viel nicht da ist, leihen Sie sich das unter Garantie des Konsuls, der mir das anzeigt und dem ich das Geld dann wiedergebe, denn zum vorherigen Geldrüberschicken wird keine Zeit sein. Darauf fahren Sie (doch wohl über Land)

5. nach Deutschland und verprügeln
6. diejenigen, die Sie verprügeln sollen. Nachdem Sie sie verprügelt haben, kehren Sie
7. umgehend nach Assur zurück und nehmen die Grabung an dem Punkt wieder auf, wo Sie sie verlassen haben. Wenn Sie wollen, können Sie mir das Letztere telegraphisch mitteilen, aber nötig ist das nicht, da es ja selbstverständlich ist.

Kurze Grußformel, Unterschrift, wie immer Koldewey mit zwei Punkten über dem y, es war nämlich kein y, sondern ein i und ein j.

Koldewey überflog die Punkte noch einmal, weil er das Gefühl hatte, etwas vergessen zu haben. Andrae stand kurz davor, die Grabungen in Assur abzuschließen, er hatte die ersten Grabungsergebnisse veröffentlicht und tatsächlich alles freigelegt, was es freizulegen gab auf einer Fläche von hundertdreißig Hektar. Assur war in der Mitte des 1. Jahrtausend v. Chr. im Vergleich zu Babylon eine Kleinstadt gewesen, wie Athen oder wie überhaupt damals jede Stadt auf der Welt im Vergleich zu Babylon eine Kleinstadt gewesen war. Assur lag auf einem Abhang über dem Tigris, in einer Region, in der die babylonische Wüste in eine steinige und auch deutlich kühlere Gebirgslandschaft überging, während sich Babylon vierhundert Kilometer südlich auf einer Fläche von tausend Hektar über beide Ufer des Euphrats in die mesopotamische Tiefebene eingeschrieben hatte. Koldewey faltete den Briefbogen dreimal und steckte ihn in ein Kuvert, das er nicht verschloss, da es sowieso geöffnet würde. Vermutlich bekäme Andrae augenblicklich Magenschmerzen, wenn er den Brief erhielt, angesichts der bloßen Möglichkeit, die Grabung nicht abschließen zu können, weil kurz vorher Krieg ausbräche.

Koldewey streckte nochmals den Arm, während er ungewollt aus dem Fenster sah und Buddensieg erblickte, der wieder auf der gegenüberliegenden Seite des Expeditionshauses auf dem Dach stand, gebeugt über Kleinfunde, diesmal jedoch allein, ohne Bedri. Wäre die Schreibmaschine nicht erfunden worden, hätte Härle ihm irgendwann den Arm amputieren müssen infolge eines Schreibkrampfes. Aber wäre die Schreibmaschine nicht erfunden worden, bekäme Koldeweys Arm nicht bereits nach einer halben Seite eines handgeschriebenen Briefes einen Schreibkrampf. Koldewey legte den Brief an Andrae ganz oben auf den Stapel Briefe, wo er aussah, als hätte er ihn sich selbst geschickt. Auch die Schrift sah nicht aus wie Koldeweys Schrift, sondern wie die Schrift von jemandem, der, als er mit der Schreibmaschine zu schreiben begonnen hatte, weniger mit der Hand schreiben musste, ein überglücklicher Linkshänder, der umgeschult worden war und nun wenigstens beide Hände benutzen konnte, aber umso unglücklicher wurde, wenn er wieder einmal mit der Hand schreiben musste und augenblicklich wieder so fühlte wie das Kind, das nach der Grundschule nach Hause gelaufen war und nun am Küchentisch saß, mit dem Gefühl in der Ellenbeuge, das sich wie an den Sehnen entlang unsichtbar über den gesamten Arm ausbreitete, hoch- und hinunterstrahlte. Als gäbe es eine Art innerer Telegraphenleitung, die zwischen Hand und Verstand zu vermitteln versuchte, was nur schwer zu vermitteln war, aber in jedem Fall signalisierte, dass entweder mit dem Grundschüler etwas grundsätzlich nicht stimmte oder er schlicht zu dumm war, mit einem Stift ein vorgezeichnetes Pferd auszumalen. Wenn Koldewey sich auf Gruppenphotographien entdeckte, fiel ihm auf, dass sein rechter Arm seinen linken Arm, wenn dieser nicht in der Hosentasche steckte, wie im Würgegriff festhielt. Als könnte dieser im entscheidenden Moment der Aufnahme irgendetwas Unpassendes tun wollen, etwas tun, das nicht seine Aufgabe gewesen wäre, etwas, was den Moment für immer verderben würde und also der Kontrolle bedurfte.

Koldewey nahm den Brief vom Stapel und faltete ihn wieder auseinander. Er hätte noch schreiben sollen, dass die eingereichte Reisekostenabrechnung eines Assistenten von Andrae so nicht eingereicht werden könne. Hätte ihm schreiben müssen, dass 1. jede einzelne Ausgabe und Einnahme mit einem Datum zu versehen sei und dass jeder Aufenthalt und jede Fahrt, egal mit welchem Transportmittel, irgendwann beginne und irgendwann ende. Dass 2. Aktiva und Passiva nicht dasselbe bedeuteten wie Einnahmen und Ausgaben, etwas, das der Herr Assistent einmal in einem Konversationslexikon nachsehen könne. Dass 3. Exkursionen nicht in Rechnung gestellt werden könnten. Dass es 4. blanker Unsinn sei, dass die Hotels in Kairo billiger seien als in Alexandria. Und dass 5. in einer preußischen Rechnung eines königlich preußischen Bauführers nicht stehen könne, dass ein österreichischer Zollbeamter bestochen worden sei. Koldewey hätte schreiben müssen, dass es ausreiche, auf den großen Indiendampfern in zweiter Klasse zu fahren, weil weder Bauführer noch Bauräte, sondern der Vizekönig von Indien in der ersten Klasse fahre, zumal dieser immer seinen Frack dabeihabe, den Personen, die in der ersten Klasse reisten, verpflichtet waren bei Tisch anzulegen. Er hätte schreiben müssen, dass er nicht ganz verstehe, welche Gründe Andraes Assistenten dazu bewegt haben könnten, in Cospoli ein

Trinkgeld zu geben, das fünfzig Prozent der Hotelrechnung betragen habe, und an Reisekosten alles in allem etwa das Doppelte auszugeben wie Buddensieg in derselben Reisezeit und etwa 700 Mark mehr als Reuther, der auch über Cospoli, auch über Bombay, auch über Indien gefahren sei und auch einen Aufenthalt in Alexandria gehabt habe. Und auch hätte er schreiben müssen, dass Andrae, wenn dessen zweiter Assistent irgendeine geschwollene Drüse am Hals habe und er Koldeweys Meinung dazu hören wolle, er ihm schon genau sagen müsse, welche Drüse er da meine: Ohrspeicheldrüse, Unterkieferspeicheldrüse, Tonsillen?

Er hätte das schreiben sollen, aber Andraes Magen würde vielleicht nicht alles auf einmal vertragen. Bei Andrae legte sich alles auf den Magen, Andraes Assistent laborierte an irgendeiner Drüse, Wetzel hatte wahrscheinlich Diabetes und Koldewey stand kurz vor einem Blinddarmdurchbruch. Möglicherweise dachten sie, sie seien Koldewey auf die Schliche gekommen, und hatten ihrerseits begonnen, ihre Gesundheit zu ruinieren, um sie nicht im Krieg riskieren zu müssen. Sie waren die innovativsten Ausgräber, die jemals im Orient gegraben hatten, und die angeschlagensten. Koldewey hoffte, dass man, wenn man in einigen Jahrzehnten über ihre Ausgrabungen berichtete, die erste von beiden Tatsachen als Gegenstand offizieller Publikationen in den Vordergrund rückte, aber er ahnte, dass Güterbock in Berlin genauso wenig Koldeweys Briefe vernichtete wie Koldewey Güterbocks, auch wenn sie beide regelmäßig darum baten. Sehr wahrscheinlich würde also jemand auch ihr Leben irgendwann ausgraben und genauso unvollständig und zusammengereimt wiedergeben wie das, was sie in den Archiven der orientalischen Geschichte vorgefunden und notiert hatten.

Auch müsste Koldewey Andrae in jedem Fall noch schreiben, dass er, wenn er aus welchem Grund auch immer Assur verlassen müsse, ihm bitte in Mossul zwölf übersponnene Pfeifenrohre inklusive Mundstücken und Köpfen kaufen und diese an seine Adresse in Berlin schicken möge. Das Geld würde Koldewey ihm wiedergeben, wenn er das nächste Mal in Berlin wäre. Sofern sie sich dort überhaupt wiedersähen und Andrae nicht vorher auf anderem Wege in den Orient zurückkäme, um unter irgendeinem Feldmarschall Befehle auszuführen und auf sich schießen zu lassen in einem Umfeld, in dem er zwar gewohnt war, eine Waffe zu tragen, diese aber vermutlich, egal in welchem Umfeld, außerstande war zu benutzen.

Das alles hätte er noch schreiben müssen, aber er wollte den Federhalter nicht mehr halten. Und schreiben – er sah auf die Schreibmaschine, die auf dem Pappelholztisch stand – wollte er auch nicht. Allenfalls:

PS: Wie geht es Ihrem Magen?

Und: Denken Sie daran, jeden Bissen mindestens sechzigmal zu kauen, vor allem, wenn Sie Fleisch essen. Kauen ist die Grundlage jeder funktionierenden Verdauung, die Grundlage dessen, was man gemeinhin Gesundheit nennt.

Eine gestellte Frage würde vielleicht dazu führen, dass Andrae sogleich auf Koldeweys Brief antwortete, statt sich die Szenarien eines Krieges auszumalen. Die Fragen, die Assur betrafen, würde Koldewey sich für später aufheben, in der mechanistischen Vorstellung, dass Fragen beantwortet würden, sobald man sie stellte, und der, von dem Antwort zu erwarten war, alles täte, um diese Fragen beantworten zu können, notwendigenfalls in Planquadrat f7 des Grabungsareals noch einmal nachsähe, und Koldewey auf diese Weise Andrae noch mindestens ein Jahr in Assur festhalten könnte, während er darüber nachdachte, wie er es nur schaffte, sich von Andrae schriftlich zu verabschieden, ohne einen ironischen Kommentar, der alles relativierte.

Was sollte er sagen? Hat mich gefreut?

**ZUGEGEBEN:** Das war nicht Koldeweys dringendste Frage. Koldeweys dringendste Frage war, wie er aufstand und das Zimmer verließ.

Aufstehen und Gehen.

Hesse schrieb, dass Bell in Ha'il, der Residenz der Raschids, elf Tage gefangen gehalten wurde und nur freikam, weil sie aufgestanden und gegangen war. Bell habe einige Male höflich gefragt, wann sie ihren Kreditbrief eingelöst bekam, um ihre Reise fortsetzen zu können. Aber die mit den Geschäften des Palastes vorübergehend beauftragte Person wollte sie nicht gehen lassen, bevor der sechzehnjährige Emir, der sich gerade auf einem Raubzug befand, zurückgekehrt war. Wahrscheinlich hatte die Großmutter des Emirs diese Vorgehensweise angeordnet, die wie alle von ihren Enkeln besessenen Großmütter nicht versuchte, die Interessen ihres Enkels zu wahren, sondern diese wie schon die des Sohnes zu verwahren, freilich ohne dieselben Fehler zweimal zu begehen, vor allem wenn es darum ging, mit plötzlich in diesem Rahmen auftauchenden Frauen umzugehen. Bell habe also kurz nach Sonnenaufgang um eine Privataudienz in den oberen Räumen des Palastes gebeten und dort mitgeteilt, dass sie jetzt ihre Sachen packe und gehe, und dass man sie informieren solle, ob sie, wenn sie jetzt gehe, noch die Stadt photographieren könne oder nicht. Dann habe sie sich, ohne sich zu verabschieden, umgedreht und sei gegangen. Kurze Zeit später sei ein Eunuch mit einem Beutel voll Gold gekommen und der Erlaubnis, dass sie ihre besten Kamele aussuchen dürfe und gehen, wann und wohin sie wolle. Vielleicht dachten sie, dass Bell weiter nach Süden reitend sowieso Ibn Saud, dem Erzfeind der Raschids, in die Hände fiele, nicht wissend, dass sie ohnehin vorhatte, ihn zu besuchen. Oder einige mit ihr befreundete

Anaseh-Scheichs, die auch in Ha'il weilten, hatten sie nach elf Tagen Kaffeetrinken und Kissenaussitzen freigeredet. Wahrscheinlicher aber hatte sie sich selbst freigeredet, indem sie Gebrauch gemacht hatte von der orientalischen Art der Kommunikation und diese zugleich abgewandelt hatte. In dieser Art der Kommunikation konnten Europäer nur bestehen, wenn sie Geduld und Ungeduld an richtiger Stelle richtig dosierten und im passenden Moment überdosierten. Letzteres nannte Koldewey »das europäische Moment«, das entweder auf eine ganz klassisch europäische Verhaltensweise rückführbar war oder eine ad absurdum geführte orientalische. Es gab mehrere Möglichkeiten. Etwa die Bell'sche, die höfliches Nachfragen unerwartet mit einer unhöflichen Feststellung beendete: dass sie jetzt etwas tue und es dann tat, und kurz bevor sie es tat, noch beiläufig eine Frage in den Raum stellte, deren Beantwortung in jedem Fall einschloss, dass man mit der Basis der Frage einverstanden war. Durfte sie photographieren, wenn sie ging? Denn gehen würde sie ja. Die meisten Menschen antworteten auf Fragen, ohne deren Voraussetzungen zu prüfen, manchmal weil sie nicht darauf achteten, meistens weil sie so erzogen waren, auf eine Frage unmittelbar und in derselben Weise einzugehen, in der sie vorgetragen wurde. Koldewey war diese Art unangemessener Fragen früher in Prüfungsaufgaben oft begegnet. Das waren Fragen, die niemals richtig beantwortet werden konnten, sofern man sie nicht durchstrich und danebenschrieb, wie sie, um richtig beantwortet werden zu können, zu lauten hätten, dann aber riskierte, den Professor zu beleidigen. Es war nicht ohne Grund, dass Koldewey vor Abschluss seines Studiums die Universität verlassen hatte. Eine weitere Möglichkeit, eher eine Koldewey'sche, bestand darin, die orientalische Art der Kommunikation bis an die Grenze auch der orientalischen Geduld ausufern zu lassen, so lange, bis sich ein kurzer Moment auftat, in dem sich die Einheimischen offenbar der Eigentümlichkeit ihrer Verhaltensweise bewusst wurden und für einen Augenblick an ihr zu zweifeln schienen, unsicher, wie im weiteren Verlauf zu reagieren war. Das war der Moment, in dem man ungestraft jede beliebige Forderung stellen konnte und zugleich, sofern man patriotisch war, sich an dem nun leicht europäisch gefärbten Ton der ganzen Situation erfreuen, ganz gleich, wie wenig in Europa, nachdem man von einem längeren Aufenthalt in diesem merkwürdigen Land zurückgekehrt war, mit diesem Ton anzufangen war. Und wie sehr man dann nur noch eines wollte: sämtliche Umgangsweisen des Orients an seiner Umgebung ausprobieren.

Allein: Wie redete man in diesem Umfeld mit Mitgliedern der eigenen archäologischen Expedition? Mit Buddensieg etwa, der, und ohne dass es Koldewey noch wunderte, plötzlich in seiner Tür stand:

Dr. Koldewey?

Buddensieg!

Dr. Koldewey, ich wollte nur …

Buddensieg, Sie sind … Koldewey sah nach oben, hob die Arme und schüttelte den Kopf, um diesen schließlich mit seinen Händen zu ergreifen, damit er sich zu bewegen aufhörte.

Ich wollte nur fragen, ob ich Sie informieren soll, wenn ich jemanden in der Nähe von Babil sehe, Dr. Koldewey.

Koldewey atmete heftig aus. Ja, Buddensieg. Wenn es keine Hyäne ist, die Sie da sehen. Oder Schakale und Wildkatzen, wie es die Bibel, zweitausend Jahre bevor Sie hier eintrafen, geweissagt hat! Und Koldewey hätte am liebsten hinzugefügt, dass es Schakale und Wildkatzen aber erst gebe, seitdem sie Babylon mit Tunneln und Gräben durchzogen hatten, als habe die Bibel auch geahnt, dass jemand diesen Ort wieder ausgraben würde. Aber das hätte nicht ganz gestimmt, denn gerade weil wilde

Tiere diesen Ziegelsteinbruch bewohnten, hatten Forschungsreisende ja in den letzten Jahrhunderten weitgehend davor zurückgeschreckt, sich den Ort näher anzusehen. Allerdings hatten sie neben den erwähnten Tierarten vor allem Schlangen und Drachen gesehen, die an anderer Stelle der Bibel vorkamen.

In Ordnung, Dr. Koldewey.

Buddensieg blieb in der Tür stehen.

Buddensieg, weshalb bleiben Sie in der Tür stehen?

Entschuldigen Sie, Dr. Koldewey, aber wie geht es Ihnen? Buddensieg konnte den Blick nicht abwenden von der leeren Rizinusölflasche, die neben dem Bett auf der Kommode stand, wo sie Buddensieg auf Koldeweys Wunsch hingestellt hatte.

Koldewey sah ihn an, zum wievielten Mal an diesem Tag, in diesem Jahr, im ganzen letzten Jahrzehnt, als könnte er in Buddensiegs Gesicht irgendetwas erkennen, was er bislang übersehen hatte, einen versteckten Zug um seine Brauen, die über dem äußeren Punkt seiner Augen sogleich abfielen und das gesamte Gesicht so aussehen ließen, als müsste Buddensieg ein Leben lang nichts anderes tun, als gegen seine eigene Schwerkraft anzugehen. Die Brauen lagen wie ein Gewicht auf seinem Blick, auf seiner Wahrnehmung und allem, was dieser unterlag. Als hätten sie den kleinen Buddensieg, als er noch Gottfried genannt wurde, von Anfang an beschwert und infolgedessen gar nicht richtig wachsen lassen, als hätten sie ihn vor etwas beschützen wollen, einen Ersatz bilden für fehlende Obhut in der Kindheit, als wären sie nur eine Antwort auf ein Bedürfnis, das sich zugleich geisterhaft in sein Gesicht geschrieben hatte, wie alle frühkindlichen Bedürfnisse, die auf nahezu übersinnlichem Wege erkannt werden wollten. Die lange Nase passte perfekt in diese Mimik, ebenso die beiden tiefen nasalen Falten, in denen die Nase sich fortsetzte und die besonders ausgeprägt im oberen Teil und vielleicht ein Hinweis auf Magenprobleme waren.

Buddensieg schien über dem Anblick der Rizinusflasche tatsächlich kleiner zu werden, erdrückt von der Last seiner eigenen Vorstellung.

Keine Sorge, Buddensieg, sagte Koldewey. Ich habe nur aus Langeweile meine Kommode eingeölt. Leinöl haben wir hier ja nicht. Nur den Chiffren nach befinden wir uns auf Lausitzer Boden, dem Eldorado der Leinsaatbauern.

Soll ich Reuther informieren, Dr. Koldewey?

Buddensieg schien nicht zuzuhören. Das war immer der Fall, wenn seine Aufmerksamkeit von etwas absorbiert war; er konnte sich gänzlich in den Anblick einer Katze versenken, die sich über ihren Futternapf beugte.

Weshalb sollten Sie Reuther informieren, Buddensieg?

Vielleicht können Wetzel und er noch einmal an Dr. Härle telegraphieren, Dr. Koldewey.

Ja, aber weshalb sollten sie das, Buddensieg? Lassen Sie bloß die Steinadler auf den Masten sitzen. Das Euphratpappelholz wird das Rizinusöl schon vertragen. Vielleicht sogar besser, als man es erwarten würde.

Sie sehen gar nicht gut aus, Dr., soll ich nicht doch?

Unsinn, Buddensieg, ich sehe so aus, weil Sie noch immer in der Tür stehen und mich zum Redenmüssen animieren!

Bis auf Reuther hatte es bisher seinen Assistenten fast ausnahmslos an Talent gefehlt, sich fremden Umgebungen anzupassen. Besonders wenn diese wie das Zweistromland der deutschen nicht im Mindesten ähnlich waren – einmal abgesehen von der Neigung beider Verwaltungen zur Bürokratie. Buddensieg wirkte, wenn er in Koldeweys Zimmer trat und ihn ansprach, noch immer, als wäre er gerade aus Deutschland angereist mit einem Arbeitsvertrag in der Tasche, der ihm, dem Regierungsbauführer, erlaubte, mindestens für ein Jahr als Grabungsassistent an der deutschen Expedition in Babylon teilzunehmen. Und jedes Mal, wenn ihn Koldewey aus seinem Zimmer zu gehen bat, kam ihm spontan der Gedanke, Buddensieg noch fragen zu müssen, ob er bereits die Benutzung des WCs erklärt bekommen habe, das sich, so fiel es Koldewey gerade erstmals auf, Gott sei Dank um die Ecke seines Zimmers befand, aber natürlich auch den Assistenten zur Verfügung stand, wenn sie nicht wie die Philologen auf die Idee kamen, Konservendosen hineinzuwerfen. Aber möglicherweise hatte sich Koldewey, der wie Bell regelmäßig neue Verhandlungsstrategien mit Türken, Arabern und Kamelhirten testete, so sehr angepasst, dass nicht er Probleme hatte, mit seinen Kollegen zu kommunizieren, sondern sie zuweilen mit ihm. Aber das war Haarspalterei und wie jede Haarspalterei zu nichts führend, außer einem weiteren Beweis, dass Koldewey in noch näher zu erläuternder Weise nicht mehr derselbe war.

Buddensieg hatte sich verabschiedet mit dem Hinweis, dass sich Wetzel in der Nähe des Hauses befinde und also Koldewey nur nach Wetzel rufen müsse, wenn es einen Grund gäbe, nach Wetzel rufen zu müssen, der dann sofort einen Boten schicken und Buddensieg informieren könne. Es war also offenbar die mütterliche Obhut, die Buddensieg als Kind gefehlt hatte und die er nun anderen übermäßig antrug, ein fortwährender, aber vergeblicher Versuch, die Fehler der Eltern statt an sich selbst an genau den Personen wiedergutmachen zu wollen, die sich – genau wie die Eltern – am wenigsten dafür interessierten. Eine anhaltende Selbstgeißelung, die sicherstellte, dass Buddensieg seine Kindheit wieder und wieder durchlebte und gewissermaßen nicht erwachsen werden konnte. Es war mindestens ein Phänomen: Offenbar musste man Buddensieg, wie übrigens viele andere europäische Kollegen, Gelehrte und Politiker, noch immer wie Kinder behandeln, ihnen angemessene Grenzen setzen, bis sie es selbst zu tun gelernt hatten, bis sie aufhörten, die

Grenzen anderer zu übertreten, nur um herauszufinden, wo die eigenen lagen. Die europäischen Imperien, ihre Kolonialverwaltungen – eine einmalige Ansammlung von Kindern, ein Kindergarten. Früher hatte man auffällige Kinder in den Ministrantendienst gesteckt, da hätten sie nur einmal versucht, sich aus Spaß das Birett des Priesters aufzusetzen. Nun wurden diese Leute auf die Universität geschickt, lernten, ohne es zu merken, Fragen nach vorgegebener Art zu beantworten, und kamen dann als Philologen auf die babylonische Grabung, um sich darüber zu beschweren, dass Koldewey die einheimischen Bediensteten netter behandele als seine wissenschaftlichen Kollegen.

Nett war untertrieben. Koldewey war sehr freundlich und Koldewey spielte vor dem Scheich eines Dorfes, wenn es darauf ankam, so lange den Beleidigten, bis er nahezu selbst von seinen Gefühlen überzeugt war und gerade noch verhindern konnte, in Tränen auszubrechen. Vielleicht weil ein Dorfscheich tatsächlich im Vergleich zu einem europäischen Verantwortlichen eine erwachsene Person war. Aber eine erwachsene Person, die sich gern wie ein Kind aufführte, würde Delitzsch sagen, der einige Auseinandersetzungen mit Dorfscheichs miterlebt hatte. Das europäische Pendant des Scheichs hingegen war ein Kind, das gelernt hatte, so zu tun, als sei es ein Erwachsener. Ein Problem mit einem Scheich zu lösen, war in zweifacher Hinsicht kein Kinderkram, auch wenn es von außen mitunter so aussah. Es war Theater, Karneval, eine Welt, die sich verkehrte, um die Regeln des Alltags für einen Moment aufzuheben. Weniger um sie zu verwerfen, als um sie zu festigen. Gleichzeitig nutzte man die Gelegenheit, um angestaute Konflikte zu verarbeiten.

Auf diese Art hatte sich Koldewey mit sämtlichen Dorfscheichs der Umgebung angefreundet. Etwa dem Scheich der Amâr, die in der Nähe von Kowairesch auf einer Sultansdomäne ein paar Felder bewirtschafteten. Infolge eines Streits, den der Dorfscheich ihres hiesigen Dorfes Kowairesch mit dem Dorfscheich der Amâr angefangen hatte, hatten die Amâr den Kowaireschern einige Schafe weggetrieben. Daraufhin erbaten sich die Kowairescher von Koldewey einen Tag Urlaub, um lautstark ihre Gewehre schwingend zu den Amâr zu reiten und erfolgreich ihre Schafe zurückzuholen. Bis auf vier Tiere. Diese gehörten Hamed, einem Schammar, der als Emigrant in Kowairesch lebte und auf der Grabung als Schipper arbeitete. Das tat er auch einige Zeit nach diesem Vorfall, zehn Meter tief in einem Schacht, als plötzlich einige Amâr auf der Grabung erschienen, um eine Flinte zu verkaufen. Die Flinte ging unter den Kowaireschern herum, und als Hamed sie zu besichtigen an der Reihe war, nahm er sie, zielte auf die Amâr und verlangte seine vier Schafe zurück. Die Amâr luden sogleich ihre Gewehre, wie auch der Rest der Kowairescher nun zu schießen drohte, während Wetzel, der zu der Zeit den Grabungsabschnitt beaufsichtigte, nichts anderes tat, als panisch an seinen Hut zu fassen und ihn festzuhalten, als könnte er dadurch verhindern, von einer Kugel getroffen zu werden. Es war aber wohl ein Reflexgriff an den einzigen Gegenstand, mit dem Wetzel an diesem Tag sich dachte schützen zu müssen, als er morgens hinausgegangen war und sich einer schon sehr intensiven Sonne ausgesetzt sah. Ein Bote benachrichtigte Koldewey, der sich mit dem soeben aus Deutschland eingetroffenen Delitzsch sofort aufmachte, aber die Amâr nicht mehr antraf, da ein durch diverse Drohschüsse wild gewordener Hengst auf diese losgegangen und sie über ein benachbartes Kanalbett getrieben hatte, von wo aus sie sich aber entschieden, noch einige beinahe freundliche Schüsse auf Koldewey und Delitzsch abzugeben. Koldewey informierte sofort die türkischen Behörden im benachbarten Hilleh, wo der Scheich der Amâr, der gerade im Café saß, sogleich verhaftet und eingesperrt wurde. Die Behörden zu informieren war eine weitere Strategie, die zwar das arabische Volk oft noch immer unvorbereitet traf und die auch nur kurzfristig und unter Billigung möglicher Racheakte etwas erreichte, allerdings das arabische Gegenüber auch in Versuchung führte, zu glauben, es habe ein typisch deutsches Gegenüber vor sich, das überhaupt keine Ahnung habe, wie man mit Arabern wirklich verhandelte oder auf lange Sicht auskommen könnte. Eine Woche später an Kaisers Geburtstag kam wie immer an Kaisers Geburtstag der Landrat von Hilleh zu Besuch und fragte beiläufig, ob denn Koldewey etwas dagegen habe, wenn er den armen Scheich der Amâr nun freiließe, der ja nichts dafür könne, dass einige seiner Leute sich derart dumm verhalten hätten. Koldewey aber gab sich noch immer gekränkt, schließlich sei der Scheich nach hiesigen Sitten verantwortlich für seine Leute und müsse derlei Vorfälle verhindern, wo auch immer er sich gerade befinde und seinen Kaffee trinke. Als nun der Landrat begann, inständig für den Gefangenen zu bitten, gab Koldewey schließlich nach und sagte, dass er eventuell bereit sei, ihm zu verzeihen, aber nur, wenn der Scheich persönlich sich bei ihm entschuldigte und Hamed seine vier Schafe zurückbekäme. Einige Tage später traf der Scheich der Amâr ein, mit zwei Eseln, Wassermelonen, Käse, Hühnern, vier Schafen und einer Anzahl inzwischen geborener Lämmer. Der Scheich, der als Zeichen seiner Schuld den Agal seiner Kufiya um seinen Hals statt um seinen Kopf gewickelt trug, bekam einen Kaffee, den er auf einem großen Kissen trinken durfte. Die Versöhnungsgeschenke des Scheichs hingegen erhielten die türkischen Soldaten, die Grabung und Grabungshaus bewachten. Es gab zwei Arten, das Land zu verwalten, und die türkischen Soldaten waren die kleinsten Einheiten desjenigen Systems, deren Methoden die arabischen Stämme keine Beachtung schenkten, da sie sie selbst nicht anwandten und damit unfähig waren, die Gefahr, die von Papier und Stiften ausging, planmäßig vorauszusehen.

Mit weitläufigerem Unverständnis begegneten der türkischen Bürokratie die Stämme der Schilfsümpfe, die um einen Ort namens Fara hausten. Delitzsch hatte vorgeschlagen, in dessen Boden einige Kilometer südlich von Babylon in einer Nebengrabung nach Dokumenten der ausgerechnet ältesten Schriftkultur der Welt zu suchen, der sumerischen. Diese fanden sie auch, ebenso wie den antiken Namen des Ortes, Schuruppak, an dem der Held der allerersten Sintflutsage lebte, die als Basis aller Sintflutmythen auch die biblische Version ermöglichte und es nun Delitzsch ermöglichte, das Fundament des Alten Testaments weiter zu untergraben. Die Museumsverwaltung hatte Andrae als Grabungsleiter bestimmt, um Koldeweys Ehrgeiz, das gesamte Areal freizulegen, erst gar nicht aufkommen zu lassen. Außerdem hatte sie einen weiteren Grabungsassistenten eingestellt, der noch nicht jahrelang dem Einfluss Koldeweys ausgesetzt war. Und Andrae hatte getan, was man tat, wenn man auf der Suche nach schriftlichen Quellen war: Er hatte Suchgräben angelegt, die sich wie ein Netz über das Areal legten. Es war aber kein Netz, dessen Fäden das Areal zusammenhielten, es war eines, dessen Fäden es zerschnitten. Andrae hatte durch den Hügel einen Längsgraben von Nord nach Süd gezogen, dann mehrere Quergräben von Ost nach West. Dort, wo auffallend viele Tontafeln zum Vorschein kamen, legte Andrae nach dem Prinzip der Maschenverengung weitere Gräben an. Auf diese Weise waren sie tatsächlich, wie die Chiffren der Museumsverwaltung nahelegten, wie Jäger, die ihr Wild auf einem Feld in die Enge trieben. Wie Texte aus Papier lagerten die Tondokumente in regalähnlichen Wandnischen oder an für Dokumente eher untypischen Orten: unter dem Fußboden oder in

Brunnenwänden. Im Unterschied zu nicht mehr benötigten Papieren waren Tontafeln, wenn sie nicht mehr gebraucht wurden, nicht so leicht zu entsorgen. Etwa indem man sie verbrannte. Das hätte sie vielmehr konserviert, wenn sie nicht ohnehin schon gebrannt waren. Man besserte mit ihnen Häusermauern, Wasserbecken und Brunnen aus, unterfütterte Brandstellen, verwendete sie als Füllmaterial für Fundamente. Nahezu unzerstörbar, wie sie waren, würden sie im Gegensatz zur Bibliothek von Alexandria, so betonte Delitzsch gern ihre Bedeutung, wohl in Tausenden Jahren noch existieren als die einzigen schriftlichen Geschichtsquellen einer sich nach mehreren Kriegen auf ein Mindestmaß reduziert habenden Menschheit. Dann komme man nicht umhin, so Delitzsch, die Keilschrift von Neuem zu entziffern. Heute, da sie weitgehend entziffert sei, komme man allenfalls nicht umhin, die deutsche Sprache zu lernen, in die mittlerweile auch dank Delitzsch die Mehrheit der Keilschrifttexte übersetzt sei. Andrae durchschnitt das Areal auf der Suche nach neuem Übersetzungsmaterial für Delitzsch, und Delitzsch versprach, er werde als Direktor der Vorderasiatischen Abteilung der Museen dafür sorgen, dass jede Grabung und Nebengrabung, die Koldewey in Angriff nehme, von keinem weiteren Philologen außer Delitzsch heimgesucht werde. Andrae führte die Grabung in Fara durch, aber Koldewey leitete sie ein, wie jede Nebengrabung, und beendete sie auch wieder. Koldewey wählte den geeigneten Lagerplatz aus, verhandelte mit der Bevölkerung, stellte Handwerker, Arbeiter, Diener, Köche, Wächter an, kaufte Hirse, Fett, Salz und Schafe, um einen Expeditionsbestand an Schafen anzulegen, und organisierte schließlich den Fundtransport nach Babylon.

Koldewey und Delitzsch fuhren also mit ihrem Grabungskommissar Bedri Bey nach Fara vor, während Andrae die Grabung in Babylon stellvertretend führen und sie in zwei Monaten ablösen kommen sollte. Um nach Fara zu gelangen, mussten sie ein Stück den Euphrat hinunterfahren, in einen Nebenarm einbiegen, dann in einen Kanal und schließlich einen Teil der Strecke mit Holzkanus, die mit Asphalt abgedichtet und venezianischen Gondeln nicht unähnlich waren, einen Urwald aus Schilf durchqueren. Die berüchtigten Schilfsümpfe, die von den berüchtigten Schilfarabern bewohnt wurden. 24 Boote, 30 Arbeiter inklusive Gepäck und des neuen Assistenten, der stets sein Gewehr auf das raschelnde Schilf um sie herum gerichtet hatte und gleich nach seiner Rückkehr aus Fara begann, unter Wahnvorstellungen zu leiden, und daher wie alle Wahnhaften zurück nach Deutschland geschickt wurde. Neben ihnen die Pferde, die schwammen. Und Enten, Reiher, Schnepfen, storchenähnliche Figuren, Wasservögel, deren Stimmen sich in der Hitze der Luft wie in einer Glocke verfangen hatten und nun versuchten nach außen zu dringen, aber die Glocke nur dazu brachten, hin- und herzuschwingen. Aus dem Schilfwald heraus ragten Inseln, auf denen Meftuls standen, kleine Lehmburgen mit Schießscharten, die als Ausgangspunkt für spontane Schusswechsel dienten. Auch nicht zu übersehen die Spuren des Krupp-Geschützes, mit der hier bar einer Alternative der zuständige Hauptmann die Steuern eintrieb. Man löste in dieser Gegend Streitigkeiten, indem man unmittelbar in die Offensive ging, auch Nachbarn und nahestehende Verwandte taten das. Auf dem Weg nach Fara, dem Ort, an dem eine Kultur als eine der ersten Kulturen weltweit wirtschaftliche Transaktionen, Kaufverträge und sogar Schreibversuche von Grundschülern festgehalten hatte, bevor sie den letzten großen Abschnitt des Schilfwaldes betraten, kam ihnen ein Mann entgegen, der die Leiche seines Bruders transportierte; er hatte ihn gerade im Streit um einen Fisch erschossen. Noch während er den Vorfall schilderte, wedelte er mit dem Gewehr, wie um zu demonstrieren, dass es erneut einsatzbereit sei, sollte irgendjemand behaupten wollen, dass er nicht das Recht dazu gehabt habe, seinen Bruder im Streit um einen Fisch zu erschießen. Als sie in das Boot einstiegen, schüttelte Delitzsch ausfahrend den Kopf, den er eben noch eingezogen hatte, nannte die Schilfsümpfe und Fara eine »verhau'ne Gegend« und wunderte sich, wie es möglich sei, dass es in dieser verhau'nen Gegend, aus der über den Antikenhandel einige wertvolle Tontafeln aufgetaucht waren, bereits 2250 v. Chr. einen hochentwickelten Rechtsstaat gegeben habe und eine mit der ihrigen wohl vergleichbaren Kultur. Doch, so Delitzsch, die schriftlichen Quellen bewiesen es. Straßen und Kanäle, alles habe sich in mustergültigem Zustand befunden, sogar einen wohlorganisierten Postverkehr habe es gegeben. Delitzsch habe auf Tontafeln Briefe gelesen, in denen Dinge stünden, die heutzutage noch geschrieben würden. Eine Frau habe ihrem Mann, der sich auf Reisen befand, geschrieben, dass die Kinder wohlauf seien. Ein Sohn habe seinem Vater in einem Brief mitgeteilt, dass ihn jemand beleidigt habe und er deswegen sehr wütend sei und nun diesen am liebsten verprügeln würde, aber vorher den Vater lieber noch einmal um Rat fragen wolle, wie er in dieser Angelegenheit am besten verfahren solle. Nicht Paris, sagte Delitzsch, allenfalls Rom und das Römische Reich könne sich mit Babylon und dem Babylonischen Reich messen, wozu auch der historische Boden dieser verhau'nen Gegend gehöre, in Bezug auf den Einfluss, den dieses Imperium zwei Jahrtausende lang auf die Welt ausgeübt habe.

Nachdem sie in Fara angekommen waren, fing Koldewey sogleich an, die Umgebung mit seinem eigenen Charakter vertraut zu machen. Das hieß nicht: darauf zu warten, bis irgendwer – im Zweifelsfall Delitzsch – erschossen würde, oder durch unmittelbares Schießen allen Problemen aus dem Weg zu gehen. Es hieß: alles so ernst wie möglich und kompliziert wie nötig zu sehen. Während Koldewey die üblichen Vorbereitungen am Beginn einer Grabung traf, hielt er angestrengt Ausschau nach der allernächsten Gelegenheit, mit einem Einheimischen Streit anzufangen. Er ließ eine kleine Festung errichten mit einer Lehmmauer und einem Graben sowie vier Bastionen, und ließ darin Hütten aufstellen aus Schilfmatten und Palmstielen, die kleinen zum Wohnen, die größte und zentralste als Empfangs- und Speiseraum direkt gegenüber dem einzigen Eingang in der vier Meter hohen Festungsmauer. Für die Funde und die Küche ließ er Ziegelhäuschen errichten, auch für die vier Soldaten, die aber wie die Arbeiter in ihren Schilfhütten außerhalb der Festung wohnten. Koldewey selbst diente sein Reisezelt als Behausung. Koldewey hätte dieses Lager auf einem Vorberliner Acker errichten können, es hätten ihm einige Rehe zugesehen – interessiert, aber schüchtern in der Nähe eines Baumes sich aufhaltend; mehr wäre nicht geschehen, wenn nicht zufällig der Bauer vorbeigekommen wäre, dem der Acker gehörte. Nach genau diesem Bauern hielt Koldewey Ausschau. Oder nach einem Bauern, dem das Feld nicht gehörte und der sich trotzdem einmischte, am besten ohne es zu wissen. Koldewey suchte einen Vorfall, aufgrund dessen es niemandem eingefallen wäre, ein Theater aufzuführen. Und er fand ihn: Jemand hatte unerlaubt sein Pferd vor der Festung abgestellt. Jemand hatte sein Pferd abgestellt, wo nur die Pferde der Expedition oder der türkischen Soldaten, die die Expedition begleiteten, stehen durften oder ausnahmsweise die Pferde eines hohen Scheichs, der zu einem besonderen Anlass eingeladen wurde. Koldewey meldete diesen Vorfall drei verschiedenen Behörden, dem Mudir (Bezirkshauptmann) des hiesigen Verwaltungsgebietes in Muradije, dem Mutessarif (Bezirksvorsteher) des nächsthöheren Verwaltungsgebietes in Diwanije und dem Bagdader Konsulat, das ihn der Konstantinopler Botschaft meldete, die es der Konstantinopler Regierung meldete. Koldewey meldete mehreren Behörden, die täglich mit wichtigeren Problemen zu tun hatten (sich nicht erschießen lassen, beim Versuch Steuern einzutreiben; Instandsetzung der Telegraphenleitung; Bau der Bagdadbahn; Sicherheit des Postverkehrs; Araberaufstände; nationale Sicherheit; internationale Diplomatie), dass jemand sein Pferd abgestellt hatte in unerlaubter Nähe zu den Räumlichkeiten seiner vom Sultan des Osmanischen Reiches persönlich genehmigten Expedition. Darüber, wen er worüber informiert hatte, informierte Koldewey einen Scheich der umliegenden Dörfer, Scheich Abud, dessen Neffe der Übeltäter war. Koldewey tat, als sei diese die einzig mögliche Vorgehensweise, mit ihm zu kommunizieren, und während er kommunizierte, teilte Koldewey immerfort freundlich mit, wie erbost er über diesen Vorfall sei. Überfordert von und zugleich geehrt durch so viel offizielle Aufmerksamkeit, die der Deutsche dem Scheich zukommen ließ, allein weil er sich gekränkt fühlte, konnte dieser es beinahe nicht abwarten, diesen Koldewey kennenzulernen und ihn um Vergebung für die ungehobelten Manieren seines Neffen zu bitten. Als er vor Koldeweys Zelt eintraf, legte Abud seinen Agal vor seine Füße als Zeichen seines Untergebenseins. Doch Koldewey blieb im Zelt sitzen und ließ ihm ausrichten, dass er noch immer zu aufgeregt sei, um ihn persönlich empfangen zu können. Als er schließlich nach einer ganzen Weile heraustrat, sah er zunächst zur Seite und sagte, ohne den Scheich anzusehen, dass er noch immer schlechte Laune habe und diese sich auch nicht bessern werde, wenn Abuds Söhnchen nun, als sei nichts passiert, seine schmutzige Nase neugierig und ausgiebig in der Klinge von Koldeweys Hirschfänger bespiegelte. Das alles entzückte Abud zusätzlich, bis Koldewey schließlich nachgab und den Scheich ansah und bei der Hand nahm, um ihn in den Empfangsraum der Festung zu führen, in eine der längsten Sitzungen, die jemals in dieser Gegend abgehalten wurden. Der Scheich hatte ein Gros seines Staates mitgebracht, Ehefrau, Mutter, Großmutter und die Weisen und Allerweisesten seines Stammes. Aber wie üblich erst am Ende der Sitzung, als alle verfügbaren Belanglosigkeiten, die es gab, ausgesprochen und bis zur Obergrenze wiederholt worden waren und das Thema, weswegen man eigentlich zusammensaß, sozusagen von selbst auf den Tisch kam oder als einziges noch da lag, fingen die Verantwortlichen des Stammes an, für ihre einfachen Leute um Verständnis zu werben, welche so fern von den Zentren der Kultur aufgewachsen und nicht so gebildet seien wie die Europäer. Ja, bei Gott, murmelte der eine oder andere, und da man in diesem Stadium des Gesprächs nach mehreren Stunden Kaffee- und Zigarettenkonsums aller Kritik und Vorschlägen gegenüber offen war, ergriff sogar Bedri Bey im Laufe des Nachmittags die Gelegenheit, bei Abud für die türkische Verständigkeit zu werben, die sich ja etwas dabei denke, wenn sie Telegraphenmasten aufstelle. Die ja im Grunde genauso fortschrittlich wie die europäische Verständigkeit sei. Nicht nur das türkische Militär, das von preußischen Offizieren ausgebildet werde, auch sonst hätten die Türken den Europäern viel zu verdanken, was vielleicht auf den ersten Blick – gerade in der Wüste – keinen Sinn ergab, wie zum Beispiel die Konstruktion der Dampfmaschine, für die, so Bedri, die Europäer ja auch so klug gewesen seien, sich von arabischen Teekesseln zu den Prinzipien der Dampfentwicklung inspirieren zu lassen. Spätestens nach zwei Monaten waren sie mit der Hälfte der Stämme um Fara so gut befreundet, dass diese, als Andrae eintraf und Koldewey und Delitzsch sich wieder von Fara aufmachten, ihnen zwar nicht den gesamten Weg nach Babylon, aber immerhin den durch die Schilfsümpfe freischossen. Scheich Abud versprach, ihren Postreiter Muttar, der von nun an alle zwei Wochen den Weg zwischen Babylon und Fara zurücklegen musste, um Koldeweys und Andraes Briefe auszutauschen, persönlich zu eskortieren.

Auge um Auge, rief Delitzsch auf dem Rückweg nach Babylon von seinem Pferd zu Koldeweys hinüber – erstaunlich, aber er war der einzige Philologe, den Koldewey jemals auf einem Pferd hatte vernünftig reiten sehen. Zahn um Zahn, die alttestamentliche Formel sei vollständig die Grundlage dieses Lebens hier, aber natürlich habe es diese bereits in den ältesten babylonischen Rechtsgesetzen gegeben, wie dem Codex Hammurabi, der wiederum die Grundlage sei für das noch heute in England gültige 99-jährige Pachtrecht. Der Weg zum nächsten Sumpfabschnitt war gesäumt von Akazienbüschen und Tamarisken, dazwischen Schafherden mit ihren Schafhirten, bewaffnet bis an die Zähne und mit jedem Blick jede Bewegung ihres Umfeldes verfolgend, Schafhirten, die nichts von Pachtrecht verstanden, aber Auge und Zahn des Talionsrechts sehr praktisch verinnerlicht hatten. Zwischen den bis zu sieben Meter hohen Tamarisken standen kleine Srefen, die Schilfhütten, in denen die Schilfaraber wohnten, auch wenn man den Eindruck hatte, dass sie die meiste Zeit im Meftul, ihrer kleinen Wehrburg, verbrachten. Einige Meftuls waren innerhalb der Zeit, die sie in Fara verbracht hatten, offenbar von der Krupp-Kanone des steuereintreibenden Hauptmanns getroffen worden. Was doch wirklich großartig sei, rief Delitzsch. Denn woher stamme das deutsche Wort »Kanone«? Richtig, aus der allerersten Schriftsprache der Welt, aus dem Zweistromland des vorchristlichen dritten Jahrtausends. Und von welchem Wort sei das Wort »Kanone« abgeleitet? Richtig, von dem griechischen Wort »kanon«, das von dem akkadischen Wort »qanû« abgeleitet worden sei, das wiederum aus dem Sumerischen entlehnt worden sei unter Verwendung des Keilschriftzeichens »gi«, das man im Akkadischen auch »qè« habe lesen können und schließlich

»qa« gelesen und mit der akkadischen Substantivendung »nû« verbunden habe. Und was bedeutete »qanû«? Richtig, es habe »Rohr« bedeutet, »Schilfrohr«! Aber daneben gab es eine weitere Bedeutung, im mesopotamischen Bau- und Vermessungswesen, das einem Architekten ja vertraut sein sollte. Daneben habe das Wort immer auch »Messrute« bedeutet oder »Richtscheit«, was der ursprünglichste Wortsinn nicht der Kanone sei, sondern des Kanons. Erst im alten Griechenland habe man sich dazu entschieden, zwischen Kanone und Kanon auch einen begrifflichen Unterschied zu machen. Und so sei nun die Kanone an den Ort ihrer Entstehung kanonhaft zurückgekehrt, beinahe wie ein sich völlig unberechtigt erfüllender Fluch, mit dem die aktuellen Landesherren die Schilfdschungel heimsuchten und auf ganz analphabetische Weise die Steuern der Nachkommen der ältesten Schriftkultur eintrieben, die vor viertausend Jahren, welche Ironie des Schicksals, das Rohr nicht zum Schießen, sondern zum Schreiben verwendet hatte. Und da er gerade bei Messruten und Richtscheiten sei: Das alttestamentliche Maß- und Gewichtssystem, rief Delitzsch, sei natürlich abgeleitet vom babylonischen. Die babylonische Sprache sei Verkehrs-, ja Weltsprache gewesen, bis Ägypten, ja bis Zypern. Ein wenig schief saß er doch im Sattel. Und ob Koldewey eigentlich bewusst sei, dass er, als er in der Babylon-Grabung den Sonntag als Ruhetag festgelegt habe, einer urmesopotamischen Tradition gefolgt sei. Der jüdische Schabbat sei schließlich auch der siebte Tag der Woche, denn das hebräische Wort Schabbat leite sich von dem babylonischen, oder assyrischen, also akkadischen, also ursemitischen Wort »schabattu« ab und »schabattu« sei der 7., der 14., der 21. und der 28. Tag eines Monats gewesen, derjenige Tag, an dem das Tagwerk geruht habe, der König seinen Leibrock nicht habe wechseln dürfen, den Wagen nicht besteigen, nicht opfern, nicht Recht sprechen und kein Fleisch essen. Im allerletzten Grunde hätten sie also die Sonntagsruhe dem Volk an Euphrat und Tigris zu verdanken. Und so habe Koldewey auf seiner Grabung entgegen der hiesigen Vorlieben für Freitag den siebten Wochentag als Ruhetag sozusagen nicht etabliert, sondern ganz im Sinne einer mehrtausendjährigen Tradition reanimiert. Delitzsch tippte mit seinem Zeigefinger einzelne Wörter seiner Aussagen schwungvoll in die Luft vor sich, was den Eindruck machte, als würde ihn ein Stück weit auch sein Wissen in Bewegung setzen. Während Koldewey in seinem Notizheft die Route zwischen Fara und Babylon zu vervollständigen versuchte, Uhrzeitangaben, Himmelsrichtungen, weitere markante Punkte einzeichnete, fiel ihm auf, dass Bedri Bey in kürzer werdenden Abständen zu Koldewey hinübersah, prüfend, wann dieser wohl Lust bekäme, sich mit Delitzsch anzulegen. Koldewey fragte sich das auch, war sich aber der Konsequenzen einer einmal entfachten Diskussion mit Delitzsch bewusst, die von Koldeweys Seite auch in der schweißtreibenden Nachmittagsstimmung eines Schilfbiotops, das sie gleich wieder betreten würden, niemals ungeschlagen beendet werden würde.

Noch als sie die Holzboote bestiegen, um den letzten Abschnitt des Schilfdschungels zurückzulegen, hörte Koldewey nicht auf, auf Delitzsch nicht einzugehen, während Delitzsch nicht aufhörte, auf Koldewey einzureden. Denn auch der siebte Tag sei es gewesen, so Delitzsch, an dem es in der mesopotamischen Sintflutsage desjenigen Ortes, den sie soeben besucht hatten, heiße: »Am 7. Tag nahm ich heraus eine Taube und entließ sie, die Taube flog hin und her, aber da ein Ruheort nicht vorhanden war, kehrte sie wieder zurück.« Dann lasse der mesopotamische Noah die Schwalbe fliegen und erst dann den Raben, der nicht wieder zurückkehre. Delitzsch hatte sich an das eine, Koldewey an das andere Ende des Bootes gesetzt, das eigentlich ein Kanu war, jedoch im Gegensatz zur Kanone mit dem mesopotamischen qanû, obwohl Kanus in dieser Gegend oft mit Schilfrohr verstärkt wurden, nichts zu tun hatte. Bedri saß zwischen Delitzsch und Koldewey, genau in der Mitte. Die zehn vorsintflutlichen Urväter der Bibel, rief Delitzsch über Bedri hinweg, seien niemand anderes als die zehn babylonischen Könige vor der Flut, von der die sumerische Königsliste berichte, die auf einem wunderbar erhaltenen Tonprisma vermutlich bei einer Raubgrabung noch weiter südlich von hier entdeckt worden und so auf den Antikenmarkt gelangt sei. Delitzsch rezitierte auf der Rückfahrt nach Babylon aus 282 Gesetzesparagraphen Hammurabis; er klärte über den Ursprung des aus Mesopotamien stammenden Sexagesimalsystems auf, das den Kreis in 360 Grade einteilte, mit denen sie auf der Grabung ihre Winkelmessungen vornahmen, das die Stunden in sechzig Minuten einteilte und die Minute in sechzig Sekunden; er beschrieb das babylonische Neujahrsfest, auf dem der babylonische Weltschöpfungsmythos rezitiert wurde, in dem der babylonische Staatsgott Marduk die allbekannte Welt entstehen half, indem er das drachenschlangenartige Wesen Tiamat in zwei Hälften zerschlug, die alte Schlange, das Urbild des Teufels, der noch heute, so Delitzsch, in Gestalt eines Drachen von Michael oder wahlweise vom Ritter Georg besiegt werde in dem jährlich sich erneuernden Kampf zwischen der Macht des Lichtes und der Macht der Finsternis, so wie dieser auch an den Wänden der assyrischen Paläste in herrlichem Relief dargestellt sei. Man hatte, während Delitzsch sprach, das Gefühl, als führte dieser selbst einen Kampf zwischen Gut und Böse, Licht und Schatten, während ringsum die Stängel des Schilfs wie Säbel rasselten, sich aneinander schärfend, indem sie sich voneinander weg und aufeinander zubewegten, wie die Staken, die das Boot von sich wegschoben, um sich mit ihm fortzubewegen.

Delitzsch listete alle Stellen des Alten Testaments auf, die vorbiblischen Ursprungs waren und von denen die Bibel und unser religiöses Denken bereinigt werden müssten, da diese Stellen historisch und damit von Menschen gemacht und damit nicht göttlich seien, sondern wissenschaftlich belegt. Und die Bibel dürfe doch nicht wissenschaftlich belegbar sein. Es kam Koldewey vor, als wollte Delitzsch die Bibel unüberprüfbar machen, indem er sie einer wissenschaftlichen Überprüfung unterzog, als wollte er sie objektiv machen wie einen wissenschaftlichen Fakt, indem er alle geschichtlich korrumpierten Stellen herausstrich. Denn das tue der Wissenschaftler, er schreite voran, indem er Anomalien entdecke und eliminiere.

Das war der Augenblick, in dem Koldewey die Bleistiftspitze abbrach. Aber er antwortete nichts und dachte, dass Delitzsch vielmehr voranschritt, indem er Anomalien produzierte und eliminierte.

Aber diese Idee der Reinigung und Entwicklung zu größerer Vollkommenheit, rief Delitzsch eindringlicher, sei ja in der Idee Gottes schon immer enthalten gewesen, nicht wahr?

Was er damit meine, fragte Bedri endlich, da ihm die Heilige Schrift der Christen schon immer ein Rätsel gewesen war und da er vermutlich Koldewey in seinem Vorhaben unterstützen wollte, nicht auf Delitzsch einzugehen. Koldewey hatte aber oftmals den Eindruck, dass Bedri mit dem, was er in gutem Französisch formulierte, weniger beabsichtigte, Koldewey seine Unterstützung auszusprechen, als diese ihm vorzuschießen wie einen später zurückzuzahlenden Kredit.

Also, mein lieber Bedri, sagte Delitzsch, er kenne sich doch mit dem Koran aus, in dem es ja diese schöne Stelle gebe, so schön, dass Goethe gewünscht hätte, sie dramatisch behandelt zu sehen. Mohammed versetze sich hier in Abraham hinein, wie dieser wohl auf den Eingottglauben, den Monotheismus, gekommen sei. An dieser wunderschönen Stelle des Korans sage Mohammed: Als es finstere Nacht geworden sei, da sei Abraham hinaus in das Dunkel getreten, und siehe da, ein Stern habe über ihm geleuchtet. Da habe er freudig ausgerufen: Ah, das sei sein Herr! Aber der Stern habe angefangen zu verblassen und der Mond sei aufgegangen, und da habe er freudig gerufen: Nein, das sei sein Herr! Als der Mond aber untergegangen sei und die Sonne aufgegangen, da rief er: Ach, das sei sein Herr, dieser sei wahrhaftig groß. Als diese jedoch ebenso untergegangen sei, habe Abraham zu seinem Volk gerufen, dass er nun nichts mehr zu tun haben wolle mit dieser Vielgötterei und lieber sein Antlitz hin zu demjenigen richte, der Himmel und Erde geschaffen habe.

Bedri blickte fragend zu Koldewey. Da dieser noch immer die Route skizzierte, ohne offenbar auf Delitzsch eingehen zu wollen, sagte Bedri, er kenne die Stelle natürlich, habe aber den Zusammenhang zwischen Abraham und Delitzsch' Prozess der Reinigung noch immer nicht verstanden.

Nun, sagte Delitzsch, nachdem er genau diese Nachfrage höflich abgewartet hatte, wie habe denn das alte babylonische, also altsemitische Wörtchen für Gott geheißen? Richtig, es habe »El« geheißen. Aber »El« habe ursprünglich nicht »Gott«, sondern »Ziel« bedeutet. Ganz wie es in Hiob 36, 25 heiße, dasjenige, »an welchem hängen jedermanns Blicke, nach welchem der Mensch ausschaut von ferne«. Das Streben nach einem Ziel sei also, wie Bedri sehe, in der Religion selbst angelegt, auch in der islamischen, das Verlangen nach Höherem, das ja auch in ihnen, die sie selbst die Spitze der Schöpfung seien, angelegt sei. Bereits der Turmbau zu Babel symbolisiere ja dieses Verlangen auf gewisse Weise, einen Turm zu bauen, dessen Spitze an den Himmel reiche, wie es in der Bibel stehe, im ersten Buch Mose.

Bedri gähnte jetzt und blickte wieder zu Koldewey, der gedanklich ausrechnete, wie lange sie nach Babylon noch unterwegs sein würden, und dann in einem entscheidenden Augenblick, den Koldewey später nicht mehr würde rekonstruieren können, auf Bedris Frage reagierte, indem er sagte, dass auch Nabopolassar, der Vater Nebukadnezars, in einer Inschrift verewigt habe, dass die Spitze des wieder aufzubauenden Turmes »himmelan streben« solle, aber dass Nabopolassar auch vorgehabt hatte, dessen Fundament »fest an die Brust der Unterwelt zu gründen«.

Und deswegen, Delitzsch tippte mit dem Finger auf Koldewey, dankbar, dass dieser sich endlich geäußert hatte, und deswegen seien sie froh, dass der Turm des unreinen Glaubens nicht mehr stehe. Denn offensichtlich sei dieser Turm in Babylon ja nicht mehr anzutreffen oder habe Koldewey ihn schon ausgegraben?

Wisse denn Delitzsch eigentlich, welche Funktion der Turm gehabt habe, fragte Koldewey, ohne auf Delitzsch' Frage einzugehen, und Bedri schien zu überlegen, ob er seiner Müdigkeit trotzen sollte angesichts des Gesprächs, was jetzt folgen würde, oder ihr doch erliegen angesichts des immergleichen europäischen Geredes darüber, wie etwas früher gewesen sein möge, das man heute nicht mehr haben wolle, aber dennoch ganz genau erforschen müsse, um zu zeigen, wie weit man sich davon entfernt habe, nur um zu entdecken, dass man sich offenbar überhaupt nicht weit entfernt habe, was einem gar nicht aufgefallen wäre, wenn man nicht mit der ganzen Forscherei angefangen hätte.

Nun, erwiderte Delitzsch, sie wüssten es ja nicht eindeutig, aber sehr wahrscheinlich seien ganz oben auf dem Turm astronomische Beobachtungen durchgeführt worden.

Er habe also als Observatorium gedient, sagte Koldewey.

So könne man es ausdrücken, sagte Delitzsch.

Und vermutlich habe deshalb, sagte Koldewey, sich auch kein Götterbild im Turm befunden, wie schon Herodot geschrieben habe, nicht wahr?

So könne es sein, sagte Delitzsch.

Dann sei also, sagte Koldewey, oben auf dem Turm Wissenschaft betrieben worden, und dann stehe also gar nicht das höchste Gebäude der babylonischen Religion nicht mehr, sondern der Tempel der babylonischen Wissenschaft.

Ach, erwiderte Delitzsch, man habe doch früher nicht getrennt zwischen Religion und Wissenschaft.

Und, sagte Koldewey, heute tue man das?

Delitzsch' Blick verfinsterte sich. Ob er scherze, fragte er mit Blick auf Bedri, dessen Wert als Zuschauer wohl Delitzsch noch insofern dabei war einzuschätzen, als er sich fragte, inwiefern es sich lohnte, sich vor Bedri mit Koldewey bis aufs Äußerste zu streiten. Denn Delitzsch benötigte während eines Verbalduells im Gegensatz zu Koldewey immer jemanden, der ihm dabei zusah und theoretisch bereit zu applaudieren war. Und Bedri tat alles, um Delitzsch' Einschätzung zu erleichtern. Er saß nicht mehr auf einem der fünf Querbalken, er hatte sich ins Innere des Bootes gleiten lassen, den Rücken an eine Bootswand gelehnt, die Füße auf der anderen hochgelegt. Sein Blick war wie er selbst ganz zur Seite geneigt, wie nach Wassertieren im Wasser suchend, deren Stimmen ihm ganz dicht an den Ohren lagen, deren Gesichter aber von zu viel Schilf versteckt waren.

Koldewey bestand indes auf der Beantwortung seiner Frage.

Worauf zum Teufel Koldewey hinauswolle, fragte Delitzsch.

Darauf, sagte Koldewey, dass Delitzsch, der seit Jahren wissenschaftliche Studien über den Ursprung und die Entwicklung von Religion durchführte, ihm den Unterschied erklären möge zwischen den Postulaten der Religion und den Postulaten der Wissenschaft.

Delitzsch sagte, er weigere sich, solch eine lächerliche Frage auch nur ansatzweise zu beantworten. Er sei sich noch nicht einmal sicher, ob er die Frage überhaupt verstanden habe und ob das eine Auszeichnung für Koldewey oder doch eher für ihn sei. Was hätte Delitzsch auch erwidern sollen. Dass er den Glauben wie eine Nährlösung in einem Labor züchten wollte, indem er der Lösung so lange Nährstoffe entzog, bis sie ganz und gar abhängig war von Delitzsch und seiner Pflege? Und so denjenigen, für den sie als Nahrung infrage käme, gänzlich abhängig machte von einer Gebrauchsanweisung, die nur Delitzsch verfassen konnte?

Er stelle solche Fragen, sagte Koldewey, da er von Theorien gelesen habe, die bereits hundertprozentig experimentell bestätigt, dann aber durch andere Experimente widerlegt worden seien, die wiederum neue Theorien aufgeworfen hätten, die von anderen Experimenten infrage gestellt und neuen einwandfrei bewiesenen Grundüberzeugungen abgelöst worden seien. Im Vergleich zu allen medizinischen Theorien und Experimenten, von denen Koldewey gelesen habe, und den Versuchen, die er selbst durchgeführt habe, sei doch die Zahl derjenigen Versuche, mit denen man die Glaubensinhalte der Bibel hinterfragt habe, weitaus geringer. Es scheine also Koldewey, als fordere die Wissenschaft von ihren Anhängern nicht nur einen weitaus intensiveren Glauben ein, sondern sogar die masochistische Bereitschaft, darauf gefasst zu sein, dass dieser Glauben morgen nicht mehr gültig sei.

Delitzsch verschränkte die Arme und schüttelte den Kopf, wie nur ein Philologe den Kopf schütteln konnte, begleitet von einer langen Pause des Schweigens, die Bedri nutzte, um einzuschlafen, und die Delitzsch schließlich unterbrach, um Koldewey zu fragen, wie es eigentlich seiner Trigeminusneuralgie gehe.

Und Koldewey nickte darauf, wie Architekten nickten, die mit Philologen zu tun hatten. Ja, er hatte sich im letzten Sommer eine Trigeminusneuralgie zugezogen, sehr wahrscheinlich infolge seines Experiments, auf einer Matratze zu übernachten, die, von einer durchlöcherten Konservendose regelmäßig befeuchtet, Verdunstungskälte erzeugen sollte. Vielleicht auch, als er systematisch jeden Tag seinen Tabakkonsum erhöht hatte, um herauszufinden, wie viel Tabak ein Mensch am Tag vertragen könne. Aber nein, er könne jetzt wieder gut sehen, ihm sei nicht mehr schwindlig und er habe auch keine Schmerzen, jedenfalls keine neuralgischen.

Das sei gut, sagte Delitzsch, und wenn Koldewey nicht zwischen religiösen und wissenschaftlichen Tatsachen unterscheiden wolle, dann interessiere ihn vielleicht, dass Krankheiten im Alten Orient durch den Zorn bestimmter Götter ausgelöst worden seien, die sich darüber ereiferten, dass man eine gesellschaftliche Regel verletzt habe. Daher habe man schon damals eine Reihe von Geboten einhalten müssen. Diese seien im Übrigen sehr ähnlich den Geboten des Alten Testaments gewesen. Etwa, dass man seinen Nächsten lieben solle, ihm nicht das antun, das man selbst nicht angetan zu sehen wünsche. Die Wahrheit zu sagen sei genauso eine heilige Pflicht gewesen wie ein gegebenes Versprechen zu halten. Auch sei es eine Sünde gewesen, mit dem Mund zu bejahen und mit dem Herzen zu verneinen.

Mit letzterem hatte Delitzsch wohl auf Koldeweys damalige Lust angespielt, mit wilden Überzeugungen gern die lauteren Überzeugungen des anderen logisch auszuheben. Wild, da sie oftmals weniger Koldeweys eigene Überzeugungen als einfach die wirksameren Argumente waren.

Nein, Koldewey hatte keine Sünde begangen. Er hatte Experimente durchgeführt. Er war nämlich Wissenschaftler. Er führte Experimente durch. Das taten Wissenschaftler. Und je mehr Experimente er durchgeführt hatte, um Fragen beantwortet zu bekommen, desto mehr Fragen stellte er sich. Und desto wildere Überzeugungen fielen ihm ein, die nicht nur argumentativ die besseren waren. Es kam ihm vor, als befände er sich nicht in seinem Arbeitszimmer in dem vor vierzehn Jahren mit statischer Sicherheit gebauten Gebäude der Babylon-Expedition, sondern auf einem einsturzgefährdeten Terrain, das er selbst zum Einsturz brachte, indem er in ihm eine Reihe von Suchgräben zog und untersuchte, ob sich im Fundament des Terrains selbst eine Antwort darauf befand, weshalb es einsturzgefährdet war. Er besah sich die historischen Schichten an den Wänden der Gräben und notierte ihr Aussehen, hielt fest, wie sich das Gelände innerhalb eines Grabens veränderte, welche Art Mauerwerk sich mit welcher anderen Art abwechselte, lehmgetrocknete Ziegel mit Lehmmörtel oder Backsteine mit Asphalt- oder Kalkmörtel, mit oder ohne Schilfmattenschicht, von der sowieso nur Abdrücke zeugten, weswegen sie auch nie Türen und Dachbalken fanden; während er parallel an anderen Stellen des Terrains weitere, enger liegendere Gräben anlegte, aber nie das Gelände insgesamt freilegen konnte, da er Stege übrig lassen musste, auf denen er stehen und gehen konnte, hin und her springen über verschiedene Abgründe, die ähnlich tief gegraben, aber je nach Tages- und Jahreszeit unterschiedlich belichtet waren.

Koldewey schob die Briefe von sich, aber nicht, um sie neu zu sortieren. Sie begannen sogleich, sich mit den anderen Dokumenten auf seiner Liege zu verteilen. Er hatte zuvor auch den Rest derjenigen Papiere, die sich noch auf der Kommode befanden, zu sich geholt – es bestand immerhin eine minimale

Chance, dass Buddensieg daran glaubte, dass Koldewey die Kommode geölt hatte. Er hob das rechte Bein aus dem Eimer Kamillenwasser, wozu er in erster Linie nicht sein Bein, sondern seinen Bauch anspannen musste, was funktionierte. Wer oft unter Rückenschmerzen litt und selbige verfluchte, dem wäre zu sagen, dass Rückenschmerzen nicht immer im Rücken, sondern häufig im Bauch begannen, wo sich das scheinbar harmlos um die Gedärme ziehende Muskelgewebe des Bauches befand, das durch Bindegewebe mit den Muskeln des Rückens verbunden war, die man zur Bewegung des Rückens benötigte, zur Bewegung des gesamten Bewegungsapparates. Aber war die Idee von Rückenmuskeln, die ihren eigenen Schmerz erzeugten, nicht eine schöne Ausrede, seine Aufmerksamkeit nicht mit Dingen zu verschwenden, die sich außerhalb dieser Idee befanden. Man hatte eine Weltzeit eingeführt, man hatte Gewichte, Maße, Post- und Telegraphenverkehr, die Spurweiten von Eisenbahnen standardisiert, weil die gesamte Welt miteinander Handel trieb und nicht mehr nur Dörfer unter sich, und dennoch verhielt man sich, wenn es um Krankheiten ging, wie ein Bauer, der zwar inzwischen in der Stadt wohnte, aber, wenn er Hunger hatte, in den Keller ging, als befände sich dort etwas, das er selbst angebaut hatte. Und der dafür, wenn sich dort nichts befand, auch die Verantwortung übernahm. Litte der Bauer an Rückenschmerzen, würde es vermutlich eine Weile dauern, bis ihm auffiele, dass er zwar verantwortlich für seinen Rücken sei, aber prinzipiell nichts über die Anatomie des Rückens wisse, dass er aber aus seinem Haus hinaustreten könnte und sich einige Straßen weiter zu einem Arzt begeben, der ihn dann an einen Orthopäden verwiese, der sich mit dem Rücken auskannte, also in seiner Praxis wieder ein Dorf erschaffen hatte, dessen Inventar aus weltweit bekannten Instrumenten und Erfindungen bestand, womit der Spezialist der Orthopädie aber nur diejenigen Körperteile durchleuchtete, die er durchleuchten konnte, um schließlich eine Diagnose zu stellen, die all diejenigen Vorgänge des Körpers ausklammerte, auf die er nicht spezialisiert war. Die orthopädische Praxis war ein Dorf und der Arzt nicht der Dorflehrer und leider auch nicht der Pfarrer, sondern der Gärtner. So hatte ihn der Erfinder der Orthopädie Nicolas Andry de Boisregard bezeichnet. Ein Gärtner, der ein Kind nur wie ein verwachsenes Bäumchen an einen Pfahl binden musste, damit es gerade wuchs. Boisregard begründete vor hundertfünfzig Jahren die Orthopädie, indem er die Unregelmäßigkeiten des Skeletts erfolgreich durch Schienen korrigierte, denn eine Erziehung von aufrechten Kindern, so Boisregard an die Ideale der Aufklärung mahnend, habe darauf zu achten, dass Körper und Geist der Kinder nicht eingeengt würden durch ein falsch geformtes Knochengerüst. Und so war das Bild des befreiten Kindes bis heute das Signum der Orthopädie: ein gerades, weil an einen Stab gebundenes Bäumchen. Und wenn man ein entsprechendes Bild für den befreiten Erwachsenen suchte, dann war dieser wohl ein von der Pflege des Arztes abhängiger organischer Garten: Gießen, Düngen, Schädlingsbekämpfung, Gutzureden. Das Vierte nur, um zu den ersten drei zu bewegen. Darüber hatte Boisregard sogar seine Doktorarbeit verfasst: *Die Beziehung zwischen der Heiterkeit des Doktors und der Gehorsamkeit des Patienten in der Krankenpflege.*

Fieberte Koldewey schon? (Das war bei diesen Temperaturen schwer einzuschätzen.)

Womöglich, aber immerhin ohne Schmerzen.

Koldewey war bewusst, dass er am eigentlichen Problem vorbeidachte, es zwar einkreiste, aber sich nicht aus seiner Umlaufbahn befreite, weil er sich nur im Geiste bewegte, weil er nicht aufstand und ging, geradeaus, von einem Ort zu einem anderen, ein Ziel verfolgte. Er wollte sich nicht in die Hände

Liebermeisters begeben, aber offenbar auch für seine eigene Therapie keine Verantwortung übernehmen. Jetzt, da die Schmerzen gebannt waren, schien er zu erstarren vor seiner eigenen Wirkmacht, die aber durch ein durchgeführtes Experiment mit Rizinusöl naturgemäß noch auf keinem gesicherten Fundament stand, sondern lediglich auf der Beobachtung fußte, dass auch das Gegenteil einer medizinisch gesicherten Heilempfehlung funktionieren konnte, damit aber zu belegen schien, dass auch die Erkenntnisse der Wissenschaft, wie er Delitzsch hatte weismachen wollen, tatsächlich nichts anderes waren als Postulate, diese aber im Gegensatz zu den Glaubensgrundlagen der Kirche alle paar Jahre durch neue Postulate ersetzt werden durften. Vielleicht sollte Koldewey das Terrain aus Suchgräben anderen überlassen, vielleicht hatte er es schon anderen überlassen und sich einer anderen Idee ausgeliefert, der Vorstellung, auf stets unsicherem Untergrund das Gleichgewicht halten zu müssen, wie an Deck eines Schiffes zu stehen, das zwar schwankte, sich aber mit Leichtigkeit über den Ozean bewegte, Sandbänke, Klippen und Eisberge umfuhr.

Koldewey tauchte ein Tuch in den Eimer, in dem sich eben noch sein rechtes Bein befunden hatte, wrang es aus und hielt es sich vor die Stirn und auch vor die Augen, um nicht zur Fliegengittertür blicken zu müssen, während er die Sekunden zählte – einundzwanzig, zweiundzwanzig, dreiundzwanzig … Dann kam er herein:

Dr. Koldewey, jemand wurde in der Nähe des Turms gesichtet.

Koldewey nahm das Tuch herunter. Des Turms? Das war immerhin überraschend.

Ja, Dr. Koldewey. Soll ich schon mal losgehen?

Nein! Ich gehe.

Sind Sie sicher, Dr.?

Was ist mit Ihren Gänsen, Buddensieg?

Sie sind am Euphrat.

Und wo sind Sie?

Ich bin zu Ihnen gekommen, um Sie zu informieren, Dr. Koldewey.

Besten Dank, Buddensieg, aber so wichtig ist es nun auch nicht.

Koldewey wartete, bis Buddensieg das Zimmer verlassen hatte. Dann setzte er einen Fuß an den Eimer und schob ihn zur Seite. Keine Schmerzen. Er setzte sich auf. Keine Schmerzen. Entweder hatte das Öl gewirkt oder der Blinddarm hatte trotz medizinisch nicht indizierter Ölgabe entschieden, sich zu beruhigen, wie jemand, den man mit einem Warnschuss auf die Möglichkeit ernsthafterer Probleme hingewiesen hatte, die durch weitere Schüsse verursacht würden. Die Wirkungsweise von Wirkungen war nichts für den analytischen Verstand, zu nebulös, zu ungreifbar in einer Welt der festen Dinge, die man wie Möbel sichtbar im Raum verteilen konnte oder in einer Reihe aufstellen. Koldewey raffte die Briefe, die eben noch über seinem Bett verteilt waren, zusammen und legte sie mit allem, was sich dazwischen angesammelt hatte, neben seinem Bett auf der Kommode ab. Andraes Brief über die Kriegsvorkehrungen legte er oben darauf, damit er nicht vergaß, ihn morgen Ferhan mitzugeben, dem Reiter, der jeden Montag die Post aus Bagdad brachte und die Post nach Bagdad mitnahm, wo er sie einem Beduinen aus dem Stamme der Ageil übergab, der von der gesamten internationalen Post einmal wöchentlich so viel nach Damaskus beförderte, wie das Dromedar, auf dem er saß, tragen konnte, und in Mossul Station machte, von wo aus Andraes Postreiter in ein bis eineinhalb Tagen nach Assur ritt. Damit zwei Postreiter aus dem Stamme der Ageil zwischen Bagdad und Damaskus einmal wöchentlich achthundertfünfzig Kilometer in jede Richtung zurücklegen konnten, entrichtete die türkische Regierung eine Abgabe an das Stammesoberhaupt jedes Stammes, durch dessen Weidegebiete die Postreiter der Ageil ritten. Diese Strecke schaffte ein Postreiter in elf Tagen, wenn er nachts drei Stunden schlief und jeweils eineinhalb Stunden vormittags und nachmittags rastete. Koldewey hingegen musste nur zum Turm laufen, der nicht mehr als einen Kilometer entfernt war.

Koldewey zog aus den Briefen und anderen Dokumenten, die nun weder neu sortiert noch auf den Euphratpappelholztisch zurückgebracht waren, sondern wahllos auf der Kommode lagen, drei Büchlein hervor, um sie in seine lederne Umhängetasche zu stecken. Sein Notizbuch, das er für Skizzen verwendete, und seinen Hamburger Taschenkalender von 1913, den er für Notizen verwendete. Dazu einen der Taschenkalender von 1907, in dem jeder Inhalt jedes Briefes, den Koldewey im Laufe der Jahre verfasst und versandt hatte, stenographisch kopiert war. Die Taschenkalender ließ er sich jährlich aus Hamburg schicken, wo sie hergestellt wurden und daher auch die täglichen Zeiten für das Eintreffen von Ebbe und Flut enthielten – bis 1907 noch errechnet von Admiralitätsrat Carl Koldewey, der sein Onkel gewesen war, aber bereits 1906 so krank, dass Koldewey die 1907er Ausgabe des Taschenkalenders mehrfach bestellt hatte, als könne er auf diese Weise die Zeit anhalten und so die Lebenszeit des Onkels verlängern, indem er auch in den darauffolgenden Jahren die Ausgabe von 1907 verwendete mit den immer gleichen Plänen des Deutschen Schauspielhauses, des Hamburger Stadttheaters, des Thalia, des Neuen Operetten-, des Hansa-, des Carl-Schultze- und des Ernst Drucker Theaters. In dieser Absicht aber wollte der 1907er nicht funktionieren, weshalb er nun als Aufbewahrungsort der Briefe diente und heute auf den an Andrae verfassten wartete. Carl Koldewey hatte

1868 bis 1870 die Erste und Zweite Nordpolarexpedition geleitet. Koldewey glaubte, dem Sog dieses Vorbilds entsprechend gefolgt zu sein, indem er sich geographisch genug von zu Hause entfernt hatte, um auf Entdeckung von etwas zu gehen, dem sich noch kein anderer gewachsen gefühlt hatte, und zugleich sich genug vom Bild des Onkels distanziert zu haben, da der Onkel den einen und Koldewey den anderen Pol der klimatischen Einöde als Ort der Feldforschung aufgesucht hatte, um dann in ähnlich durchnässter Umgebung doch sehr ähnliche Aufgaben durchzuführen. Während aber bei Carl die Feuchtigkeit der Umgebung fast osmotisch in ihn hineingezogen war, trieb sie bei Robert wie in steter Abwehr von innen nach außen, in scheinbar verwandter Weise beinahe so, als verarbeitete Koldewey all die Dinge, die sein Onkel vor vier Jahrzehnten ungefiltert aufgenommen hatte. Koldewey legte seine Taschenuhr an und machte das Schubfach der Kommode auf, um eine zweite Taschenuhr herauszuholen, die von Obeid, ihrem dienstältesten und treuesten Grabungsaufseher. Dann nahm er Liebermeister, um ihn zurück ins Bücherregal zu stellen, dessen Fächer ebenso wie die des Kleiderschranks in die Wand eingelassen waren, wo Koldewey sich ohne Schmerzen hinbewegte und überlegte, an welcher Stelle zwischen den dreihundert anderen Grundlagenwerken Liebermeister gestanden hatte. Vermutlich irgendwo zwischen Lehmanns medizinischen Atlanten. Zwischen Johannes Sobottas *Atlas und Grundriss der Histologie und mikroskopischen Anatomie des Menschen* und Hermann Tillmanns' *Lehrbuch der allgemeinen und speziellen Chirurgie.* Oder zwischen:

Oskar Schultzes *Atlas und Grundriss der topographischen und angewandten Anatomie;*

Otto von Bollingers *Atlas und Grundriss der pathologischen Anatomie,* Band 1: Zirkulations-, Respirations- & Digestionsapparat sowie Leber, Gallenwege und Pankreas, Band 2: Harnapparat, Geschlechtsorgane, Nervensystem, Knochen;

Wilhelm Prausnitz' *Atlas und Lehrbuch der Hygiene mit besonderer Berücksichtigung der Städte-Hygiene;*

Franz Mraceks *Atlas und Grundriss der Hautkrankheiten,* 2. vielfach verbesserte und erweiterte Auflage, mit 77 farbigen Tafeln nach Originalaquarellen von J. Fink und A. Schmitson und 50 Seiten Abbildungen;

Charles Darwins *The Origin of Species* und

Eduard von Hartmanns *Philosophie des Unbewussten.* 1. Teil: Phänomenologie des Unbewussten, 2. Teil: Metaphysik des Unbewussten, 3. Teil: Das Unbewusste und der Darwinismus.

Koldewey stand vor Atlanten der Medizin und Grundrissen von Organapparaten, veranschaulicht an Bildern der topographischen Pathologie oder pathologischen Topographie. Er ging die Regalreihen durch auf der Suche nach einem geeigneten Platz für Liebermeister, dessen Herausnahme aus dem Regal ohne ersichtlichen Grund keine Lücke hinterlassen hatte. Neben Stielers *Hand-Atlas* befanden sich Wundts *Völkerpsychologie,* Haeckels *Systematische Phylogenie,* Bölsches *Liebesleben in der Natur,* Kerner von Marilauns *Pflanzenleben,* Neumayrs *Erdgeschichte,* Ratzels *Völkerkunde,* Schurtz' *Urgeschichte der Kultur,* Gesenius' *Hebräisches und Aramäisches Handwörterbuch,* Flammarions *Himmelskunde,* Jeremias' *Altes Testament im Lichte des Alten Orients* und Stier und Thieles *Polyglotten-Bibel,* von der Buddensieg natürlich nichts wusste. Weiter unten Werke der Bau- und Kunstgeschichte, *Orientalische Literaturzeitung, Fliegende Blätter, Deutsche Bauzeitung,* schließlich die antiken Autoren, gefolgt von Shakespeare, Raabe, Nietzsche und so weiter, allmählich übergehend in Notenhefte von Schubert, Schumann, Brahms, Mendelssohn, Wolf, Grieg, Mahler, Sinding, Mattiesen, Wagner, Mascagni, Gounod, Kienzl, Offenbach. Das gesamte Regal sah aus, als habe Koldewey nie einen Band herausgenommen, also stellte er Liebermeister in einen Spalt zwischen Goethe und Schiller, oder lieber, denn dieser Platz wäre ein Affront gegenüber Goethe gewesen, neben die *Berliner Philologische Wochenschrift*.

Was er wohl, wenn er wegen eines Kriegsausbruchs spontan aufbrechen müsste, davon mitnehmen würde.

Vermutlich sämtliche Notizbücher oder als Notizbücher genutzte Bücher, die, wenn sie Koldewey nicht gerade in Verwendung hatte, ganz oben im Regal lagen, und natürlich das, was er auch Andrae empfohlen hatte: Grabungstagebuch, Kassenbuch, Zeichnungen, Inventarliste, die sich jedoch nicht im Regal befanden, sondern stets abreisebereit in einer eisenbeschlagenen Kiste davorstanden. Und die Photographien, das hatte er vergessen, Andrae zu schreiben, aber Andrae würde hoffentlich selbst darauf kommen. Keinen Fund würde Koldewey mitnehmen, nicht die Dinge selbst, nur angefertigte Verzeichnisse ihrer Existenz, die er vorgefunden und registriert hatte als Bestandteil einer vergangenen Zeit, die in dem Augenblick vergangen war, da man sie in ein Verzeichnis eingetragen hatte, das aus Seiten bestand, die sich umblättern ließen; wie magische Zettel, die man aber zerknüllte, weil man daran glaubte, dass manch unerwünschte Person, deren Name man darauf geschrieben hatte, mitverschwände.

Wäre Koldewey in Besitz eines solchen magischen Zettels und des Glaubens an seine Wirkungsweise, er wüsste, welcher Name welcher Person darauf stünde. Es wäre der Name derjenigen Person, die gerade und sicherlich nicht aus Höflichkeit, sondern aus Angst vor dem möglicherweise halbtoten Anblick ihres Chefs, an die Fliegengittertür geklopft hatte, statt wie gewohnt ins Zimmer zu treten.

Dr. Koldewey, flüsterte Buddensieg durch den Spalt der Tür,

die er ein Stück weit vorsichtig geöffnet hatte, Ms. Bell wurde in der Nähe des Turms gesichtet. Soll ich schon mal losgehen?

Auf keinen Fall, Buddensieg, sagte Koldewey so leise wie möglich und so laut wie nötig.

Sind Sie sicher, Dr.?

Ja, da bin ich sicher.

Ganz sicher?

Ganz sicher, Buddensieg.

Spontan hatte Koldewey, der noch vor dem Regal stand, die Idee, Liebermeister wieder herauszunehmen und Buddensieg an den Kopf zu werfen. Liebermeister hätte eine Distanz von zwei Meter soundsoviel überwunden und hätte nicht Buddensiegs Kopf getroffen und wäre dann auch nicht vor Buddensiegs Füßen auf dem Boden aufgekommen, sondern hätte das Fliegengitter zerbogen. Aber keineswegs hätte er es zerrissen, denn das Fliegengitter bestand aus Drahtgaze und nicht mehr aus Leinwand, wie die antike Leichtigkeit des Begriffs noch immer nahelegte. Aber Koldewey setzte seine Lammfellmütze auf, die dünne für den Sommer, und hängte sich seine Tasche um, in der er Obeids Taschenuhr, Fernglas, Stifte, Notizbuch und den 1913er und 1907er Kalender verstaut hatte, nahm den Messstab, der eigentlich Fußgängerlanze hieß, aber vielmehr Maßstab hätte heißen sollen, und ging auf Buddensieg zu, ein wenig hinkend, um sich selbst, aber mehr Buddensieg das Gefühl zu geben, für einen Kranken sich nicht zu gesund zu bewegen und genau aus diesem Grund auch bewegen zu dürfen. Dass Koldewey andeutete, an Buddensieg vorbeigehen zu wollen, schien Buddensieg offenbar nicht dazu zu bringen, aus dem Weg zu gehen. Koldewey musste sich an ihm, der wie gelähmt am Fliegengitter stand, nahezu vorbeidrängen, und als er sich vorbeigedrängt hatte und erfolgreich auf den Gang gelangt war, gab er ihm, ausatmend, ein paar Schekel.

Dr. Koldewey?

Nehmen Sie Ihr Pferd, Buddensieg, reiten Sie nach Hilleh und besorgen Sie mir eine zweite Flasche Rizinusöl, ich werde auch die restlichen Möbel in meinem Zimmer streichen.

Buddensieg sah Koldewey an, dann warf er einen langen Blick über das Mobiliar in dessen Zimmer. Ein Wirrwarr an Papieren lag auf der Kommode, auf der sie, wäre diese frisch geölt, eigentlich nicht liegen dürften. Unten vorm Bett der Eimer, in dem die Kamillenblüten nicht mehr zu erkennen waren, so sehr hatte sie das Wasser aufgeweicht. Gegenüber das Bücherregal, das anzusehen Buddensieg so schwerfiel, wie jemandem direkt in die Augen zu blicken. Auf dem Tisch Kaffeetassen von gestern und vorgestern, Mess- und Zeichengeräte, eine Maultrommel, zwei Dolche und ein Messer, selbst entwickelte Photographien und ein ausgefalteter Plan von Babylon. In der einen Ecke des Zimmers zwei Geigen, in der anderen Ecke Koldeweys doppelläufiges Jagdgewehr und ein zweites, das Koldewey dem ersten Philologen der Grabung auf der Hinreise nach Babylon sofort aus der Hand genommen hatte, als dieser gefragt hatte, wo denn das Zündhütchen sitze, als wäre er nicht gerade dabei gewesen, mit Koldewey zusammen aus Aleppo hinauszureiten, um die Ausgrabung aller Ausgrabungen des 20. Jahrhunderts einzuleiten, sondern Anfang des 19. Jahrhunderts geradewegs mit Alexander von Humboldt auf dem Weg zum Kaspischen Meer. Dorthin hätte der Philologe auch die Wolga hinunterfahrend in einem Boot sitzen können und sich nicht andauernd vom kleinsten Pony der Welt über fußbreite Bäche werfen lassen müssen, was das Pony nur getan hatte, weil der Philologe dessen Zügel nicht loslassen, sondern immerzu zurückziehen wollte. In einer weiteren Ecke des Zimmers standen ein Dutzend zusammengerollter Seidenteppiche persischer Herstellung, durchgängig 1,30 mal 2,20 Meter groß, feinste Knüpfarbeit, 56 Stiche pro Quadratzentimeter, reinste Cordonetseide, nicht zu verwechseln mit den in Europa geläufigen Billigfabrikaten aus Ägypten. Vor dem linken Fenster hing eine Seidendecke, in Kettenfärberei ornamentiert, eine Technik, mit der Seidendecken nur in Kum und Isphahan hergestellt wurden. Die Decke wie auch die meisten Teppiche stammten aus dem Haushalt des persischen Prinzen Ferman-Ferma, der in Bagdad im Exil gelebt hatte. In allen Ecken des Zimmers hatten Spinnen ihre Netze aufgespannt, die Koldewey nicht entfernte, weil Spinnen auch in Babylon die natürlichen Feinde der Mücken waren. Buddensieg blickte auf die Teppiche, Stückpreis etwa 50 türkische Pfund, zusammen 600 Pfund, umgerechnet 11 000 Mark, als fragte er sich, ob Koldewey dafür gesorgt hatte, ein Schriftstück aufzusetzen, aus dem hervorging, wem seiner Assistenten er die Teppiche vermachte, wenn er in diesem Zustand hinausging und aus der nachmittäglichen Hitze nicht wieder zurückkehrte, während Buddensieg unnötig nach Hilleh reiten musste, wo er niemals eine Flasche Rizinusöl kaufen, sondern umgehend von dem Geld noch einmal an Dr. Härle telegraphieren würde. Buddensieg hätte sich auch für eine Geige interessieren können oder einige Bücher, aber er interessierte sich für Teppiche, Seidenteppiche, die fähig waren, ein steinernes Arbeitszimmer in ein Zuhause zu verwandeln, das das Gefühl der Geborgenheit ausstrahlte, das Buddensieg von Natur aus fehlte und an das Koldewey sich zu gewöhnen weigerte, indem er die Teppiche bis auf einen, der auf dem Boden lag, von Zeit zu Zeit zusammenrollte und in die Ecke stellte.

Buddensieg, sagte Koldewey, hören Sie mich?

Buddensieg sah Koldewey an, wie er sich auf den Messstab stützte, den er nicht mitgenommen hatte, um irgendetwas zu vermessen, sondern um ein Mindestmaß an Aufrichtigkeit auszustrahlen auf seinem Gang über die Ruinen, ohne größeres

Aufsehen zu erregen. Das Motorrad, eine Brennabor made in Brandenburg, war leider endgültig kaputtgegangen. Ein Mäzen hatte es vor Jahren der Babylonexpedition geschenkt. Koldewey fuhr damit – und betont entgegen heimatlicher Verkehrsregeln (ohne Führerschein, mit zu hoher Geschwindigkeit, abseits der Straßen, ohne Licht und nach der Arbeit unter Einfluss von Dattelschnaps) – so lange durch die Ruinen, bis ein erstes und ein zweites und schließlich ein drittes Ersatzteil nötig gewesen wären, um das Motorrad (und Koldewey) vor größerem Schaden zu bewahren. Ein Totalschaden des Fahrzeugs aber war unabwendbar, da man in der Zeit, die die Ersatzteile auf dem Weg nach Babylon benötigten, weiterhin versuchte, mit dem Motorrad zu fahren, und mit jedem Versuch die Zahl der Fahrverstöße erhöhte. Aus Assur oder Uruk kam einmal der Vorschlag, man könne sich doch eine Naphtalokomotive anschaffen, um schneller in den aktuellen Grabungsabschnitt zu gelangen. Das musste Jordans Vorschlag gewesen sein. Er war es auch, der das gesamte Areal aus einem Heißluftballon aufnehmen wollte. Koldewey empfahl Jordan damals, sich Alepposeife unter die Füße zu schmieren, so glitte er von ganz allein in den jeweiligen Abschnitt der Grabung; für die Vermessung empfahl er Zeichenblock und Stift beziehungsweise die gängigen Vermessungsinstrumente. Auch und vor allem in Berlin hatte man Schwierigkeiten, sich vorzustellen, wie man über ein Areal von zehn Quadratkilometern zu Fuß gehen könne, ohne wahnsinnig zu werden vor Sorge, übermäßig Zeit zu verlieren. Die Geduld, die zu geduldigen Tätigkeiten nötig war, hatte man sich in Berlin komplett abgewöhnt. Die Stadt hatte innerhalb der Zeit, die Koldewey sie nicht besucht hatte, sich so verändert, dass sie aussah, als wären statt fünf Jahren einhundert Jahre vergangen. In Berlin wartete man auf Briefe aus Babylon bis zu vierzehn Tage länger als auf inländische Briefe; in dieser Zeit konnte man vor Ungeduld kaum schlafen in Erwartung dessen, was sich alles in Babylon ereignet haben musste, gemessen am Aufwand, den man in Berlin mit Warten verbracht hatte. Was sich allerdings auf dem Grabungsareal ereignete, hatte weniger den Wert von Neuigkeiten als den von Altbekanntem, das in neuem Gewand aufgetaucht war. Sollte Koldewey jedes Mal nach Berlin schreiben, wenn er eine neue Tontafel gefunden hatte mit einer altbabylonischen Variante der akkadischen Lesung des sumerischen Keilschriftzeichens »gi«? Sollte er Berlin darüber informieren, wenn sie in Nebukadnezars Riesenpalast, dessen Außenmauern allein eine Stärke von bis zu siebzehn Metern aufwiesen, die Fundamente eines neuen Zimmers freigelegt hatten, das aller Voraussicht nach als siebte Vorratskammer gedient hatte, gemessen an der Anzahl der noch vorhandenen Tongefäße in derselben Art, in der sie bis heute dazu dienten, Wasser und Lebensmittel aufzubewahren? Oder sollte er Berlin nur von den Hauptattraktionen berichten, die aus dem Routinebetrieb herausfielen, damit Delitzsch mit den Ausgrabungsergebnissen, die eigentlich für die Ausgrabungspublikation vorgesehen waren, bereits vorher in einem Vortrag angeben konnte? Auf diesem Wege würde allerdings die Ottomanische Museumsverwaltung noch vor den Fundverhandlungen erfahren, welche herausragende Funde sie für sich und welche für Deutschland reservieren durfte. Oder sollte Koldewey Berlin darüber informieren, dass er vorhatte, sich mit dem baldigen Staatsfeind vor dem Turm zu Babel zu treffen? Und dass er sich treffen würde, um zu besprechen, was geschehen solle, wenn Krieg ausbräche (denn Krieg würde ausbrechen) und der Staatsfeind diesen Krieg gewänne (denn gewinnen würde er ihn)? Und dass er vereinbaren würde, dass die Funde vom Staatsfeind verwahrt und, nachdem sich alles beruhigt hatte, der besiegten Macht ausgehändigt würden? Sollte er das Berlin mitteilen und auch gleich noch, dass er mit dem Staatsfeind über mögliche Kandidaten spräche, die für den Posten des Emirs eines vereinigten arabischen und britisch kontrollierten Territoriums in Frage kämen? Und darüber, dass man dann, obwohl auf diesem Territorium überwiegend Schiiten zu Hause waren, eine Regierung wohl dennoch aus Sunniten bilden müsste, weil nur diese Glaubensgruppe durch ihre langjährige Arbeit in der Osmanischen Verwaltung über ausreichend administrative Erfahrung verfügte? Und dass genau hier der Problemorient begänne, mit dem Bismarck nichts zu tun haben wollte? Gut, dann sollte die Museumsverwaltung sich ein paar geeignete Chiffren ausdenken.

Buddensieg!, sagte Koldewey zum wievielten Mal zu seinem Assistenten, der gebannt in die Ecke starrte, in der die fabelhaft zusammengerollten Teppiche standen.

Dr. Koldewey?

Sie wissen Bescheid, Buddensieg, sagte Koldewey und verabschiedete sich, indem er zum Zeichen seinen Messstab hochhielt wie Nebukadnezar sein Zepter, und Buddensieg hielt grußlos die Münzen in der Hand, die Koldewey ihm gegeben hatte, und nickte, um zu signalisieren, dass er ihn verstanden hatte. Koldewey war sich nicht sicher, ob Buddensieg ihn verstanden hatte, aber er war sich sicher, dass Buddensieg noch, als Koldewey losgegangen war, seine Hand geöffnet hielt, als erwartete er eine weitere Gabe, oder zumindest etwas Äquivalentes, eine Erklärung, einen Hinweis, während er Koldewey zusah, wie er hinkend den Gang hinunterging und dann auf der Treppe mehrere Stufen in einem Satz nahm.

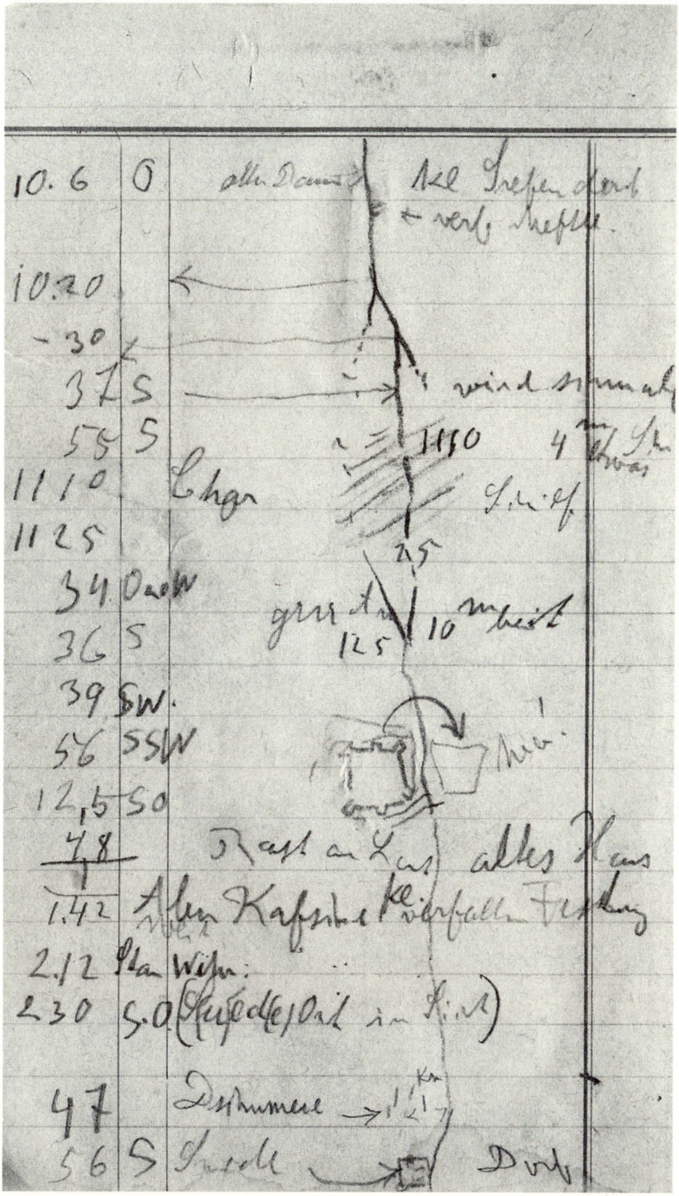

10.6 O
10.20
–30
37 S
58 S
1150
1110
1125
34 O u. W
36 S
125
10
39 SW
56 SSW
12,5 SO
7,8
altes Haus
1.42
verfallen Festung
2.12
2.30 S.O.
in Kirch
47
56 S
Dorf

# II

Und gewiß bedarf es, Grabungen mit Erfolg zu unternehmen, eines Plans. Doch ebenso ist unerläßlich der behutsame, tastende Spatenstich ins dunkle Erdreich und der betrügt sich selber um das Beste, der nur das Inventar der Funde und nicht auch dies dunkle Glück von Ort und Stelle des Findens selbst in seiner Niederschrift bewahrt. Das vergebliche Suchen gehört dazu so gut wie das glückliche und daher muß die Erinnerung nicht erzählend, noch viel weniger berichtend vorgehn sondern im strengsten Sinne episch und rhapsodisch an immer andern Stellen ihren Spatenstich versuchen, in immer tieferen Schichten an den alten forschend.

WALTER BENJAMIN, BERLINER CHRONIK

**SICH BEWEGEN.** Das war keine Empfehlung Liebermeisters bei Appendizitis. Es war Koldeweys neuestes Experiment, ein Versuch, mehreren Problemen parallel aus dem Weg zu gehen.

Nicht mitten im Hof stehenbleiben, weitergehen. Andernfalls käme Buddensieg womöglich auf die Idee, Koldewey hinterherzulaufen und stützen zu wollen. Koldewey würde gleich zu Wetzel hinübergehen, an dem er auf dem Weg zum Tor sowieso vorbeimüsste und der unter dem Dachvorsprung an dem Tischchen stand, an dem sie alle zwölf Tage den Arbeitslohn auszahlten. Daneben, ebenso im Schatten des Dachvorsprungs, stand ein großer Teil der Kisten mit den Ziegelsteinen von Ischtartor, Thronsaal und Prozessionsstraße. Koldewey wandte sich um und blickte hinauf zur Tarma, weniger um zu kontrollieren, ob Buddensieg noch wie angewurzelt darauf stand, als sich zu vergewissern, dass er gerade wirklich die letzten Stufen einer Treppe hinuntergesprungen, überhaupt eine Treppe hinuntergelangt war. Buddensieg blickte von der Tarma in den Hof. Wetzel blickte zu Buddensieg, wohl wissend, dass er von Koldewey sowieso nichts Vernünftiges darüber erfahren würde, weshalb er sein Zimmer verlassen hatte, es hoffentlich aber gleich von Buddensieg erzählt bekäme. Buddensiegs Gänse indes, die Buddensieg im Gänsestall würde einsperren müssen, wenn er nach Hilleh ritt, versuchten auf der anderen Seite des Hofes in Bedris kleinen Garten einzudringen, indem sie mit den Flügeln schlugen, als gäbe es einen unsichtbaren Zaun zu überwinden. Und vielleicht gab es den auch. Bedri hatte beim letzten Versuch der Gänse, seinen Garten zu betreten, einen Zaun in die Luft gezeichnet und in ihre Erinnerung, indem er ihnen auf Kopfhöhe in schnellen Bewegungen eine Harke abwechselnd entgegengehalten und zurückgezogen hatte. Wenn die Gänse gelernt hatten, dass Gärten, die keinen Zaun hatten, auch keinen Eingang besaßen, dann auch, dass es besser wäre, sich dem Garten beim zweiten Versuch aus der Höhe zu nähern, auch wenn Bedri die Harke noch nicht in der Hand hielt, allenfalls gerade auf dem Weg in den Stall war, wo sich das Gartenwerkzeug befand. Bedri hatte sich am Vormittag, nachdem Koldewey die Grabungsverhandlungen unterbrochen hatte, unverzüglich in seinen Garten begeben, zu seinen Rettichen, Rosen und Gurken. Was den Anbau der Gurken betraf, lieferte sich Bedri ein nicht unoffenes Wettrennen mit Reuther, der sich vermutlich, gemessen am Grad des Aufwandes, mit dem sich Bedri gerade seinen Beeten widmete, ebenfalls in seinem Garten befand, den er auf der inselartigen Schlammerhebung im Euphrat angelegt hatte.

Wetzel hatte tatsächlich die Kodak aus den Händen gelegt und die Plattenkamera wieder hervorgeholt und diesen ausgedehnt fragenden Ausdruck in sein Gesicht gelegt, der an Ausprägung zunahm, während Koldewey auf ihn zuging, ohne ihm einen passenden Ausdruck entgegenhalten zu können, der ähnlich an Intensität zunähme, da Koldewey wider Erwarten nach einem Sprung aus einem Meter Höhe nichts weh tat, er nahezu nichts fühlte, außer den Drang, sich von allem wegbewegen zu müssen, zuallererst von diesem Hof.

Auf dem Grabungsfeld sei es ihm zu heiß und zu hell gewesen, um zu photographieren, sagte Wetzel, als Koldewey vor ihm stand, aber nichts sagte und wohl auch nicht so aussah, als wollte er etwas sagen. Deswegen wolle er hier Tontafeln aufnehmen und es also auf diese Weise noch einmal mit der Plattenkamera versuchen. Reuther habe es ja komplett aufgegeben und sei zu seinen Gurkenbeeten gegangen oder vielleicht habe er auch nur einen Grund gesucht, um zu seinen Gurkenbeeten gehen zu können. Aber offenbar war Wetzel nicht über die

Absicht, Tontafeln zu photographieren, hinausgekommen und beim Versuch, sie zu lesen, stehengeblieben und schließlich beim Versuch, sie zu übersetzen, gescheitert und über dieses Scheitern noch nicht hinweggekommen und wollte dieses auch noch nicht als endgültige Niederlage begreifen, besonders angesichts eines weiteren Misserfolgs, der ihm mit der Bedienung der Plattenkamera drohte. Ob Koldewey nicht wisse, was auf der Tontafel stehe; immerhin fragte er Koldewey nicht, ob er ihm die Plattenkamera vorsorglich noch einmal vorführen könne. Sie beherrschten zwar sämtliche bekannte Keilschriftzeichen, konnten die Zeichen in Silben und Wortzeichen übertragen, Subjekt, Objekt, Prädikatsverband identifizieren und sich doch häufig auf das Geschriebene keinen Reim machen.

Er habe keine Ahnung, was da stehe, sagte Koldewey. Neulich erst habe er die Weihinschrift eines Tempels zum hundertsten Mal gelesen, nachdem er sie eine Weile hatte liegen lassen, aber immer wieder nur gelesen: »Metallarbeiter Stadttor gefiel dem Volk des Stadttors«. Und sei denn Wetzel, fragte Koldewey, wenn er so etwas lese, nicht auch zuweilen leicht besorgt, dass ihm irgendwo eine Schraube losgegangen sei? Denn was solle das denn in Gottes Namen bedeuten: »Metallarbeiter Stadttor gefiel dem Volk des Stadttors?«

Wetzel schien angestrengt zu überlegen, aber Koldewey wusste, dass er mit seiner eigenen Übersetzung zu sehr beschäftigt war, um über eine andere sinnvoll nachdenken zu können. Koldewey sah auf das Thermometer, das an einem der Pfosten hing, die das vorspringende Dach stützten. Es gehörte zu einer Reihe von Thermometern, die ein gewisser Dr. Grothe mitgebracht, als er vor einiger Zeit Babylon besucht hatte, und die Buddensieg überall in- und außerhalb des Gebäudes regelmäßig dort ablas, wo sie Dr. Grothe aufgehängt, hingelegt und hingestellt hatte. Auch bei Andrae in Assur hatte er seine meteorologische Station aufgebaut, wozu auch Barometer und Barograph gehörten. Dr. Grothe wollte Vorderasien vernetzen, indem er sämtliche große und kleine Städte mit Utensilien ausstattete, die für die Beobachtung des Wetters zuständig waren. Das Thermometer zeigte 43 Grad im Schatten; also waren es etwa 59 Grad in der Sonne.

Koldewey fragte Wetzel, ob er wisse, wo sich ihr Wächter Obeid aufhalte, um Wetzel aus seiner Pflicht zu entlassen, Koldewey eine sinnvolle Antwort auf seine vorherige Frage zu geben, und um sich selbst aus der Pflicht zu entlassen, weiter mit Wetzel reden zu müssen. Koldewey hätte noch sagen können, dass er Obeid die Taschenuhr zurückgeben wolle, die er für ihn repariert hatte, aber er hatte keine Lust, über etwas Auskunft zu geben, wonach er nicht gefragt worden war. Zumal Buddensieg in einigen Minuten Wetzel berichten würde, wohin Koldewey eigentlich unterwegs war. Vermutlich sei Obeid am Dschird, den Stier füttern, der das Schöpfwerk antrieb, sagte Wetzel. Denn der Stier gehörte Obeid. Obeid wiederum gehörte seiner Frau und machte alles, was sie von ihm verlangte, auch seine Taschenuhr auseinandernehmen, damit sie sehen konnte, welcher Teufel darin saß und sie antrieb. Und bevor Wetzel sich erkundigen konnte, weshalb Koldewey nach Obeid fragte, an einem Tag, an dem Obeid, der Wächter, freihatte wie nahezu alle anderen auch, hatte Koldewey seinen Messstab hochgehalten, wie gerade noch bei Buddensieg, und war auf dem Weg zu dem Durchgang, der den hinteren Hof mit dem vorderen Hof verband, wo die Pferde und auch Koldeweys Apfelschimmel standen und wo sich der vordere Teil des Gebäudes befand, in dem sie Gäste und Besucher einquartierten. Und Wetzel hatte sich, verglichen mit der immer gleich langen Reaktionszeit, in der er das Zuviel an hastigen, gelenkigen Bewegungen seiner leptosomen Mitmenschen registrierte, dennoch recht schnell entschlossen, Koldewey noch hinterherzurufen, ob er wisse, wann er wieder zurück sei. Aber Koldewey drehte sich um und hielt sich zwei Finger vor den Mund, damit Wetzel verstand, dass er erstens nicht wollte, dass Wetzel seinen Namen über den Hof schrie, und zweitens nicht die gesamte Susa-Expedition, die gerade zu Besuch war, erfahren musste, wann sie Koldewey zum Abendessen antreffen könnte. Die Franzosen arbeiteten, ebenfalls seit dem Ende des 19. Jahrhunderts, an der Ausgrabung Susas im südwestlichen Teil Persiens, allerdings mit Sommerpausen und anderen für normale Ausgrabungen üblichen Unterbrechungen. Sie hatten die Gesetzesstele Hammurabis gefunden, die irgendwann im 2. Jahrtausend v. Chr. als Beute nach Susa gelangt war, all die Ur-Paragraphen, die in Babylon geschrieben, aber nicht in Babylon gefunden wurden. Und nun hatten die Franzosen gerade den Palast von Dareios I. ausgegraben, dem freundlichen Dareios, der während des babylonischen Neujahrsfestes genau diejenige Version der Prozessionsstraße beschritten hatte, die auch Daniel und Nebukadnezar beschritten hatten, diejenige, von der hinter dem Ischtartor noch immer ein originaler Teil einige Meter hinunter zum Turm zu Babel wies, denjenigen, den die Franzosen jetzt beschreiten wollten, aber selbstverständlich erst, wenn Koldewey gesundet sei und sie herumführen könne. In der Zwischenzeit würden sie sich die Gegend um Babylon ansehen, eine kleine Rundtour machen, etwa nach Borsippa, einer Ruine einige Kilometer von Babylon entfernt mit einem einzigen noch hochstehenden Mauerpfeiler, von dem die Engländer noch immer glaubten, es handele sich dabei um die Reste des Turms zu Babel. Wenn Koldewey länger krank sein würde, würden sie sich auch Kerbela und Nadschaf ansehen, wenn sie schon einmal in der Nähe waren, und auf der breiten Pilgerstraße dorthin reiten, vorbei an den Leichenzügen der schiitischen Gläubigen, die aus Persien aufgebrochen waren, ihre Verwandten zu bestatten. Spätestens in Nadschaf würden die Franzosen übernachten, aber in ihrem Zelt kein Auge zukriegen, während einige der Gläubigen, die sie unterwegs überholt hatten, unter Umgehung der zu bezahlenden Gebühr versuchten, ihre Verwandten zu begraben, und aus diesem Grund von Ordnungshütern beschossen würden, alles unter dem Geschrei der Mütter und Großmütter, als wehrten diese zugleich den zynischen Pragmatismus dieser Situation ab, die Gelegenheit doch als Einladung zu verstehen, einen weiteren Verwandten schnell und unaufwendig zu Grabe tragen zu können.

Koldewey hatte den Durchgang passiert, von dem Küche und Dienerzimmer abgingen, und gelangte auf den vorderen Hof und wagte, während er ihn schnell durchschritt, einen kurzen Blick auf die Tarma, von der die Gästezimmer abgingen, auf die um diese Zeit aber die Sonne fiel und wo sich niemand aufzuhalten schien. Vermutlich waren die Franzosen noch in Borsippa oder wo auch immer. In letzter Zeit war die Zahl der Besucher ein wenig ausgeufert. Es kam vor, dass Max von Oppenheim, der irgendwo zwischen Aleppo und Mossul einen antiken Ort namens Tell Halaf ausgrub, auf dem Hof campierte, wenn er zu Besuch war, während Adventisten oder Cook-Reisende oder Comtessen aus der Champagne die Zimmer belegten. Oppenheim hatte einmal tatsächlich achthundert Kilometer zurückgelegt, um in Babylon Arbeiter für seine Grabung anzuwerben, weil seine eigenen ihm weggelaufen waren, um die Schienen der Bagdadbahn zu verlegen.

Koldewey grüßte die Soldaten, die mit ihren frisch mit Henna überfärbten weißen Haaren im Toreingang saßen, dem einzigen Zugang zum Grabungshaus, und trat hinaus auf den kleinen Weg, der die Ruinenhügel auf der rechten Seite von dem tieferliegenden Streifen des Palmengartens auf der linke Seite abgrenzte und der entlang der Gartenmauer zunächst parallel und dann hinauf zum Palast Nebukadnezars führte. Koldewey folgte dem Weg bis kurz vor die Stelle, an der sich der Aufgang zu den Ruinenhügeln befand, dann bog er ab in den Garten, der über die Jahrhunderte im alten Bett des Euphrats gewachsen und nun der größte Mesopotamiens war, und geriet hinein in den heißen Wind, der die Stämme der Dattelpalmen hochfuhr und die Datteln reif werden ließ.

Irgendwo am Euphratufer musste Obeid sein, irgendwo im Euphrat Reuther. Bedri als Gärtner, Reuther als Gärtner und Ernährungswissenschaftler, Wetzel als Philologe, Buddensieg als Gänsehirt – niemand schien hier mehr zu tun, was er offiziell zu tun gelernt hatte. Oder jeder wieder das zu tun, was vor einigen Jahrzehnten noch üblich war: unterschiedlichen Beschäftigungen nachzugehen, ohne über deren Verschiedenheit nachzudenken, noch nicht das Gefühl zu haben, sie seien nicht nur verschieden, sondern vor allem einzigartig, so einzigartig, dass sich ein Mensch den ganzen Tag mit ihnen beschäftigen müsse; noch nicht zu denken, es nicht mehr Beschäftigung nennen zu dürfen, wenn Beruf der angemessenere Begriff war für etwas, das man dauerhaft ausübte und, um es ausüben zu können, auch dauerhaft üben musste, ausüben musste, als sei es göttlich bestimmt. Vier Jahrhunderte hatte es also gedauert, bis die gottgegebene Tätigkeit, als welche Luther den Beruf in seiner Idee begriff und auch verstanden wissen wollte, im ungläubigsten Jahrhundert, das es je gegeben hatte, am ausgeprägtesten in Erscheinung getreten war.

Den Dschird, an dem sich Obeid aufhielt, konnte Koldewey noch nicht sehen. Dschirds konnte man nicht sehen, bestenfalls die riesigen Maulbeerbäume, unter denen sie gemeinhin standen, aber auch diese hielten sich sorgfältig versteckt hinter den Stämmen der Dattelpalmen. Die Wasserschöpfwerke oder Wasserräder, die man hier »Dschird« und oberhalb des Flusslaufs »Na'ura«, allgemein »Schaduf« und in Europa »Ziehbrunnen« nannte, hatten sich in ihrem Aussehen kaum von denjenigen Varianten entfernt, die vor mehreren tausend Jahren schon verwendet worden waren. Worin sich Schöpfwerke unterschieden, war ihr Klang, und je länger sie in Benutzung waren, desto eigensinniger klangen sie. Ein Dschird unterschied sich von anderen Dschirds in der Melodie, welche die drehende Walze erzeugte, über die der Strick lief, an dem ein Lederschlauch oder anderer Wasserbehälter hing, hinaufgezogen von einem Esel oder Pferd oder einem Stier, der ein paar Schritte vorlief und den Behälter so weit hinaufzog, bis dieser an zwei seitliche Widerhölzer stieß, die den Behälter daran hinderten, über die Walze hinaus in den zu bewässernden Kanal zu fallen, aber nicht daran, sich auszugießen und dann, sofern der Stier dieselbe Anzahl Schritte zurückgegangen war, in den Fluss zurückzufallen, aus dem er das Wasser geschöpft hatte, während der Wächter, der das Tier vor- und zurückzog, etwas sang, das die Leere der Intervalle füllte, durch die sich jede Walzenmelodie auszeichnete, während er ebenfalls etwas zog, an seinen Platz zurückkehrte und wieder von vorn begann und die Komposition des Wasserschöpfens abrundete, indem er ihr wesentliches Thema mit einer weiteren Stimme umkreiste.

Die Melodien der Dschirds, seit fünftausend Jahren. Damals waren die Sumerer auf den Gedanken gekommen, Felder großflächig zu bewässern, weitreichende Kanäle anzulegen, was größere Erträge ermöglichte, was den Bau größerer Städte, die Gründung von Stadtstaaten ermöglichte, wirtschaftlichen Reichtum, politische Vorherrschaft. Es wäre den Persern im ersten Jahrtausend nicht möglich gewesen, Babylon einzunehmen, indem sie die Stadt von außen belagert und gewartet hätten, bis sie ausgehungert war. Babylon hatte Vorräte, die ausreichten, ein Jahr Widerstand zu leisten, und es den babylonischen Streitkräften ermöglichten, hin und wieder aus der Stadt zu treten, um das persische Heer ein wenig zu ärgern und sich dann wieder zurückzuziehen. Kyros hätte Babylon nie erobern können, wäre er nicht auf die Idee gekommen, den Euphrat flussabwärts abzuleiten und so den Wasserstand des Flusses abzusenken und den der Kanäle, die zahlreich von ihm abzweigten und in die Stadt führten, und über ebenjene Kanäle in die Stadt zu gelangen und sich in der Stadt unter das Volk zu mischen, während die Stadt gerade ein Volksfest feierte und nicht ansatzweise mitbekam, dass sie eingenommen wurde. Für Historiker stand außer Frage, dass politischer Einfluss auf wirtschaftlichem Reichtum basierte und wirtschaftlicher Reichtum auf ertragreichen Ernten und ertragreiche Ernten auf einem ausgefeilten Bewässerungssystem. Jeder Historiker mit philologischen Kenntnissen oder Zugang zu Übersetzungen konnte sich erklären, weshalb im zweiten Jahrtausend die sumerischen Stadtstaaten komplett verschwanden, auch Eridu, die älteste Stadt der Welt, auf die alle Stadtgründungen zurückgingen. Und jeder Historiker konnte sich erklären, weshalb das bis dahin unbedeutende, nördlicher liegende Babylon das gesamte Zweistromland eroberte und weshalb ein paar Jahrhunderte später das unbedeutende, noch nördlicher liegende Assyrien sich das babylonische Reich einverleibte. Denn jeder Historiker hatte nachlesen können, dass der politische Einfluss immer dann gesunken war, wenn die Ernteerträge gesunken waren. Auffällig war, dass die Erträge in den Städten Babyloniens über die Jahrhunderte systematisch abgenommen hatten, wenngleich man wie gewohnt Felder bestellt und mit Wasser versorgt hatte, in ähnlich ergiebiger Weise wie das potentiell feindliche Assyrien, das so weit im Norden lag, dass es auf ständige Bewässerung gar nicht angewiesen war. Mehr noch als die Frage, weshalb die Erträge in den Städten Babyloniens im Vergleich zu denen Assyriens zurückgegangen waren, trieb Historiker die Frage um, weshalb die Erträge in Babylonien im 7. Jahrhundert plötzlich wieder zunahmen, sich das Land von der assyrischen Herrschaft befreite und loszog, den Orient bis zum Mittelmeer zu erobern und zwischen Euphrat und Tigris ein Kanalnetz anzulegen, das dem Zweistromland endlich den fruchtbaren Halbmond als Zweitnamen eintrug. Ein Netz, das die Mongolen, nachdem sie im 13. Jahrhundert nach Mesopotamien ausgeschwärmt waren, restlos zerstört hatten und das bis heute zerstört war. Und das wiederanzulegen sich nicht lohnte, zumindest nicht in Babylon, in dem kleinen Kowairesch, wie Koldewey in Erfahrung gebracht hatte, als er einen Bauern einmal gefragt hatte, weshalb er nur ein winziges Feld am Rande des Dorfes bewässerte und es nicht ein wenig ausdehnte. Weil er lieber Weizen als Gerste anbaute, hatte er geantwortet. Weizen, der nur winzige Mengen Salz verträgt, Weizenkörner, die aufhörten zu keimen, wenn der Salzgehalt im Boden anstieg, wenn der Boden über künstliche Kanäle bewässert wurde und sich im Laufe der Jahre ein Salzfilm über die Bodenoberfläche legte, weil ein Teil des Wassers entweder sogleich aus der Erde aufstieg oder über die Pflanze verdunstete. Je längere Strecken das Wasser in Kanälen zurücklegte, desto größere Mengen Flüssigkeit verlor es durch Verdunstung. Verdunstung war auch der Grund, weshalb der Salzgehalt in Euphrat und Tigris flussabwärts zunahm; war der Grund, weshalb die mesopotamischen Reiche einem Machtgefälle unterlegen waren, das dafür gesorgt hatte, dass über die Jahrhunderte Staaten, die im Süden lagen, ihre Herrschaft an Staaten abgaben, die im Norden lagen. Genau bis zu dem Moment, als in Babylonien die Erträge wieder zunahmen, sehr wahrscheinlich weil Nebukadnezar und sein Vater Nabopolassar erkannt hatten, dass sie, wenn sie die Erde erobern wollten, ihrer Erde Wasser nicht nur zufügen, sondern auch entziehen mussten. Es war die Drainage, die ihnen sicherlich einer ihrer wissenschaftlichen Berater vorgeschlagen hatte, und sicherlich hatten sie gedroht, ihn zu köpfen, wenn die Idee mit der Drainage keine gute wäre. Aber es war eine gute Idee, neben den Bewässerungsgräben Entwässerungsgräben anzulegen, die den Grundwasserspiegel auf 1,80 Meter unter der Bodenoberfläche absenkten, eine gute Idee, weil auf diese Weise das Grundwasser nicht mehr aufsteigen und auf der Oberfläche einen Salzfilm hinterlassen konnte, eine sehr gute Idee, weil die Pflanze auf diesem Weg einer beinahe verschwörerisch klingenden Untergrundbewässerung das Wasser direkt über die Wurzeln aufnahm.

Koldewey hatte einmal überlegt, wie viele Drainagegräben sie in Kowairesch anlegen müssten, um den Grundwasserspiegel abzusenken, um in älteren Schichten nach älteren Gebäuden suchen zu können. Der Grundwasserspiegel war über die Jahre der Grabung sehr hoch gewesen, weil die Regierung am oberen Euphratlauf einen Staudamm hatte bauen lassen. Wie viele hundert Entwässerungsgräben wären nötig gewesen, den Grundwasserspiegel, der in Babylon durch den Druck des Stausees angestiegen war, abzusenken. Und wie hoch wäre die Strafe gewesen, die sie hätten zahlen müssen, wenn die Regierung herausgefunden hätte, dass sie das angestaute Wasser einige Kilometer flussabwärts heimlich in Drainagegräben geleitet hatten? Glücklicherweise waren diese Überlegungen, die Koldewey ernsthaft eine Weile umgetrieben hatten, überflüssig geworden, da der Staudamm dieses Jahr gebrochen war und sich das Grundwasser von allein abgesenkt und endlich das Fundament des Turms zu Babel freigegeben hatte.

Bewegen, nicht stehenbleiben. Nur noch zu Obeid. Da war Obeid, am Dschird. Aber Obeid sang nicht. Obeid fütterte den

Stier, der den Dschird antrieb. Die Aufgabe, den Stier anzutreiben, hatte er einem anderen übertragen, während er selbst von Koldewey die Aufgabe angenommen hatte, wochentags einen Teil der Ruinenhügel zu überwachen und gegebenenfalls unbefugte Personen aus den Ruinen hinauszugeleiten, während er sich Formeln bediente, die nicht dem großzügigen Repertoire orientalischer Höflichkeit entstammten. Denkbar, dass Obeid zwar nicht den Umfang, in dem er in Fragen des Rechts und Unrechts den Argumenten seiner Frau unterlegen war, wohl aber das Maß, in dem er sich darüber ärgerte, ein wenig zu mindern versuchte, indem er seinen argumentativen Einfluss auf andere Personen ausbaute, wenngleich er dazu Formeln verwendete, welche nicht ansatzweise so feinsinnig waren wie die seiner Frau. Frauen wie die Frau Obeids waren auch der Grund, weshalb Koldewey weibliches Personal auf der Grabung von Anfang an verhindert hatte und weshalb er, wann immer ein arabischer Arbeiter was auch immer Schicksalhaftes getan hatte, niemals dessen Ehefrau, Mutter oder Großtante als Zeugin anhören wollte, da sie, sobald sie einmal angefangen hätten, ihre Argumente vorzubringen, Koldewey in Grund und Boden reden würden, und er, wenn sie mit ihm fertig wären, kein Geld, kein Pferd und kein Dach mehr über dem Kopf hätte. Da es also in gewissen Situationen notwendig war, dass man Frauen, wie das im Übrigen fast überall auf der Welt üblich war, gar nicht erst die Gelegenheit gab öffentlich aufzutreten, weil über kurz oder lang jeder erfahren würde, dass zeitweise verbale Unfähigkeit nicht zwangsläufig männliche Unterlegenheit signalisierte, wohl aber den Grad der Angst angab, der Männer ausgesetzt waren, der Angst, der bloße Anblick einer Frau würde ihnen sogleich in erheblichem Ausmaß die Zunge verbiegen, die Sprache, das Gesagte, das zu Sagende, schließlich das Zusagenhabende, das Privileg des Tonangebens und dessen angeborene

Selbstverständlichkeit hinterfragen, untergraben. Ja, verraten. Denn waren die Frauen, so hatte man sich jahrhundertelang eingeredet, nicht jahrhundertelang damit einverstanden? Koldewey war gern mit Frauen befreundet, aber im Rahmen seines beruflichen Auftrags waren sie nicht zu ertragen. Bis auf Bell natürlich. Wie sie wiederum ihre Kollegen aushielt, er müsste sie einmal fragen. Vielleicht besuchte sie deswegen lieber die Stammesoberhäupter des Orients, vielleicht kam sie deswegen so gut mit ihnen aus. »El Chatun« nannten sie sie ja bereits, oder »Umm al-Muminin«, Mutter aller Gläubigen, und bald aller Voraussicht nach »Aisha«, wie die Lieblingsehefrau des Propheten. Vermutlich würde Bell in die Geschichte eingehen. Man würde Bücher über sie verfassen. Romane. Oder einen Film. Natürlich würde sie dann keinen Damenbart haben, überhaupt weiblicher aussehen, und vermutlich würde ein Mann ihre Geschichte erzählen, und um sie erzählen zu können, müsste er so lange über Bells unnatürliche Liebe zum Orient nachdenken, bis er sie natürlich begründen könnte – mit der Liebe zu einem Mann. Dieser würde wahrscheinlich mit einer anderen verheiratet sein, weswegen Bell mit ihm nur eine unglückliche Liebschaft eingehen könnte, die sie schließlich in die Wüste trieb, der fortan ihr Herz voll und ganz gehören sollte, da es einem Mann ja voll und ganz nicht gehören könnte, und nach all ihren Abenteuern würde auch der Ungläubigste zu ihr sagen, dass sie ihm vorkomme wie eine Königin, eine heimliche Herrscherin über die Wüste, aber sie würde bescheiden, wie Frauen waren, allenfalls antworten: Nein, nur eine Frau, die einen Mann vermisst. Weshalb war sie auch, dachte Koldewey, mit Champagner im Gepäck durch Zentralarabien gereist.

Nicht stehenbleiben, zu Obeid hinuntergehen.

Obeid!

Obeid kam Koldewey entgegengelaufen, wie in vorauseilenden Gedanken an Taten für einen Kranken, der möglicherweise Schwierigkeiten hatte zu gehen. Koldewey hielt ihm die Uhr entgegen, vermittelnd, dass er sie repariert habe. Dann, als Obeid nach der Uhr greifen wollte, zog Koldewey sie wieder zurück.

Dass du sie nicht wieder öffnest und deine Frau hineinsehen lässt, Obeid. Sieh, das lange schwarze Haar habe ich darin gefunden.

Das wolle er auf gar keinen Fall wieder tun, sagte Obeid, und genauso überschwänglich wie er seinen Kopf nach links und rechts bewegte, bedankte er sich, während er, die Hände vor seiner Brust gefaltet, rückwärtsging und dann eifrig zu nicken anfing, nicht deutbar, ob er damit seine Aussage bekräftigen wollte oder sich bereits im umgekehrten Modus befand und einem Abend mit seiner Frau und ihren nächsten Ideen wohlwollend entgegenschritt.

Es hieß ja, dass die Sumerer und Babylonier der Zukunft mit dem Rücken zugewandt entgegengeschritten waren. Zumindest ließen die Schriftzeichen für Vergangenheit und Zukunft darauf schließen. Das Zeichen für Zukunft konnte außerdem »hinten« und »Rückseite« bedeuten, Vergangenheit auch »Gesicht« und »vorn«. Ähnlich im Hebräischen: vorn die Vergangenheit, hinten die Zukunft. Dementsprechend hatten die Mesopotamier nicht gesagt, dass die Zukunft vor ihnen liege und die Vergangenheit hinter ihnen, wie die Europäer es gewöhnlich taten. Sie waren in die Zukunft gegangen, die Vergangenheit vor Augen, als habe ihr Weg in die Zukunft immer über Vergangenes geführt und nie ohne zeitgleichen Rückbezug stattgefunden, Erinnerung an etwas, das ihnen für die Zukunft hilfreich wäre. Sicherlich verhielten sich auch die Europäer so, aber aus irgendeinem Grund hatte die Sprache darauf keinen Hinweis verfasst, sie hatte sich entschieden, in der Ausschmückung europäischen

Verhaltens andere Angewohnheiten zu betonen, etwa die, fortschrittlich zu denken, den Blick nach vorn zu richten, auf der höchsten Stufe der Zivilisation primitive Entwicklungsstadien hinter sich gelassen habend. Offiziell zurückblicken durfte man nur, indem man Völker studierte, die noch nicht auf einer Stufe mit den Europäern standen. All die Ethnologen in Übersee, nur um einen verbotenen Blick auf sich selbst zu erhaschen. All die Historiker, all die Philologen, Archäologen, um den Boden der Zivilisation auszuheben und auszustellen und sich selbst obendrauf zu stellen.

Immerhin bedankte sich Obeid nicht wie manch anderer, der vor Koldewey stand wie vor jemandem auf einem Postament, als erwartete Koldewey, dass man, bevor man mit ihm redete, zunächst einen Berg gezuckerter Floskeln vor ihm ausstreute, auf welchen man sich dann zu stellen habe, um mit Koldewey auf einer Ebene kommunizieren zu können. Wenn Koldewey gleich durch den Palmenhain, zwischen den verstreuten Schafen und Kindern zu den Ruinen hinaufginge, kämen ihm gewiss einige Grabungsarbeiter auf ihrem Sonntagsspaziergang entgegen, führten ihre neuen Gewänder vor und sämtliche Flinten, Gewehre, Revolver, die sie besaßen, deren Import zwar streng verboten war, unter denen jedoch immer die neuesten Modelle vertreten waren. Koldewey würde wie immer ihre Ausstattung bewundern und sie würden wie immer antworten: Das habe ich durch deine Güte! Dann würde er nach ihrem Befinden fragen und sie würden wie immer antworten, dass es ihnen gut gehe, wenn es nur Koldewey gut gehe. Schließlich würde Koldewey fragen, was sie gerade täten, und sie würden wie immer antworten, dass sie für das Deutsche Reich beteten. Denn sie dienten ja dem Deutschen Reich, was auf Arabisch das Gleiche bedeutete.

Er sah sie schon von weitem auf sich zukommen.

Hada min saidak!

Allah jselimank!

Kefak sen, kefi ham sen!

Ana do utschi daulet Alemanni.

Und tatsächlich, wieder die neuesten Gewehre. Koldewey ging bis zu dem Gartenweg hinauf, von dem er vorhin in den Palmenhain abgezweigt war, folgte ihm ein Stück nach Norden an der Gartenmauer entlang, um dann auf einem engen Pfad auf den ersten Hügel der Grabung zu gelangen, den westlichsten Teil des Palastes Nebukadnezars, der eigentlich eine Burg war, eine Festung, eine Akropolis, die sich neben dem alten Euphratbett über die Stadt erhob und die Nebukadnezar mehrmals hatte erhöhen und erweitern lassen, was den Handwerkern die Gelegenheit gegeben hatte, sich an verschiedenen Löwen- und Stier- und Drachenreliefs auszuprobieren und deren Form- und Farbgebung zu perfektionieren, denn mit der Akropolis mussten auch die Prozessionsstraße und das Ischtartor, sämtliche Tore und Straßen um den Palast herum erhöht werden, was zur Folge hatte, dass die Einwohner der Stadt manche Gebäude mit der Zeit durch den Haupteingang gebeugt betreten hatten und dann in das Gebäude wie in einen Keller hinuntergegangen waren. Dass sich aber in der gesamten Stadt die Straßen sukzessive erhöht hatten, lag überwiegend daran, dass es zwar eine Kanalisation, aber keine Müllabfuhr gegeben hatte und man gewohnt war, den Müll aus dem Fenster auf die Straße zu werfen, wo er liegengeblieben war und sich festgetreten und ganz allmählich auch das Fundament der Nebenstraßen und Seitengassen erhöht hatte.

Koldewey folgte der inneren Stadtmauer, deren Überresten, auf denen er sich nun befand und die quer durch den alten und neuen Teil dieser Akropolis führten, direkt zum Ischtartor, und auf dem Weg dorthin leicht anstiegen, unter sich noch einen gut erkennbaren Teil der Abwasserkanäle beherbergend. Nicht zu verwechseln mit der noch monumentaleren äußeren Stadtmauer, aber ähnlich in der Anlage: Beide ein Verteidigungsring aus zwei hintereinandergeschalteten Mauern, siebzehn bis siebenundzwanzig Meter breit, genug Platz, wie Herodot schrieb, um zwei Vierspänner darauf fahren zu lassen. Die innere Stadtmauer umschloss die Altstadt und den ältesten Teil der Palastanlage und führte nun, nach Nebukadnezars massiven Erweiterungen, fundamental durch die Anlage hindurch und von dieser in einem Bogen erst nach Osten, dann nach Süden und schließlich nach Westen zurück zum Euphrat, um sich auf dem Westufer des Flusses um die andere, noch vollständig ununtersuchte Neustadt Babylons fortzusetzen. Vier große Tore führten auf der einen, vier große Tore auf der anderen Flussseite hindurch. Koldewey würde durch das größte Tor gehen, das Ischtartor, und die gesamte Prozessionsstraße, die durch das Tor führte, nach Süden laufen; diese würde irgendwann mitten in der Altstadt rechts um die Ecke zum Euphrat biegen, in dem sie noch sieben mit Hausteinen verkleidete Ziegelpfeiler der Brücke gefunden hatten, die vor dreitausend Jahren einen stabilen Übergang gewährte im Gegensatz zu allen heutigen Brücken des Euphrats vermutlich bis nach Karkemisch hinauf, wo sie für die Bagdadbahn eine Brücke errichten mussten, die, damit die Eisenbahn auch darüber fahren konnte, aus Stahl bestand, und nicht, wie es üblich war, aus einer zweifelhaften Verbindung aus Booten und Knüppelholz. Bevor die Prozessionsstraße am Euphratufer vor einem achten Brückenpfeiler abbrach, führte sie zwischen den beiden wichtigsten Gebäuden der Stadt hindurch. Das waren auf der rechten Seite der Turm zu Babel, der Hochtempel der Stadt, der eigentlich »Etemenanki« hieß, was »Haus des Fundamentes von Himmel und Erde« bedeutete; und auf der linken Seite der Tieftempel der Stadt, der eigentlich »Esagila« hieß, was »Haus, das das Haupt erhoben hat« bedeutete.

Den Namen nach würde man den Hochtempel also eher in Erdnähe vermuten und den Tieftempel in der Höhe verorten. Beide Tempel waren Marduk geweiht. Im Tieftempel wohnte er, empfing andere Götter und verrichtete rituelle Handlungen. Was er im Hochtempel tat, im wissenschaftlichen Areal seines Regierungssitzes, hatte Delitzsch bislang noch nicht herausgefunden, vielleicht des Königs Berater auf das Dach schicken, um Vorhersagen aus den Sternen abzulesen, die dieser brauchte, um Entscheidungen für die Zukunft treffen zu können? Delitzsch hatte die Neujahrsfestlichkeiten ausgiebig beschrieben, und welche Statuen welche Tempel oder Städte verließen, um Marduk oder überhaupt Babylon zu besuchen und sich in ihrer jeweiligen Besuchercella in Esagila niederzulassen, um sich schließlich gemeinsam mit ihm auf die Prozession durch die Stadt zu begeben. 43 Tempel gab es allein in Babylon, sechs hatten sie bisher ausgegraben. Koldewey hatte einmal auf Sizilien gesehen, wie das silberne Standbild der heiligen Lucia, überlebensgroß und beladen mit Weihgeschenken, Ringen, Edelsteinen, Gold und Silber von vierzig Männern auf einer Bahre getragen im Portal des Domes von Syrakus hoch über dem Gewimmel des Volkes erschien, um im rauschenden Zuge bei feierlicher Musik und unter dem Gesang der betenden Menge hinausgebracht zu werden in die Gärten der Latomien. So stellte er sich auch die Prozession in Babylon vor, wenn Marduk aus seinem Esagila auf die Prozessionsstraße hinausgetragen wurde, um dann in allerlei Rituale verwickelt durch die Stadt geschafft zu werden und von der Prozessionsstraße durch eine heilige Pforte in den Bereich des Turms zu treten, der von einem großen Hof umgeben war, der wiederum von unzähligen Türmen umgeben war und von Gebäuden, die zum Tempelkomplex gehörten und anderen, die die aus der Ferne angereisten Pilger untergebracht hatten, die dann jubelten und lachten und weinten oder schrien.

In dieses Bild der Prozession – und Koldewey musste beide Augen zusammenkneifen, um ihn von der Stadtmauer aus erkennen zu können – erschien wie im Suchfeld einer Kamera eine sehr kleine Version von Buddensieg. Buddensieg schien sein Pferd intensiv anzutreiben, als er keine hundert Meter vom Turm entfernt den Staub auf der Straße aufwirbelte, die aus Bagdad kommend quer durch den heiligen Bezirk von Turm und Esagila nach Hilleh führte. So lange hatte er also mit Wetzel über ihn gesprochen, bevor er nach Hilleh aufgebrochen war, um eine zweite Flasche Rizinusöl zu besorgen, falls er diese überhaupt besorgte und nicht stattdessen nochmals an Dr. Härle telegraphierte. Koldewey verfolgte Buddensieg, wie er die Straße oder vielmehr den Weg nach Hilleh ritt, bis er nicht mehr zu sehen war. Koldewey könnte die Prozessionsstraße hinuntergehen bis zu Esagila und von dort zum Turm laufen, seinem Eingangsportal entgegen und dessen für Herodot unsichtbar gebliebenen Spuren der Freitreppe, die im Süden auf den Turm zulief und ehemals auch hinaufgeführt hatte, zusammen mit zwei seitlichen Treppen, von denen auch Herodot noch einen Teil gesehen hatte und deren jetzt freigelegte Überreste an einer Stelle noch achtzehn Stufen in den Himmel ragten und dort unvermittelt abbrachen. Außerdem sähe es dann so aus, als sei Koldewey zufällig in der Gegend und nicht so verzweifelt, auf direktem Weg zum Turm gehen zu müssen, nur um Bell zu treffen.

**ESAGILA WAR AUCH** dasjenige seit Jahren ausgegrabene Gebäude, bei dem Koldewey auch in seiner freien Zeit öfter einmal vorbeischaute. Keinem architektonischen Interesse folgend. Berliner Briefen folgend. Geschrieben von den gelehrten Philologen, die alle paar Monate wieder eine Tontafel entziffert hatten, die Esagila zum Thema hatte, aber Esagila nicht an der Stelle verortete, an der Koldewey Esagila in Babylon gefunden hatte, sondern wiederholt an einer Stelle, die sich nordöstlich des Palastes befand. Vermutlich hatten die Philologen Schreibübungen von Schülern vor sich oder einen obsoleten Entwurf oder einen literarischen Text. Was auch immer es war, es konnte keinen realistischen Hinweis darauf enthalten, dass Esagila irgendwo anders stand als dort, wo es stand. Und auf gar keinen Fall konnte es an der Nordostecke des Palastes stehen, gleich neben den Hängenden Gärten; wenngleich die Philologen vorschlugen, Koldewey solle doch sicherheitshalber dort noch einmal nachsehen, an einem Ort, der komplett ausgegraben war, ein Ort, an dem es außer für Palastmauern lediglich Platz für Wasser gab, Grundwasser, wenn auch keinen einzigen Platz für einen einzigen Brunnen. Also lief Koldewey von Zeit und Zeit zu Esagila und vergewisserte sich, ob dies wirklich Esagila war oder ob Philologen einfach die ehemals unterschätzten Kinder von Eltern waren, die an Ostern die Ostereier so einfach versteckten, dass die Ostereiersuche zu schnell beendet zu sein drohte, wenn die unterschätzten Kinder nicht die einfachen Verstecke absichtlich übersahen, um sich noch einen Moment der Spannung hinzugeben, die in solch einer Ostereiersuche steckte, immer in der Hoffnung, ein richtig schwieriges Versteck noch vor sich zu haben und entdecken zu dürfen. Dieser unbelehrbare Irrglauben, der sich von Zeit zu Zeit in den Briefen unterforderter Philologen ausdrückte, kam Koldewey vor wie eine beinahe logische Folge der Umstände, unter denen Esagila damals freigelegt wurde.

Koldewey hatte, einer Vorgehensweise folgend, die sich an Auffälligkeiten in der Geländestruktur orientierte, aber mehr auf seiner für andere Leute unverständlichen eigenen Intuition basierte, damals entschieden, die Grabung an der Nordostecke des Palastes zu beginnen. Dort waren sie sogleich auf das Ischtartor gestoßen, das direkt an den Palast angrenzte, und unter dem Ischtartor auf die Prozessionsstraße, die man nur weiterverfolgen musste, um aller Wahrscheinlichkeit nach auf weitere wichtige Gebäude zu stoßen, deren Wichtigkeit oftmals an der Höhe des jeweiligen am Rande der Straße aufragenden Erdhügels erkennbar war, dem Grab eines alten Gebäudes in einer ansonsten gänzlich flachen Landschaft. Esagila war ein solcher Hügel, in dem sie zunächst von Nord nach Süd einen Graben für die Feldbahn ausgehoben hatten – 8 Meter breit, 10 Meter hoch, 145 Meter lang –, von dem aus die höherliegende Umgebung bequemer abgearbeitet werden konnte. Dieser Graben enthielt keine auffällige Architektur, nichts, das darauf hindeutete, dass sich in der Nähe oder gar darunter ein wichtiges babylonisches Gebäude aus dem ersten Jahrtausend v. Chr. befand. Also ordnete Koldewey an, am Anfang und Ende der Feldbahn auf zwei Arealen noch tiefer in den Hügel hineinzugehen, einen Meter, zwei Meter, drei Meter, vier Meter, fünf Meter. Die Arbeiter klagten über Atemnot, während sie die Erde meterweise in Körben nach oben tragen mussten, zu den Waggons der Feldbahn, die auf maximal zehn Meter Tiefe ausgelegt war. Manche taten es heimlich, andere wagten öffentlich zu fragen, ob der Dr. noch bei Verstand sei, immer noch daran zu glauben, dass unter diesem Erdhügel, der doch nur ein Erdhügel war, ausgerechnet mit einem muslimischen Friedhof darauf, sich seit

Tausenden von Jahren irgendetwas befand, außer der schweren Erde, die die Toten trug und gleichzeitig fest unter der Erde hielt. Nach 15 Metern stießen sie im nördlichen Areal auf Grundwasser, aber außer einem kleinen Perlenlager und den üblichen sassanidischen und parthischen und seleukidischen Münzen wies nichts darauf hin, dass sich hier Esagila befand, Nationalheiligtum Babyloniens, Herz der Stadt, Zentrum des Kosmos. Koldewey ließ daraufhin – und niemanden wunderte es noch – am Ende der Feldbahn das zweite Areal ebenfalls bis zum Grundwasser ausgraben. Oben stand der Zug, mit mehreren Waggons, die die Erde transportierten, unten auf einer 500 Quadratmeter großen Fläche die Arbeiter, ebenfalls in Zügen eingeteilt. Ganz vorn der Meister, der mit der Spitzhacke das Erdreich lockerte, dahinter drei Leute mit Breithacken, die die Erde in Körbe füllten, schließlich sechzehn Leute, die die Körbe hinauf zur Eisenbahn trugen. Der Meister bekam einen Tagelohn von fünf Piastern, die Breithacker vier, die Träger drei Piaster. Mehrere Züge bildeten eine Art Front, die geschlossen gegen das Erdreich vorging, einige Meter zurück- und wieder vorwärtsging und so das Gelände lamellenartig abtrug. Andrae stand mit dem Zeichenblock neben Koldewey, bereit, alle Bauschichten einzutragen, sämtliches von Menschen irgendwie in das Gelände Hineingebautes, etwa einige Mauerreste aus den obersten Schichten. Solche Mauerreste trugen die Arbeiter ebenfalls ab und hinauf in die Feldbahn; Architektonisches ließen sie, wie üblich bei einer Schichtengrabung, nur stehen, sofern es zur untersten noch erhaltenen, zur ältesten Schicht gehörte. Andrae hatte inzwischen angefangen, die Korbträger zu zeichnen, da es nichts anderes zu zeichnen gab, und die Sonne über ihren Köpfen, die erbarmungslos in das Suchareal hineinschien. Noch einen Meter, rief Koldewey in den Staub der Dunkelkammer hinein, in der sich die Arbeiter jetzt überwiegend tastend voranarbeiteten, 16 Meter unterhalb der Hügeloberfläche, von der nun auch Koldewey und Andrae sich wegbewegt hatten, hinunter auf die Höhe der Bahn. Auf sämtliche Kleinfunde zu achten, war sowieso nicht möglich in einer Grabung wie dieser, deren Zweck es war, etwas Unbekanntes systematisch freizulegen und jedes Detail dieses Unbekannten zu dokumentieren und diese Vorgehensweise zum allerersten Mal an einem babylonischen Gebäude, einer babylonischen Stadt auszuprobieren und in der Ausführung erfolgreich zu sein. Um die nötigen Kleinfunde und Tontafeln zu beschaffen, legten sie Suchgräben an Stellen der Stadt an, die Ziegelräuber bereits architektonisch verunstaltet hatten, als sie versucht hatten, eigene Suchgräben anzulegen.

Als sie anfingen, Babylon auszugraben, wussten sie nicht, worauf sie zu achten hatten, welche Art Architektur sie antreffen würden, welchen Baustoff, wie er zu erkennen und vor allem unbeschadet freizulegen war. Kaum dachten sie, die geeignete Technik gefunden zu haben, gelangten sie in eine Bauschicht, deren Gebäude einen festeren Mörtel aufwiesen oder einen weicheren oder einen, dessen Materialeigenschaften wohl noch nicht restlos bekannt gewesen waren und dessen Anwendung insofern unausgefeilt war, als der Mörtel nach dem Auftrag aus den Fugen getreten und über die Ziegel gelaufen war und im Falle von Asphalt die Fassade geschwärzt und unwiderruflich zusammengeleimt hatte. Jedes Areal, in dem sie den Spaten ansetzten, verströmte noch den Geist der großen Stadt, die zu erwarten schien, dass man die Grabungstechnik bitte immer genau auf sie, die elegant und divers, aber auch launisch war, anpasste. Ein Anspruch, der absolut geeignet war, mit anderen Ansprüchen zu kollidieren, der endlos geforderten Inschriftensuche etwa oder der ebenso aus Berlin herangetragenen Erwartung, Koldewey möge einmal seine Grabungstechnik erläutern beziehungsweise logisch begründen und während seines nächsten Berlin-Aufenthalts in einem Vortrag zur Diskussion stellen. Niemals würde Koldewey solch einen absurden Vortrag halten, dessen absurder Titel vermutlich in der Frage gipfelte, wie man es schaffte, Lehm von Lehm zu unterscheiden. Denn das war das Problem, zumindest was die Ausgrabung von Tempeln betraf, deren Mauern erfahrungsgemäß aus ungebrannten Lehmziegeln bestanden, wenn man von denen des Turms zu Babel einmal absah. Und Sand. Und Häcksel. Lehm und Sand und Häcksel, die zu Ziegelsteinen verarbeitet waren, und Lehm und Sand und Häcksel aus kaputten Lehmziegeln, mit denen man alte Mauern von Gebäuden auffüllte, um ein neues Gebäude darüberzusetzen. Oder eine weitere Variante des Füllmaterials aus Lehm und Sand und Häcksel, Erde genannt. Das Problematische war nicht die Füllung aus Erde oder kaputten Ziegeln. Das Problematische war die Tatsache, dass diese Substanzen, waren sie natürlichem Druck ausgesetzt, die Konsistenz von Lehmziegeln in Lehmziegelmauern annahmen, während Lehmziegel in Lehmziegelmauern dazu neigten, sich mit der Zeit zu einer Füllung zu verbinden. So übten beide Gebäudeelemente, Mauern wie Füllung, durch ihr eigenes Gewicht gegenseitig Druck aufeinander aus und nahmen dadurch einen Teil der Qualitäten des anderen an, bis sie sich irgendwann so ähnelten, dass sie nicht mehr zu unterscheiden waren. Die Schwierigkeit bestand darin, diesen Prozess umzukehren, indem man nicht versuchte, Lehmziegel zu erkennen, wenn es doch sinnvoller war, das zu erkennen, was sie einst haptisch zusammengehalten, aber sichtbar auseinandergehalten hatte: Fugen. Diese mithilfe einer Ahle zwischen der verfestigten Lehmmasse zu ertasten, den hoffentlich bereits schon lockeren Mörtel ansatzweise herauslösen zu können und so eine Sache wieder zum Vorschein zu bringen, indem man ihr zehn Prozent ihrer Form nahm, um die restlichen neunzig besser erkennen zu können.

Bald war nach Berlin durchgedrungen, dass Koldewey, wenn er einmal eine hervorragende Technik entdeckt hatte, die Assistenten nicht unmittelbar in dieser unterrichtete, sondern sie in den besagten Grabungsabschnitt hineinbat, damit sie ihr dort selbst auf die Spur kamen, auf die Gefahr hin, aus Versehen etwas zu zerstören, das man nicht zerstört hätte, wenn man vorher gewusst hätte, wie man es erkannte und präparierte. Koldewey war der Meinung, dass diese Methode, angehende Ausgräber zu unterrichten, effektiver und nachhaltiger war als die Methode des bloßen Vortragens und Zeigens. Seine Assistenten sollten die Methode verinnerlichen und dies geschah schneller und effektiver, wenn sie sich diese selbst erarbeiteten. Andernfalls hätten sie bei ein- und derselben Aufgabe immer wieder nachgefragt, wie ein Koch, der ein Gericht nicht selbst ersonnen hatte, sondern amateurhaft wiederholt ins Rezeptbuch guckte, statt instinktiv zu wissen, wie man das Gericht zubereitete. Gehen Sie doch bitte einmal in diesen Abschnitt und graben Sie an der Mauer entlang, war im Rahmen dieser Lehrmethode einer von Koldeweys Lieblingssätzen. In der Regel sahen ihn seine Assistenten dann fragend an: Welche Mauer?

Aber an dem Ort, an dem sie Esagila entdecken würden, gab es in einer Tiefe von 17 Metern noch nicht einmal den Ansatz einer Mauer, nichts mit einer Ahle Herauszulösendes, wofür sich mittlerweile ein paar Arbeiter mit langjähriger Erfahrung als Raubgräber als besonders geeignet erwiesen hatten. Koldewey wies an, noch einen Meter tiefer zu graben, 18 Meter, und noch einen, 19 Meter, und noch einen. 20 Meter unterhalb der obersten Hügelschicht, in der sie immerhin unspektakuläre Gefäße mit altarabischer Schrift, kufische Münzen und hebräische Zauberschalen gefunden hatten, sprang auch Koldewey den abgetreppten Weg hinunter, der vom Ende der Feldbahn in die dunkle Kammer der Grabung führte, die auch Grabkammer hätte genannt werden dürfen. Die ihm entgegenkommenden Arbeiter wichen seinem Blick aus, mit ihren graugesprenkelten Händen und Unterarmen Körbe hinauftragend, wie in einem Bergwerk, hustend, schwitzend. Am Ausdruck der Mienen, deren Grad mentaler Verfinsterung unter Schichten darüberliegenden Schmutzes kaum noch zu erkennen war, erkannte Koldewey, dass es jetzt an der Zeit war, entweder auf Grundwasser zu stoßen oder das berühmte Geräusch zu hören, einer Spitzhacke, mit einem Mal auf steinharten Boden treffend. Weiter oben schon, in 18 Metern Tiefe waren Widerstände beim Graben aufgetaucht, drei Meter breit, möglicherweise Zimmermauern oder einfach nur sehr verfestigter Lehm, aber es war keine Zeit näher darauf einzugehen. Koldewey ließ um die Widerstände herumgraben, noch einen Meter tiefer. Es war sowieso nicht möglich, weiterhin in Zügen und Fronten geordnet vorzugehen. Jeder, der etwas zum Graben in den Händen hielt, grub an der Stelle, an der er sich gerade befand, ein automatisierter Prozess, der nur durch Koldewey aufgehalten werden konnte, wenn dieser zu Sinnen gekommen wäre, was aller Voraussicht nach bald geschah, da sich der Dr. mittlerweile selbst hustend durch den Staub bewegte. Ob alles in Ordnung sei, rief Andrae in den Abgrund, und ob er zu Koldewey hinunterkommen solle. Und tatsächlich hätte es etwas zu zeichnen gegeben für Andrae, wenn man 21 Meter unter der Hügeloberfläche, nachdem man 22 000 Kubikmeter Erde ausgehoben hatte, hätte sehen können, was nur zu hören gewesen war, als eine der Spitzhacken nicht gegen einen abermals senkrechten Widerstand, sondern auf einen waagerechten stieß, eine Schicht großer, quadratischer Ziegel, der Boden des Tempels mit der Inschrift: »Nebukadnezar, König von Babylon, Schirmherr Esagilas, Sohn Nabopolassars, Königs von Babylon, bin ich.« Das war der Ziegelstempel Nebukadnezars, den sie natürlich erst nach mehreren Stunden entzifferten, als sie Staub und Schmutz beseitigt hatten.

Nachdem Staub und Schmutz beseitigt waren, hatten sie sich den Boden genauer angesehen. Die fraglichen Widerstände bestanden aus mehreren Metern noch anstehenden Mauern, die zu Esagila gehörten und deren Grundrisse Andrae samt der Ziegel sofort zu skizzieren begann. Um den gesamten Grundriss des gesamten Gebäudes nachvollziehen zu können, mussten sie mehrere Tunnel in die seitlich noch stehenden Erdschichten graben, wenn sie diese nicht noch einmal 21 Meter abtragen wollten. Dennoch war noch immer nicht geklärt, ob dieser Fußboden der älteste war oder ob sich darunter ein noch älterer befand. Grund genug, an einer Stelle den guterhaltenen Boden Nebukadnezars aufzubrechen und darunterzusehen und festzustellen, dass Esagila, wie die meisten Gebäude Nebukadnezars, zumindest was den Fußboden betraf, eine Matroschka war. Fünf weitere Fußböden lagen darunter, alle mit Kalk weiß verputzt und säuberlich getrennt durch eine Schicht aus Sand und Lehm; der zweite Fußboden war ebenso von Nebukadnezar, der dritte Boden wies Stempel des assyrischen Herrschers Assurbanipal und seines Vaters Asarhaddon auf, vielleicht hatte der Sohn die Ziegel des Vaters wiederverwendet, dessen Stempel der vierte Boden trug; der fünfte war sehr zerstört, vermutlich durch Asarhaddons Vater Sanherib, infolge seines legendären Wutanfalls, als er die Stadt bis auf die Fundamente einebnen und den Turm in den Euphrat werfen ließ; die Ziegel des sechsten Bodens trugen keinerlei Inhabervermerke, sie waren die äußerste oder innerste Schicht der Matroschka, errichtet, als man noch nicht vorhatte, eine Matroschka daraus zu machen. Als sie den obersten Boden abgefegt hatten, war es nicht mehr zu vermeiden gewesen, auch den kleinsten Funden zu begegnen, auf diese zu achten, sie aufzulesen und jemanden damit zu beauftragen, sie zu säubern und in den Fundkatalog einzutragen. Aber nicht Buddensieg, denn Buddensieg war noch nicht auf der Grabung gewesen, sondern noch an der Technischen Hochschule im sächsischen Dresden eingeschrieben, wo er aber lieber mit Wetzel seine Zeit in einem Gesangsverein namens Erato verbrachte, der wie alle akademischen Chöre offenbar nur gegründet worden war, weil man als Schüler nie verkraftet hatte, bei den Thomanern in Leipzig nicht aufgenommen worden zu sein und nun für eine Aufnahme definitiv zu alt war. Im Chor zu singen, hatte Buddensieg erstaunlicherweise nicht dabei geholfen, seinen sächsischen Dialekt zu überwinden, mit dem er insbesondere Reuther raumgreifend auf die Nerven ging. Unmittelbar auf dem obersten Fußboden und von Buddensiegs Vorgänger zu inventarisieren, hatte ein goldener Ohrring gelegen, ein Knauf aus Silberblech, ein Rosenornament aus Stein, Onyxperlen, gravierte Muscheln und eine 1,5 Kilogramm schwere Ente aus Stein mit zurückgelegtem Kopf. Solche Enten waren als Gewicht in Gebrauch gewesen, die bisher schwerste jemals im Alten Orient gefundene Ente wog etwa 73 Kilogramm. In Assyrien waren Gewichte in Form von Löwen beliebt. In Babylonien und seiner Hauptstadt, der Stadt der Drachen und Löwen und Stiere, waren Gewichte in Form von Enten beliebt. Die Löwen hatten hier eine andere Aufgabe: Sie schritten mit aufgerissenem Maul und bösem Blick demjenigen entgegen, der sich auf dem Teil der Prozessionsstraße dem Ischtartor näherte, der sich außerhalb der Stadt befand. 120 lebensgroße Löwenreliefs befanden sich auf den 180 Meter langen, hoch aufragenden Mauern nur dieses äußeren Teils der Prozessionsstraße, dessen abschreckende Funktion sich auch in seinem Namen »Aiburschabu« ausdrückte: »Nicht habe Bestand der heimliche Feind.«

Koldewey hatte die Palastanlage durchquert, die im Osten an das Ischtartor grenzte, in das der innere Stadtmauerring überging. Er sprang hinunter auf den Straßenabschnitt mit den Löwen, von denen er damals an dieser Stelle ein paar Bruchstücke gefunden und mitgenommen hatte, als er mit dem ersten Philologen aller ihm nachfolgenden Philologen Mesopotamien bereist hatte, um für die Deutsche Orientgesellschaft ein geeignetes Ausgrabungsobjekt zu finden. Wie vorhin im Hof des Expeditionshauses wandte er sich auch hier um und sah hinauf auf die Akropolis, als müsse er sich vergewissern, dass er gerade wirklich von ihren Grundmauern auf die Grundmauern der Prozessionsstraße gesprungen war, überhaupt bis hierhergelangt war. Das Fundament der Prozessionsstraße bestand aus gebrannten Lehmziegeln, die mit einer Schicht Asphalt überzogen waren, Naturasphalt, auf den ein Quadratmeter große Steinquader gesetzt waren – im Prinzip die erste asphaltierte Straße der Welt. Andrae hatte vor einigen Wochen geschrieben, dass ihm seine Familie aus Dresden geschrieben habe, dass es mit der Einweihung der ersten Straße aus gewalztem Asphalt einen weiteren Beleg dafür gebe, wie viel fortschrittlicher Dresden noch immer sei gegenüber Berlin und auch gegenüber der ewigen Konkurrenzstadt Leipzig. Deren Straßen bestünden nämlich, wo nicht aus Kopfsteinpflaster und Feldwegen, allenfalls aus gestampftem Asphalt, einem Straßenbelag, der sich, sobald es nur ein wenig regnete, in eine spiegelglatte Fläche verwandelte, gefährlich für Mensch, Tier und Gefährt.

Koldewey ging durch die bis zu zwölf Meter noch aufragenden Mauern des Ischtartors hindurch, dieses mehrfach gesicherten Torgebäudes, das aus einem Vortor und einem Haupttor bestand, auf dem nach der Ausgrabung nun 152 Drachen und Stiere zu sehen waren. Wenn sie Glück hatten, könnten sie in Berlin wenigstens die oberste und ausgefeilteste Bauperiode des Vortors wiederaufbauen, von der als einziger Version kein Ziegel mehr gestanden hatte und die diejenige war, die Koldewey zu Beginn der Ausgrabungen zahlreich zerschlagen zu Füßen gelegen hatte, nun in 500 Kisten lagerte, aber in den Berliner Museen sicherlich farbenprächtig und mindestens dreizehn Meter hoch zusammengesetzt werden könnte. Falls die Kisten von hier wegzubekommen wären. Da war wieder der thematische Grundton, der irgendwann am Vormittag angeklungen war und sich, während Koldewey durchs Fenster sah, immer stärker in ihm ausgebreitet hatte, bis er eine Stelle in seinem Körper erreicht hatte, die unter Druck nachgab, wie alle körperlichen Schwachstellen, die einem vererbt wurden, damit das Leben irgendwann etwas hatte, woran es sich hochziehen und aufhängen konnte. Kurz bevor Koldewey aufgestanden war und sein Zimmer verlassen hatte, hatten sich weniger harmonische Obertöne von diesem Grundton abgesetzt, als wollten sie sich von diesem lösen, und führten nun, indem sie versuchten, eigenständig aufzutreten, ihre Abhängigkeit schon fast exemplarisch vor. An preußischem Pflichtbewusstsein konnte es nicht liegen, dass ausgerechnet Koldewey, dem jahrelang wissenschaftliche Befunde wichtiger gewesen waren als auszustellende Funde, sich dafür verantwortlich fühlte, die Ziegelkisten nach Berlin zu bringen. Schließlich war er nicht preußisch erzogen; er, der im Harz geboren war, in einer alten Residenzstadt mit Schlössern und barocken Gärten, auf dessen verschlungenen Pfaden, gesäumt von Edelkastanien, es in einem Land der Apfelbäume und Zwetschgenalleen jeden Herbst eine beinahe märchenhafte Tätigkeit war, Esskastanien aufzulesen. Vielleicht hatte es einige Bedeutung, dass Koldewey in dem Haus geboren wurde, in dem während der Französischen Revolution Ludwig XVIII. für einige Zeit im Exil gelebt hatte. Koldewey hatte kurz und folgerichtig den Gedanken, dass er in Babylon nicht dazu berufen war, eine bis vor kurzem noch legitime Bibelphantasie auszugraben, sondern die Vorstellung eines eigenen Exils umzusetzen, aber er glaubte nicht an schicksalhafte Geburten in Häusern, deren Vormieter später geborenen Nachmietern ihr Exilantentum wie eine unbewältigte Erfahrung durch den Äther mit auf den Lebensweg gaben. Gleichwohl glaubte er daran, dass es einen Grund gab, weshalb man manche Bilder aus der Vergangenheit, die man nicht vergessen konnte oder wollte, mit sich herumtrug wie Esskastanien.

Koldewey wollte sich im Schatten des Ischtartors einen Platz suchen, um sich hinzusetzen und endlich den letzten Brief an Andrae zu stenographieren, wie er das mit allen Briefen tat, die er schrieb. Über das Tor hinaus zog sich die Straße etwa einen Kilometer gerade hin, bis sie in der Nähe von Turm und Esagila rechts um die Ecke bog. Jetzt, da er im Schatten der Relieftiere innehielt und ihm auffiel, dass neben den Löwen und Stieren auch der flugfähige Drache mit seinen Adlerhinterbeinen auf das Symbol eines Evangelisten wies, es zumindest im Kern schon enthielt, kam es ihm vor, als machte es überhaupt keinen Sinn weiterzugehen, als käme er sowieso nie an, egal wie schnell und wie weit er ginge, als schiene das, wohin auch immer er unterwegs war, gar nicht in der Zukunft zu liegen. Womöglich war es ihm deshalb wichtig, dass wenigstens ein Teil der Kisten nach Berlin gelangte: Er brauchte neue Esskastanien, die er mit sich herumtragen könnte. Nichts Objektives, vielmehr Objekthaftes, das ihn erinnerte an diesen Augenblick selbstvergessenen Schaffens. Das materialisierte Alte als Talisman, das alles enthielt, was die Gegenwart nicht mehr enthielt, vielleicht sich darin zurückgezogen hatte, geflüchtet war vor einer flüchtigen Gegenwart, in der keine Zeit war, es wahrzunehmen, aber Platz, es aufzuheben.

43 Grad im Schatten, hier sicherlich noch mehr. Koldewey griff in seiner Tasche nach dem 1907er Taschenkalender, um

Andraes Brief nachzutragen. Er schlug ihn auf und blätterte, bis er eine freie Seite fand, aber er fand keine freie Seite, denn es gab keine freie Seite mehr, denn es war der falsche 1907er Kalender, von dem Koldewey ja mehrere bestellt hatte. Es war einer der bereits ausgefüllten Vorgänger, derjenige, den er vor ein paar Jahren durch Berlin getragen hatte, um die aufgeregtesten Briefe an Andrae nachzutragen, die er jemals an Andrae verfasst hatte. Koldewey griff nochmals in die Tasche. Griff das Notizbuch, das er für Skizzen verwendete, und den 1913er Taschenkalender, den er für Notizen verwendete, griff noch einmal hinein, fand die aktuelle Ausgabe des 1907er aber nicht. Noch einmal umzudrehen und zum Expeditionshaus zurückzugehen, überhaupt umzukehren, wenn Koldewey ohnehin das Gefühl hatte, nicht voranzukommen, schien keine gute Idee zu sein. Er würde also ausnahmsweise den 1913er verwenden und Andraes Brief auf die Seite des heutigen Tages quetschen.

Als er das Buch aufschlug, fielen ihm alte Arbeiterlisten in die Hand, die auf A4-Blättern in den Kalender gefaltet waren, Vorname, Nachname, nummeriert von 1 bis 202:

1. Dauach el Abas
2. Abas el Hasmud
3. Choder el Abas
4. Ismael el Duchi
5. Abd el Helah
6. Aidan el Anan
7. Gasm el Harid

...

Koldewey hatte Buddensieg gebeten, am Zahltag die Arbeiter auszuzahlen, um gar nicht in die Situation zu kommen, die Liste zu lesen, sie wie die Namen der Wissenschaftler auf dem

Eiffelturm zu schnell auswendig und nie mehr vergessen zu können und ewig wie ein Mantra in sich tragen zu müssen; wenngleich Buddensieg das Problem hatte, im Vergleich zu Koldewey jedes Mal sehr ungehalten zu reagieren, wenn er die Nummern nach Hamed al Raschid oder wem auch immer, der gerade vor ihm stand, durchgehen musste. Die Arbeiter stellten sich schließlich nicht in der Reihenfolge ihrer Nummern an. Ihnen ihre Nummern mitzuteilen, wie es Buddensieg einmal vorgeschlagen hatte, hatte Koldewey abgelehnt, aber nicht mit der Begründung, dass sie diese eventuell vergaßen oder, wenn auf einen Zettel geschrieben, den sie ohnehin nicht lesen könnten, verlieren würden. Buddensieg war nämlich bereits auf die Idee gekommen, ihnen die Nummern an die Kleidung nähen zu lassen, wo man sie direkt ablesen könne. In diesen Ideen schien Buddensieg Koldewey immer wie ein direkter Gesandter der Deutschen Orientgesellschaft, die ja auch auf die Idee gekommen war, Arbeiter als Tiere zu chiffrieren. Sind Sie Mitglied der Deutschen Orientgesellschaft, fragte Koldewey Buddensieg in solchen Momenten. Und wenn Buddensieg verneinte, war für Koldewey die Sache geklärt, keine Nummern, außer auf Koldeweys Liste –

8. Soleiman el Chatir
9. Hussein el Chrer
10. Ali ed Dahir
11. Gerard el Abdullah
12. Ali el Mansur
13. Ahmed Gar Allah
14. Gabr ibn Kadim
15. Ali el Hussein
16. Ali el Amran
17. Abdallah ibn Hussein

18. Sakkar A.
19. Hassan ibn Abdullah
20. Abbas el Schati
21. Hussein el Mathíb
22. Hussein el Eisse
23. Abdun el Dschali
24. Mohammed el Ali
25. Kadim el Guad
26. Hussein ibn Abd Ali
27. Matuk ibn Ali
28. Kadim el Chodér
29. Hamse el Tarfe
30. Umran el Al
31. Hamse el Manech
32. Ibrahim el Nasr
33. Kadim el Dscherwani Nasr
34. Mohammed el Challaf
35. Said Muhammed Said Musse
36. Hussein el Schahir
37. Eisse el Hussein
38. Degan Gar Allah
39. Mohammed el Hamse
40. Missél ibn Umra
41. Abas al Amran
42. Aluan el Schlach
43. Hatib el Challaf
44. Kadim el Hussein
45. Merdi el Muhedi
46. Deschisch el Homed
47. Ishab el Homed
48. Ilhomadi el Homed
49. Geddi el Nedschm

50. Ibrahim el Raschid
51. Schoke es Soleiman
52. Hadschi Mohammed ibn Ali
53. Raschid el Homadi
54. Abd el Habib
55. Kadim el Radi
56. Kadim ibn Mohammed
57. Salech el Ali
58. Hamse es Saki
59. Bisse el Welli
60. Abud ibn Ismael
61. Abud ibn Hadsch Hussein
62. Hassan ibn Hussein
63. Abbas el Fleie
64. Mohammed es Suleiman
65. Dschabr ibn Kadim
66. Tamir ibn Ruak
67. Hamse el Hasmud
68. Dschuad el Hassan
69. Assel ibn Hussein
70. Soleiman ibn Hussein
71. Isheil el Nedschm
72. Kadir el Habib
73. Kadim el Gnedsch
74. Aluan el Mheil
75. Aschur ibn Challaf
76. Fadil ibn Obeid
77. Aluan el Schati
78. Enad ibn Hamud
79. Ibrahim el Mohammed
80. Hussein el Achmud
81. Aluan ed Daud

82. Dschuad el Reidan
83. Eschnein el Hussein
84. Namuk el Daui
85. Mohammed el Amir
86. Ibrahim ibn Abbas
87. Said Challaf
88. Abud ibn Challaf
89. Abas el Challaf
90. Mohammed el Challaf
91. Ali el Hussein
92. Abbas el Habib
93. Soleiman el Mohammed
94. Muedi es Suleiman
95. Dachi el Agal
96. Adab ibn Habib
97. Fdall ibn Abbas
98. Waui el Kadi
99. Abid ibn Habib
100. Mindschel el Dachi
101. Hamse el Habib
102. Guad es Soleiman
103. Daud es Soleiman
104. Machmud el Ali
105. Musse ibn Hammud
106. Abud el Dschali
107. Hassan ibn Said
108. Obeid Hamse
109. Umran ibn Schahir
110. Mohammed el Sakka
111. Hassan el Mohammed
112. Chreir ibn Abbas
113. Soleiman el Ali

114. Ibrahim ibn Abbas
115. Kadim el Aschur
116. Dachi ibn Ormeid
117. Kadim el Abas
118. Mallale el Alevi
119. Umran el Mersuk
120. Kadim el Abas
121. Hassan el Raschid
122. Obeis el Dumat
123. Hamse ibn Hadschi Mohammed
124. Kadim el Reidan
125. Hussein el Reidan
126. Hassan el Gedde
127. Hamse ibn Mohammed
128. Audi el Dschues
129. Challaf Barresch
130. Dschumael el Kadim
131. Gerad ibn Amran
132. Abas el Audi
133. Agul ibn Soleiman
134. Hussein es Soleiman
135. Hussein al Saud
136. Abd el Daud
137. Kadimel Mohammed
138. Derwisch el Challaf
139. Seidan ibn Obeid
140. Musse el Umran
141. Mohammed el Reidan
142. Aluan ibn Reidan
143. Hussein el Guad
144. Mohammed ibn Daud
145. Mohammed ibn Abd Ali

146. Abdullah ibn Mohammed
147. Abbas ibn Said
148. Kadim el Daud
149. Said el Kerim ibn Schahid
150. Said Challaf ibn Homadi
151. Mohammed ibn Umran
152. Obeis Gar Allah
153. Beidan ibn Abbas
154. Umran el Hammer
155. Chreir ibn Abbas
156. M'hmeid ibn Abbas
157. Nasir ibn Hussein
158. Mohammed el Umran
159. Hussein el Fleie
160. Obheid el Dschabr
161. Hindi el Mhedi
162. Achmed el Musse
163. Dahir ibn Habib
164. Aluan el Dahesch
165. Hussein ibn Habib
166. Hussein ibn Schebib
167. Hussein ibn Gata
168. Ismael ibn Hussein
169. Nasr ibn Ibrahim
170. Hamse el Romeid
171. Hadi ibn Mkedi
172. Rasab el Oswadi
173. Umran el Homadi
174. Abud ed Dschusna
175. Asis el Schani
176. Hamed al Raschid
177. Abud ibn Sultân

178. Nasr ibn Hussein
179. Gasm ibn Abbas
180. Hassan ibn Schahir
181. Kadim ibn Muhammed
182. Abbas el Dschoban
183. Hussein ibn Assani
184. Dschasim ibn Homadi
185. Dschasim el Hodairi
186. Elias el Hodairi
187. Abdullah Ridschib
188. Said Hussein
189. Aluan es Salech
190. Habib el Memnun
191. Diab el Muschkur
192. Mohammed ibn Hussein
193. Obeid ibn Nasr
194. Nassan ibn Nasr
195. Said ibn Nasr
196. Challaf ibn Ali
197. Ali ibn Ibrahim
198. Hassan ibn Selman
199. Ali ibn Aziz
200. Mersi ibn Dahir
201. Kadum el Mersuk
202. Mensi el Mutlak

– und Buddensieg hatte nicht nachgefragt, weshalb die Nummern nur auf Koldeweys Liste stehen durften; in den meisten Fällen war er so vernünftig, Koldeweys Instruktionen nicht zu hinterfragen.

Koldewey legte die Liste wieder gefaltet in den 1913er zurück und schlug die Seite des heutigen Tages auf, um Andraes Brief zu notieren im Schatten des Tores und unter den Rufen eines Steinadlers hoch oben über dem verfallenen Kanal, der auf halbem Wege zwischen Tor und Turm unter der Prozessionsstraße hindurchführte. Dann steckte er den 1913er ein und um einen Grund zu haben, noch ein paar Minuten im Schatten auszuharren und noch nicht weitergehen zu müssen, schlug er noch einmal den alten 1907er auf, den er vor einigen Jahren durch Berlin getragen hatte, durch diese Stadt, die keine Stadt war, sondern etwas, das von einem Tag auf den anderen über seine Grenzen hinaus in ein Buch Theodor Fontanes gewachsen war, hinein in die Beschaulichkeit der brandenburgischen Provinz, ohne sich demjenigen, der sich der Stadt näherte, anzukündigen durch vereinzelte Häuser, kleinere Höfe, Zäune, Obstgärten, die ihm helfen würden, sich auf einen Ort vorzubereiten, der so dicht besiedelt war wie kein anderer in Europa zu der Zeit, ein Ort, der einen breiten Gürtel aus Mietskasernen um sein Stadtzentrum gelegt hatte, ummauerte Höfe und Seitenflügel statt Wohnungen, und zugleich eine unzählige Menge Eisenbahngleise aus sich heraus, die dafür auf noch immerhin sieben Kopfbahnhöfe zurückgriffen, als wollte dieser Ort nichts lieber als sich selbst entkommen, während genau die Leute, die Fontane noch gar nicht genug beschrieben hatte, versuchten in ihn hineinzugelangen, und sich, wenn sie sich einmal darin befanden, nach getaner Arbeit zu dreizehnt in das Zimmer eines Hinterhauses legten.

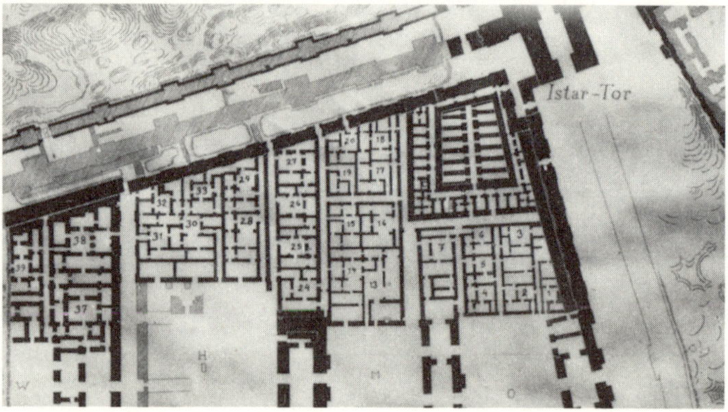
Istar-Tor

**KOLDEWEY HATTE DAMALS** über einen Monat gebraucht, um von Babylon nach Berlin zu gelangen, hatte in Aleppo und Konstantinopel Station gemacht, Beirut, Alexandria und Marseille, war tagelang auf dem Liniendampfer der Norddeutschen Lloyd langweiligen Gesprächen mit langweiligen Passagieren aus dem Weg gegangen, um schließlich in Hamburg, das ihm schon etwas hektisch vorgekommen war, in die Eisenbahn zu steigen und an einem Tag des Jahres 1909 mitten in Berlin auf dem Lehrter Bahnhof anzukommen. Natürlich mitten in Berlin, da alle Fernzüge, die aus Hamburg kamen, den Lehrter Fernbahnhof ansteuerten, von wo aus die Lehrter Bahn, als sie noch nicht zur Preußischen Staatseisenbahn gehörte, ins hannoversche Lehrte gefahren war, das Bahn und Bahnhof seinen Namen gegeben hatte; der in unmittelbarer Nähe liegende Hamburger Bahnhof, den die Züge aus Hamburg ursprünglich angesteuert hatten, war inzwischen umgebaut worden zum Königlichen Bau- und Verkehrsmuseum. Die Gleise der Güterzüge, die westlich des Lehrter Bahnhofs vorbeizogen, und die Fernbahngleise, mit denen sie sich bald darauf vereinigten, bildeten zusammen mit der Stadtbahn, deren Gleise sie am nördlichen Ende des Bahnhofs unterquerten, und mit dem Friedrich-Karl-Ufer der Spree im Süden und dem Humboldthafen im Osten die Ausläufer dieser verkehrswichtigen Insel, in dessen großer Halle Koldewey stand, in der Hand so etwas wie einen Plan, der ihm den schnellsten Weg zu seiner Wohnung vermitteln sollte, während alle anderen Menschen versuchten, auf die Westseite des Bahnhofs zu gelangen, zur Ankunftshalle, oder auf die Ostseite in die Abfahrtshalle, oder zur Stirnseite auf den Lehrter Stadtbahnhof, und dabei um Koldewey herumlaufen mussten, der unberechtigterweise so tat, als sei es für die Stabilität der eisernen Bogenbinderdachkonstruktion hoch über ihren Hüten und über den weit vor den Ausgängen vorauseilend gehorsam aufgespannten Regenschirmen zwingend erforderlich, dass er hier stand, ohne die Absicht, sich zu bewegen. Koldewey wollte nicht von James Simon in seinem Privatautomobil abgeholt werden, wie Güterbock in seinem vorletzten Brief vorgeschlagen hatte, obwohl er sich mit Simon eher früher als später hätte unterhalten wollen, zum Beispiel darüber, wie die nächste Fundcharge nach Berlin gelangen sollte und dass man sich über die Art und Weise bald im Klaren sein musste, bevor Deutschland diplomatisch komplett in andere Belange verstrickt war. Dann aber, hatte Güterbock geschrieben, solle Koldewey, wohin auch immer er fahre, auf keinen Fall vom Lehrter Bahnhof direkt mit der Straßenbahn fahren oder gar mit einer motorisierten Buslinie. Zu gefährlich sei es, die Stadt mit diesen Fahrzeugen zu durchqueren, zu viele Kreuzungen, auf denen der Verkehr nicht geregelt sei, da man noch nicht wisse, wie man ihn regeln solle – lediglich im Umkreis von der Straße Unter den Linden, der Leipziger Straße und der Friedrichstraße seien mittlerweile einige verständige Polizisten im Einsatz, die versuchten, Ordnung in diese Wirrsal zu bringen. Aber, so Güterbock, Koldewey solle sich nicht wundern, wenn niemand diese Straßen mehr bei ihrem ursprünglichen Namen kenne, die Berliner hätten Unter den Linden, Leipziger Straße und Friedrichstraße umbenannt in Laufstraße, Kaufstraße und Saufstraße. So weit es gehe, solle Koldewey mit der Stadtbahn fahren, hatte Güterbock geschrieben. Die Stadtbahn, die auf einem Viadukt aus Backsteinen von vier Uhr morgens bis ein Uhr nachts im Zwei-Minuten-Takt durch die Stadt fuhr, um die unzähligen Kopfbahnhöfe miteinander zu verbinden, unter sich Gastwirtschaften und Läden beherbergend. Koldewey studierte den Plan und entschied sich, Güterbocks Rat folgend, in die Stadtbahn einzusteigen, um mit ihr zur Ringbahn zu gelangen, die zum Potsdamer Bahnhof fuhr, wo jedoch aus irgendeinem Grund die Linie der Wannseebahn, mit der er direkt zu seiner Wohnung fahren konnte, unterbrochen war. Hätte er es vorher gewusst, wäre er früher in die Hochbahn eingestiegen, die zwischen Nollendorfplatz und Wittenbergplatz, und bis dorthin ebenfalls über Viaduktbögen, in die Erde fuhr und so zur Untergrundbahn wurde, die ihn zu einer bestimmten Straßenbahnhaltestelle führte, zu einer von 126 Straßenbahnlinien, die ihn zu einer Station brachte, wo er mit einem der Pferdeomnibusse der Allgemeinen Berliner Omnibus Aktiengesellschaft, die wohl nun auch einige Kraftomnibusse betrieb, in die Straße fahren konnte, in der er wohnte, und dort angekommen den Rest des Weges nicht in einer Droschke, sondern zu Fuß zurücklegte.

Auf diesem Wege war Koldewey tatsächlich heil zu seiner Wohnung gelangt. Das nächste Mal allerdings würde er sich vorsorglich vor der Fahrt etwas in die Ohren stecken. Das entspannte erstens das Trommelfell und setzte zweitens den Hörsinn außer Kraft, was den visuellen Sinn schärfte und ihm half, fünf Jahre Ortsabwesenheit aufzuarbeiten und die Geschwindigkeit und Anzahl, in der sich verschiedenste Verkehrsfahrzeuge und Verkehrsteilnehmer durch die Stadt bewegten, zu erfassen und dem Verstand zur Kenntnis weiterzuleiten. Hielte man sich den Stadtplan Berlins vor Augen und zeichnete gedanklich den Weg nach, den man gerade in den fortschrittlichsten Verkehrsmitteln der Welt zurückgelegt hatte, ergäbe die Zeichnung die Form eines riesigen Fragezeichens: Oben angefangen im Bogen nach rechts verlaufend, über Alexanderplatz und Museumsinsel und Brücken und Brücken und Brücken, getragen von Hartung'schen Säulen – preiswert, korrosionsbeständig und schön wären sie auch noch gewesen, wenn Hugo

Hartung, der sie entworfen hatte, sich für das ionische oder das korinthische Säulenkapitell entschieden hätte und nicht beide vermengt –, dann Kehrtwende zum Potsdamer Bahnhof, dann im Bogen zurück nach Berlin-Schöneberg, das merkwürdigerweise noch immer als eigenständige Stadt auftrat, und kurz vor Friedenau, das auch wie kein eigenständiger Ort mehr aussah, auf gewohntem Kopfsteinpflaster die Fahrt beendend, ohne einen Punkt unter das Fragezeichen oder hinter den Verlauf der Reise setzen zu können. Als Koldewey vor dem Haus stand, in dem sich seine Wohnung befand, hatte er ein komplett neues Berlin durchquert, ohne erfasst zu haben, was sich eigentlich verändert hatte, welche Häuser noch standen oder inzwischen abgetragen und durch andere ersetzt oder umgebaut worden waren, welche Gebäude Schinkels es diesmal waren, die man einer wilhelminischen Nationalkritik unterzogen oder völlig neu gebaut hatte in der Möchtegernarchitektur des Historismus, einem oftmals unerträglichen Durcheinander wiederverwendeter älterer Traditionen der Romanik, Gotik, Renaissance oder des Barock, je nach Geschmack des Bauherren. In Babylon verwendete man den Baustoff wieder, in Berlin den Baustil, und je moderner und industrieller produziert der Baustoff war, desto historischer schien man ihn verblenden zu müssen.

In seiner Wohnung fand Koldewey bereits zwei Briefe von Andrae vor. Sie lagen hinter der Eingangstür auf dem Boden und waren, als Koldewey die Tür geöffnet und über sie hinwegbewegt hatte, zum Vorschein gekommen, wie alle Briefe, die durch den Briefschlitz ins Innere der Wohnung fielen, damit man über sie stolperte oder sie, die an dieser Stelle so wichtig aussahen, gleich in die Hand nahm und las, am besten noch bevor man die Wohnung betrat. Hatte Andrae den Ischtartempel in Assur endlich gefunden? Oder sogar das Festhaus, das auch die Assyrer aufgesucht hatten während des Neujahrsfestes, das sie sich aus Babylon abgeguckt hatten. Aber dann sah Koldewey, dass die Briefe aus Bagdad kamen, und erinnerte sich, dass Andrae ja seinen Magen von Dr. Härle einmal richtig untersuchen lassen wollte. Aber statt im Bagdader Frühling ein wenig durchzuatmen, schrieb Andrae Briefe nach Berlin.

Koldewey machte, noch während er in der Tür stand, den ersten Brief auf. Er war drei Seiten lang und hatte ein Thema zum Gegenstand, mit dem Koldewey nie wieder zu tun haben wollte: Boote. Zumindest nicht mit diesem Boot.

Das Boot war ein Dampfer, den Koldewey und Andrae vor Jahren vorgesetzt bekommen hatten als gute Idee, um von Bagdad den Tigris hochfahren zu können, nach Mossul und Assur, und Dinge zu erledigen, die man besser auf dem Wasserweg erledigte. Vorgesetzt von Personen in Berlin, die auf Funde warteten, und empfohlen von irgendwem, der ein Boot verkaufen wollte, und baurätlich abgenommen von jemandem, der sich nicht vorstellen konnte, dass dieses Boot nicht für jedes Gewässer gleich gut geeignet sein sollte. Koldewey hatte damals mit dem zuletzt genannten Herren, Marinebaurat Kretschmer, am Rummelsburger See in Berlin-Treptow gestanden und das Boot angesehen und zumindest geschafft, ihm das Mississippi-Heckrad auszureden und es durch eine normale Schiffsschraube ersetzen zu lassen, die das Boot immerhin so aussehen ließ, als eignete es sich für eine Fahrt auf einem Fluss wie dem Tigris, dessen Wasser nicht mit dem des Euphrats zu vergleichen war, am wenigsten mit dem der Spree. In den Tigris mündeten weitaus mehr Zuflüsse aus den Bergen, er konnte unberechenbar werden; erst kürzlich hatte er die Bagdader Schiffsbrücke mitgerissen. Auch die Südostwinde waren nicht zu unterschätzen. Das Boot war zu offen für seine Größe und zu schwer im Vergleich zu seiner Offenheit. Aber es wurde in Berlin auseinandergenommen und verladen, verließ den Hamburger Hafen und gelangte nach Port Said, wo es erneut umgeladen werden sollte, und gerade als Koldewey, der einer Familie mit umfangreicher Kapitänserfahrung entstammte, sich damit angefreundet oder vielleicht sogar ein wenig darauf gefreut hatte, das Boot in Bagdad wieder fahrtauglich zusammenzusetzen, fiel es im Hafen von Port Said in den Suezkanal, bei Windstärken, die etwa denen der normalen Südostwinde über dem Tigris entsprachen. Natürlich war dann in Basra, wo Koldewey die havarierten Teile des Bootes in Empfang genommen hatte, nicht herauszufinden, was irgendwo weit vor dem Persischen Golf, weit vor dem Golf von Aden und vor dem Roten Meer am anderen, britisch kontrollierten Ende des Suezkanals im Detail vorgefallen war. Koldewey hatte das Boot also nach Bagdad verschiffen lassen und es mehrere Wochen lang versucht zu reparieren, bis es in dem Augenblick, als ihm die Flüche ausgegangen waren, tatsächlich auf dem Tigris zu fahren anfing und in genau dem Augenblick, als es fahren konnte, nicht mehr fahren durfte ohne eine besondere Genehmigung, die bei der türkischen Regierung zu beantragen war und die zu erteilen die türkische Regierung mindestens fünf Jahre benötigte.

Fünf Jahre hatte das Boot in Bagdad gelegen und nun, obwohl niemand mehr bei der Regierung wegen der Genehmigung nachgefragt hatte und es zusehends verfallen war, hatten sie offenbar eine Fahrerlaubnis erteilt. Oder Andrae hatte seinen Magen kuriert und sich in Bagdad aus Langeweile das Boot angesehen, den Zustand registriert und dann Briefe nach Berlin geschrieben, um sich bei Koldewey zu erkundigen, wie man ein Boot repariert.

Um welchen Grund es sich handelte, ging aus dem ersten Brief nicht hervor. Koldewey riss den zweiten Brief auf. Er war überschrieben mit »10 Fragen, das Boot betreffend«. Zehn Fragen, die nur einer fragen konnte, der erstens keine Ahnung von Booten hatte, aber zweitens so speziell fragte, dass es unwahrscheinlich war, dass er den Dampfkessel oder irgendetwas anderes noch nicht aufgeschraubt hatte.

Koldewey, der noch in der Wohnungstür stehend erst den ersten Brief gelesen hatte und jetzt auch den zweiten Brief las, warf noch während der Lektüre sein Gepäck ab, und bevor er sich die Schuhe auszuziehen imstande war oder die Tür zu schließen, hatte er Stift und Briefpapier in der Hand, als könnten ein paar Sekunden Zeitersparnis verhindern, dass Andrae mit dem gesamten Boot in die Luft flog, im Glauben an irgendein Talent, das ihn zu Bootsreparaturen befähigte, geerbt von seinem Großvater, der als Eisenbahningenieur gearbeitet hatte.

**21.4.1909**

Lieber Kollege Andrae,
ohne direkte Einwilligung der Botschaft dürfen Sie das Boot auf keinen Fall fahren! Das Boot hat jetzt fünf Jahre gestanden. Bis Sie es unter Dampf kriegen, brauchen Sie lange Zeit schwerer Arbeit. Außerdem ist der Dampfkessel zweifellos in einem sehr fragwürdigen Zustand. Man muss damit rechnen, dass er beim ersten Anheizen in die Luft geht. Sie müssten untersuchen, welche Rohre schadhaft sind und diese dann auswechseln, aber, entschuldigen Sie, verstehen Sie das denn?? Wissen Sie überhaupt etwas von Dampfkesseluntersuchung, können Sie »anpumpen« und kennen Sie sich mit dem Manometer aus?

Jahrelang hatte Andrae Briefe verfasst, in denen es um abhandengekommene Stuten ging oder gestohlene Schafe, auf die irgendwer Anspruch angemeldet hatte, weil deren Vorfahren ihm vor fünf Schafgenerationen einmal gehört hatten. Jahrelang die harmlosesten Probleme, aber für Andrae schien es jedes Mal um Leben und Tod zu gehen. Und nun, da es um Leben und Tod ging, nun, da Koldewey Tausende Kilometer entfernt war und nichts machen konnte, nun, da ein Brief an Andrae vielleicht zwei Wochen nach Bagdad unterwegs sein würde, berichtete Andrae von Dingen, die so harmlos klangen, als würde es darum gehen, den kaputten Reifen eines Fahrrads zu flicken.

Koldewey nahm ein zweites Blatt und trat mit dem Fuß rückwärts gegen die Wohnungstür, bis sie zufiel und der Boden unter seinen Füßen wie üblich ihre Schwingungen aufnahm und ins Innere der Wohnung davontrug.

**21.4.1909, TEIL II**

1. Rohr- und Kesselplan und Revisionsbuch versuche ich aufzutreiben.
2. Inventar und Beschreibung auch.
3. Öl im Kessel ist sehr schädlich, der Kessel brennt an der Linie durch, wo das Öl auf dem Wasser schwimmt. Zur Beseitigung des Öls: Kessel mit Wasser ganz vollpumpen, bis es aus dem obersten Hahn herauskommt.
4. Eigentlich sollte nicht Holzkohle im Filter sein, sondern Koks. Aber wo den hernehmen? Also machen Sie es so: Das Wasser sollte zuerst auf die größeren Kohlestücke treffen, dann auf die kleineren, dann auf den Kohlegrieß und dann auf die Holzwolle, die eben dazu dient, das Mitgehen des Grießes zu verhindern. Die Schwierigkeit liegt darin, dass Holzkohle schwimmt. Koks würde untergehen und daher den Filter besser füllen. Wenn Sie reines (nicht lehmiges) Wasser im Fluss haben, so nehmen Sie besser dieses und fahren mit dem Auspuffrohr, das Sie allerdings dann erst anschrauben müssen; es wird oben stark zittern,

was Sie durch Befestigen an das Sonnensegelgestell verhindern können.

5. Rizinusöl ist immer schädlich für die Maschine, es schleimt. Maschinenöl kriegen Sie in Bagdad, aber das dickflüssige Zylinderöl müssen Sie aus Deutschland kommen lassen. Öl ist die Seele der Maschine, auf jeden Fall keine Versuche mit anderen Ölen machen.
6. Richten Sie es so ein, dass Sie am Kessel stets ein gutes Manometer vorn und eines hinten haben. Wenn eines schadhaft wird, so können Sie sich ein neues kommen lassen und so lange sehr wohl mit einem (vorderen) auskommen. Manometer sind teuer. Beim Bestellen müssen Sie die höchste Spannung angeben und die Atmosphärenzahl, die der rote Strich markieren soll. Die alten Manometer können Sie nur noch als Taschenuhr oder Kaffeemühle verwenden, sie haben im Suezkanal gelegen.
7. Gummiringe für die Wasserstandgläser müssen Sie aus Deutschland kommen lassen, jede andere Dichtung nützt nichts.
8. Ölfarbe kriegen Sie in Bagdad, bitte nur mit Leinöl verdünnen, nicht mit irgendeinem »Lack«.
9. Für das Holz: Leinölfirnis, den es auch in Bagdad gibt. Das Öl muss heiß und dünn aufgetragen werden, bis es nicht mehr ins Holz einzieht, was nach 3maligem Anstrich der Fall ist. Wenn es auf dem Holz eine selbständige Schicht bildet, klebt es ewig.
10. Kessel und Schornstein streichen Sie mit ganz gewöhnlicher Ölfarbe an, aber tragen Sie immer die Ölfarbe möglichst dünn auf. Lieber mehrere Anstriche hintereinander als zu viel auf einmal; es trocknet so besser und sitzt fester.

Koldewey sank in einen Sessel, der neben dem kleinen Tisch stand, auf dem Koldeweys Schlüssel wie gewohnt hingeworfen waren und über den gebeugt er gerade eilends den Antwortbrief verfasst hatte. Das war ein Sessel, den irgendwer, vielleicht seine Schwester, die hin und wieder in Koldeweys Abwesenheit in seiner Wohnung vorbeischaute, umsichtig neben dem Eingang platziert hatte, mit Blick in alle Zimmer, stünde nicht nur von einem die Tür offen. Am Deckenixel des Zimmers, dessen Tür offen stand, entdeckte Koldewey zwei der feingearbeiteten Stucktiere, eine Gans, die sich neugierig zu einem Frosch herunterbeugte, beide Teil eines Rankenbandes, das sich einmal um das Zimmer wand und den Aufsatz der Eisenbetonrippendecke verbarg, aber durch seine Voluminösität zugleich ein wenig preisgab. Neben der Gans saß, vom Sessel aus nicht sichtbar, ein Eichhörnchen, das etwas fraß. Neben dem Eichhörnchen saß ein viertes Tier, aber Koldewey fiel nicht ein, welches Tier. Er würde nachsehen, nachdem er auf dem Postamt gewesen war. Dort würde er auch gleich an Marinebaurat Kretschmer telegraphieren wegen der Bootspläne. Aber Koldewey fiel nicht ein, wo in der Nähe sich ein Postamt befand. Er hatte auch keines gesehen, als er hierher unterwegs gewesen war, aber er hatte sowieso nichts gesehen, außer vielleicht den Nollendorfplatz, wo sich auch Güterbocks Wohnung befand, wo er morgen mit ihm und James Simon am späten Nachmittag verabredet war. An den Platz allerdings mit seinem neu gebauten Schauspielhaus konnte er sich nur erinnern, da kurz danach die Hochbahn in den Untergrund geriet und ihn vom Antlitz der Stadt zeitweilig pausieren ließ. Wenn auch kurzzeitig, so war es doch, als schliefe man ein und nähme das zuletzt Erlebte mit in die Nacht, um es im Dunkeln, und als hätte man alle Zeit der Welt, noch einmal ausgiebig zu belichten.

Wie nach einer kurzen Nacht aufgewacht stand Koldewey

wieder auf, griff nach dem Wohnungsschlüssel und sämtlichen Fahrplänen sämtlicher öffentlicher Verkehrsmittel dieser Stadt und erst als er unten auf der Straße angekommen war, sah er, dass neben dem Haus, in dem sich seine Wohnung befand, ein neues Haus stand, eines, das ebenso malerisch aussah wie die anderen Häuser in dieser Gegend, in der die Straßen nach Malern benannt waren. Koldewey hatte lange nach einer Straße gesucht, die nicht nach irgendjemand Unangenehmem benannt worden war, den zu sehen Koldewey genauso wenig in seiner Adresse wie in einem Bilderrahmen über seinem Schreibtisch ausgehalten hätte. Da die umliegenden Grundstücke bereits aufgekauft und Straßen darauf gebaut und sogleich nach weiteren Persönlichkeiten der Malerei benannt worden waren, schien es an diesem Rand der Stadt auch malerisch zu bleiben und nicht in wilde Müllhalden überzugehen wie in Teilen des Westens, wo man die Altlasten vor die Tore der Stadt warf, ohne daran zu denken, dass die Stadt so schnell nicht aufhören würde, sich auszudehnen. Immerhin hatte man sie nicht wie in Babylon direkt vors Haus geworfen. Fortschritt in dieser Hinsicht hieß also: unerwünschte Dinge etwas weiter weg, außerhalb der eigenen Sichtweite abzulegen und weiterzugehen, bis man wieder unbemerkt in den eigenen Unrat trat.

Koldewey lief an dem neuen Haus vorbei, Richtung Eisenbahnbrücke, um über diese auf die andere Seite der Wannseebahnstrecke zu gelangen, an die sein Viertel grenzte. Auf der anderen Seite müsste es irgendwo ein Postamt geben. Auf Friedenauer Seite. Offenbar gehörte dieser Stadtteil, der optisch wie ein Teil Berlins aussah, verwaltungstechnisch zur Stadt Schöneberg, was die Infrastrukturen des Postverkehrs aber anging, zur Gemeinde Friedenau. Weswegen man auf Briefen, die man in diesen Teil Schönebergs senden wollte, als Zielort nicht Schöneberg angab, sondern Friedenau. Koldewey blickte noch einmal zurück zu dem neu gebauten Haus, durch dessen Garten sein Nachbar Schittenhelm nun offenbar sein Pferd führen musste, um in dessen Stall im Keller ihres Hauses zu gelangen, wenn er mit ihm nicht durch die Eingangstür gehen wollte. Er war froh, dass er sein Geld nicht an irgendeiner Hochschule verdienen musste und dort etwa Baugeschichte unterrichten, oder Stadtbaugeschichte, Berlin und seine Bauten um die Jahrhundertwende, Versuche einer stilistischen Einordnung. Nehmen Sie dieses Haus: Für den Kaiser sieht es nach gar nichts aus, weder Monumentalbau noch Mietskaserne, kaum Symmetrien, aber auch keine barocken Ausuferungen, eher streng gefasste Wildheiten aus dem Pflanzenreich, um die stillose Perfektion von Fließbandziegelsteinen mittels Dekoration zu kompensieren oder kompostieren, nehmen Sie Schinkel: Dessen Sachlichkeit die Form betreffend ist hier wieder aufgetaucht, sein Verständnis von Grundriss und den richtigen Verhältnissen, das hilfreich ist, will man ein Gebäude über seine Funktion architektonisch erfassen und sein Inneres, seine Organe nach außen durchscheinen lassen, auch die Bausubstanz ist hier sichtbar gemacht, aber nicht durch den Schinkel'schen Treueschwur auf den originalgriechischen Formenkanon, sondern die eigene Phantasie, mit der die Person, die das Gebäude entworfen hat, so lange die Vorgaben von Baustilkatalogen oder Bauherrenwünschen durchkreuzt hat, bis sie selbst hinter ihrem Entwurf zum Vorschein gekommen ist.

War nicht auch Dürer, nach dem Koldeweys Viertel benannt war, der erste, der seine Werke systematisch signiert hatte? Und war Koldeweys Viertel nicht eines, in dem Architekten wieder Künstler waren, die ihre Signatur auf ihren Werken hinterlassen wollten? Wenn Koldewey in diesem Augenblick eine gute Umgebung, eine Art Zuhause für sich definieren müsste, dann wohl als etwas, in dem alles auf unbeeindruckte Weise besonders gut zusammenpasste, Straßen, Häuser, Gedanken, und diese Idee, auch ohne, dass man darin wohnte, funktionierte.

Koldewey hätte auch an Andrae telegraphieren können, seine Bedenken bezüglich des Bootes auf diese Weise mitteilen. Aber womöglich hätte Andrae dann etwas ganz anderes verstanden infolge des üblichen internationalen Unverständnisses, deutsche Sätze, dazu noch in Form von Depeschen, korrekt zu übermitteln, also Wörter mit Sinn zu bilden, ohne einzelne Buchstaben nach hinten oder nach vorn zu verschieben, neue hinzuzuerfinden oder gleich ganz wegzulassen. In einem Satz wie »Auf keinen Fall ohne Anleitung den Kessel öffnen!« hätte dann Andrae womöglich »Meinetwegen können Sie auch unangeleitet den Kessel öffnen!« gelesen. Koldewey gab also nur den Brief auf und beschloss, auf Andraes Antwort oder den nächsten Fragenkatalog zu warten, während er sich von einem Termin zum nächsten durch die Stadt treiben ließ, damit das passierte, was ihm alle berichteten: dass die Zeit schneller vergehe, als man es fassen könne, dass er wichtige Dinge vergessen und dass er es nicht schaffen werde, die einfachsten Tätigkeiten zu Ende zu bringen und Kleinigkeiten, etwa Anzüge in der Reinigung abzugeben, jeweils auf den nächsten Tag verschieben müsse, dass er sich ständig fragen werde, wo die Zeit geblieben sei, und erst eine Antwort darauf bekomme, wenn er auf etwas – egal wie wichtig oder unwichtig es sei – warte. Dann nämlich stehe sie ihm plötzlich mehr als genug zur Verfügung. Koldewey versuchte also allen Gelegenheiten des Wartens aus dem Weg zu gehen, indem er einen Termin nach dem nächsten absolvierte (Sitzungen, Vorträge, Bürokratisches, Abendessen, Konzerte) und Material für die Ausgrabung besorgte (Filmrollen, Fachbücher, Schreib- und Zeichenmaterial) und dazwischen möglichst viele Leute besuchte und deren Fragen beantwortete und sie sich über seine – für einen Blauäugigen absurd dunkle – Hautfarbe wundern ließ oder andere orientalische Eigenschaften, die er in seiner jahrelangen Abwesenheit offenbar angenommen hatte, und parallel dazu Entwürfe von Architekten begutachtete für den aktuellen »Wettbewerb Groß-Berlin«, der helfen sollte, die über sich hinauswachsende Großstadt als repräsentativen Organismus, so das Zauberwort der Biologie gegen typische Opfer der Industrialisierung, wo nicht zu gestalten, wenigstens zu erhalten, erstaunlicherweise entweder mittels mesopotamisch anmutender Stufentürme oder Ausfallstraßen. Nach all dem ging Koldewey dann abends in eines der unzähligen Lichtspieltheater, um sich die neuesten flimmernden Bilder anzusehen, die ihn vielleicht, so dachte er anfangs, so müde werden ließen, dass er umso leichter einschliefe und nicht nachts wach läge mit der Frage, wann Andraes nächster Bootsbrief einträfe.

An einem dieser Abende hatte die Vorführung Koldewey in der Tat ermüdet, doch auf dem Weg nach Hause war er wieder wach geworden. Zum einen da »Elektropolis«, wie Berlin ja mit Zweitnamen hieß, auch nachts hell erleuchtet war. Seit Siemens und AEG die Stadt gepachtet hatten, diente sie wohl als Freilandlabor der Elektrotechnik. Da deren Chefs, neben den Vorstandsvorsitzenden anderer Unternehmen wie Krupp und Borsig, sämtlich Mitglieder der Deutschen Orientgesellschaft waren, finanzierten auch sie über ihren Mitgliedsbeitrag die Ausgrabungen, während sie parallel daran arbeiteten, dass im Lichte Babylons die eigene Metropole nicht aufhörte, aus dem Schatten anderer Metropolen herauszuwachsen. Zum anderen war Koldewey wieder wach geworden, da er nicht darüber hinwegkam, dass sich die Figuren auf der Leinwand so schnell bewegt hatten, weil der Filmprojektor sich so schnell gedreht hatte, weil das Theater auf diese Weise mehr Filme pro Abend unterbringen und mehr Geld einnehmen konnte. Wenn die bewegten Bilder nicht so neu gewesen wären, hätte man fast behaupten können, sie seien schuld, dass man das Gefühl hatte, das Leben laufe beständig vor einem ab, bewegten sie sich doch unaufhörlich an einem vorbei, ohne dass die dargestellten Personen die Zeit hätten oder die Notwendigkeit verspürten, einen anzusehen. Während die Personen, die auf Photos zu sehen waren, ihren Betrachter aus einem Ausschnitt einer vergangenen Zeit ihres Lebens wie darin eingefroren geradezu fixierten. Als sei die zeitgemäße Angewohnheit, den Blick nach vorn richten zu müssen auf das, was sein würde, und gleichzeitig wie besessen festzuhalten an dem, was nicht mehr war, darauf zurückzuführen, dass bewegte und unbewegte Bilder zeitgleich existierten. Zwei Formen, die Welt zu vermitteln und das menschliche Dilemma des Zwiegespaltenseins, irgendwie einen Körper zu haben und gleichzeitig ein Körper zu sein, in innovativer Naivität weder vorsätzlich noch hinterlistig bedienten. Zugleich drinnen zu sein und von außen auf sich zu blicken, war ein anstrengender Zeitvertreib; dazu passte die Idee, dass photographierte Personen *auf* einem Photo zu sehen waren, aber gefilmte Personen *in* einem Film. Mit diesen Gedanken war Koldewey an jenem Abend wach geblieben, bis sich ihnen die Frage anschloss, ob er nicht für das obligatorische halbe Jahr, das er in Berlin verbringen musste, eine Tätigkeit brauchte, die seinem Aufenthalt hier etwas von der Regelmäßigkeit eines Grabungstages gab, und ihm eine Erkenntnis kam wie einer dieser Einfälle, die gern noch einmal kurzzeitig den Verstand belebten in denjenigen düsteren Mächten gehorchenden Sekunden, kurz bevor man einschlief: dass Andrae in Bagdad das Boot nur reparierte, damit Koldewey ihn Tausende Kilometer entfernt durch eine Schiffsreparatur leitete und damit einer kontinuierlichen Beschäftigung nachginge, mit der er es schaffte, seinen eigenen Rhythmus mit dem dieser Stadt in Einklang zu bringen:

**22.4.1909**

Lieber Kollege Andrae,
mit späterer Post schicke ich Ihnen Kesselplan und Revisionsbuch, wo noch einige kummervolle Pläne drin sind. Inventarliste lege ich hier bei. »Beschreibung des Bootes« gibt's nicht. Fragen Sie nicht, wie ich überhaupt an den Rohrplan gekommen bin (siehe anbei). Falls Ihnen die Welle heiß läuft, was beim großen Kammzapfen vorkommt, so lassen Sie die Maschine mit kleiner Kraft weiterarbeiten (nicht stoppen!) und kühlen die Welle beim Lager mit nassen Tüchern – aber nicht das Lager. Wie geht es eigentlich Ihrem Magen?

**7.5.1909**

Die Rohre rauszuschrauben, nützt nicht viel. Sie können deshalb noch immer nichts sehen. Um zu untersuchen, ob die Schlangenrohre verstopft sind, heizen Sie den Kessel ein wenig an, bis das Wasser zirkuliert und überzeugen sich dann, ob alle Rohre gleich warm sind. Wenn ein Rohr kalt ist, nehmen Sie es heraus und blasen Sie es durch. Für die Kesseluntersuchung insgesamt genügt Aufpumpen (mit Wasser) bis 20 Atmosphären, aber natürlich dürfen Sie in dieser Größenordnung keinen Dampf machen. Anbei der Kesselplan und der erste Teil des Revisionsbuchs.

**21.5.1909**

Beim Injektor müssen Sie aufpassen, dass Sie die betreffenden Hähne richtig stellen, dann funktioniert es sehr gut. Wieso sollte die Nockenwelle exzentrisch stehen?

Haben Sie sie vielleicht mal herausgenommen? Falls ja, müssen Sie genau darauf achten, dass die Zahnräder wieder richtig ineinandergreifen, es sind die Marken, die das Einstellen ermöglichen. Ein neues Konto für das Boot wollen wir lieber nicht einrichten. Sie können die Kosten unter »Feldeisenbahn« oder unter »Diverses« buchen, wo Sie ja den Posten für sich anführen können. Was ist das mit Ihrer »Erschöpftheit«? Sie schlafen doch wohl genug? Neun Stunden müssen Sie schlafen! Und zerbrechen Sie sich nachts nicht den Kopf über Dinge, über die Sie sich tags den Kopf zerbrechen können.

**4.6.1909**

Nein, nein, nein, Sie müssen alle Bootsteile exakt so zusammensetzen, wie Sie sie auseinandergenommen haben. Keine Schraube darf stärker oder schwächer angezogen werden, als sie vorher angezogen war. Wenn die Pumpen nicht ordentlich funktionieren, ist entweder beim Ummontieren etwas versiebt oder die Behandlung beim Fahren nicht richtig gewesen. In Babylon sind keine Schlüssel zu den Bootsspindeln. Lassen Sie sich am besten neue Schlösser kommen. Vielen Dank für das schöne Photo – das Boot strahlt ja förmlich. Aber fehlt da rechts im Vordergrund nicht der Staufferbuchsendeckel vom Kammzapfen?

**18.6.1909**

Wenn der Petrolhahn nicht schließt, muss er auseinandergenommen werden und sorgfältig gereinigt, dann aber wieder fest angezogen werden. Wenn Sie in Deutschland neue Deckel für die Staufferbuchsen bestellen, müssen Sie genaue Maße angeben, äußeren Durchmesser,

Gewindetiefe und Gewindehöhe, letzteres nach einem Wachsabdruck, quergeschnitten.

**2.7.1909**

Setzen Sie sich mit dem Dampfer bloß keinen Gefahren aus, es ist nicht anständig für einen Ausgräber, auf dem Wasser umzukommen. Denn da liegt nicht unsere Hauptbeschäftigung. Wir dürfen nur in einem Ausgrabungsschacht verschüttet oder von einer Statue erschlagen werden, oder aber infolge geistiger Überarbeitung an Arterienverkalkung sterben, alles andere ist untunlich.

**17.7.1909**

Nein, es gibt keinen besonderen Trick, die Wasserstandgläser anzuschrauben. Es ist normal, dass das Boot vibriert. Wenn die Wasserstandgläser ständig platzen, dann liegt das daran, dass die Gummidichtungen zu dünn sind und dann müssen Sie in Deutschland stärkere bestellen.

**31.7.1909**

Mir kommt es vor, als kämen ständig Briefe von Ihnen an, obwohl ich weiß, dass diese immer ähnlich lang unterwegs sind. Wie die Zeit vergeht, ich sage Ihnen: Man glaubt es kaum. Aber lassen wir das … Nehmen Sie um Gottes willen kein Gaijara-Petroleum in die Dampfschiffheizung. Dieses mangelhaft gereinigte Petroleum ist äußerst explosiv. Sie würden – estaffrullah! – in die Luft fliegen.

**12.8.1909**

Achten Sie darauf, dass der Schraubendreher in Mossul Ihnen nicht ein Sellers'sches Gewinde macht statt eines Whitworth'schen. Und nehmen Sie, wenn Sie wieder in Bagdad sind, lieber die Bronze-Schraube, die eiserne geht doch bei der ersten besten Gelegenheit kaputt. PS: Gratuliere zur Auffindung des Ischtartempels.

**29.8.1909**

Wenn die Asbest-Isolation im Kessel aussieht wie eine »Pellkartoffel«, dann muss sie gereinigt werden bzw. müssen dann neue Asbesttafeln in Deutschland bestellt werden. PS: Kürzen Sie doch bitte Ihren Ischtartempel nicht mit SS ab. Ich weiß ja, dass die Abkürzung auf Ischtar in ihrer Funktion als Himmelskönigin (šarrat šamāmi) zurückgeht, aber es ist auch die Abkürzung für »Dampferschiff« (steam ship) und ich komme durcheinander, wenn Sie schreiben, dass Sie während der »Ausgrabung des SS« Cellen entdeckt haben, in denen Statuenpostamente stehen und anderes Verwirrendes.

Koldewey hatte sich vorgenommen, hin und wieder in seinen Briefen Andrae zu vermitteln, dass er noch dieses oder jenes Ersatzteil benötige, das nur in Deutschland zu bekommen und also auch dort zu bestellen sei, und Andrae dann wenigstens eine Weile die Finger von der jeweiligen problematischen Stelle des Bootes ließ, während er auf das Ersatzteil wartete. Leider hatte Andrae in der Zwischenzeit andere problematische Stellen entdeckt. Aber irgendwann hatte sich Koldewey daran gewöhnt, dass Andrae noch immer lebte, dass er, auch wenn seine Antwort sich verzögerte, nicht bei einer Reparatur in die Luft geflogen war, wenngleich das, was er schrieb, sich oft so anhörte, als träfe er gerade mit Freude und Eifer die Vorbereitungen dafür.

An diesen Rhythmus, dessen Takt ja dafür verantwortlich war, dass Koldewey an seine unschadhafte Normalität glaubte, war er so gewöhnt, dass er Wochen später einen Brief von Andrae nicht sogleich geöffnet hatte und auch, als er aus dem Haus gegangen war, noch nicht gelesen, ihn nur eingesteckt hatte. Er war beim Kaiser eingeladen, der natürlich von Koldewey persönlich über die Fortschritte in seiner Lieblingsgrabung unterrichtet werden wollte. Er war verspätet aufgebrochen, den Brief wollte er unterwegs lesen, in der Bahn der neueröffneten Untergrundlinie, wo er glaubte, mehr Ruhe zu haben, aber bereits auf dem Weg zum Bahnhof hatte er vergessen, dass er ihn überhaupt mitgenommen hatte.

Am Spittelmarkt stieg er aus, um am Ufer des Spreekanals entlang zum Berliner Schloss zu gehen, der alten Residenz der brandenburgischen Kurfürsten, preußischen Könige und Kaiser, und sich noch ein wenig zu bewegen, nachdem er in der Bahn gerade gesessen und vermutlich gleich wieder würde sitzen müssen. »Sitzen Sie viel?« hatte auf einem der Reklameplakate eines der passierten Bahnhöfe gestanden, da helfe »Gressner's Sitz-Auflage aus Filz, verhindert das Durchscheuern der Beinkleider«. Er nahm den westlichen Ausgang der gerade fertiggestellten Station Spittelmarkt, die wie ein unsichtbarer Pfahlbau fünfzehn Meter tief im Morast des mittelalterlichen Bodens Altberlins verankert war, während oben die Reflexe der Spree durch eine knapp über dem Wasser liegende lange Fensterreihe auf den Bahnsteig fielen. Welche Angst die Stadtverwaltung ausgestanden hatte, dass die neugebaute Kanalisation beim Bau der Untergrundbahn beschädigt werden oder Wasser eindringen könnte. Statt jedoch froh darüber zu sein, eine Form von Angst gehabt zu haben, die einen hatte umsichtig handeln lassen, tat man zum Abschluss der Bauarbeiten so, als wäre man nie ängstlich gewesen und ließ zwischen diesem vorläufigen Endpunkt der Untergrundbahn und dem Spreekanal keine normale Außenwand ziehen, sondern eine tollkühne Trotzgalerie aus Glas anlegen. Aus Angst, auf unterirdische Probleme zu stoßen, war aus der Untergrundbahn auch zum großen Teil eine Bahn geworden, die oberirdisch fuhr, eine Hochbahn wie die Stadtbahn, für deren Bau gerade noch ein Streifen Bauland übrig war, der frei geworden war, als man die verschiedenen Stadtbefestigungen Berlins abgetragen hatte, um nun auf ihnen, wie Streitwagen auf babylonischen Mauern, Züge von einem Stadttor zum nächsten fahren zu lassen, zum Halleschen Tor, zum Kottbusser Tor, zum Schlesischen Tor…

Der Untergrundbahnhof sollte einen mutigen Schritt der Untergrundarchitektur symbolisieren. Wahrlich mutig aber war derjenige, der einen Schritt nicht unter, sondern auf den Spittelmarkt tat, der kein Markt mehr war, sondern eine dreieckige Kreuzung mit kleinen Verkehrsinseln, auf die man sich retten konnte vor etwa einem Dutzend Fahrzeugtypen, die alle versuchten, diesen Ort zu überqueren, als hätten allein sie Vorfahrt. Am Kiosk, der sich neben obligatorischer Laterne, Uhr und Litfaßsäule auf jeder Insel befand, konnte man sich bei dieser Gelegenheit eine Zeitung kaufen, während man auf eines der Fahrzeuge oder Fuhrwerke wartete, dass es anhielt – oder auf eine Eingebung, wie man auf die andere Seite des Marktes gelangte. Während man am Kiosk darauf wartete, eine Zeitung kaufen zu können, kam man nicht umhin, die Litfaßsäule zu studieren, die mit verschiedensten Heilmitteln die Symptome dieser auf ihre Weise entarteten Zeit zu lindern versprach: Für manche vielleicht mit einer Einladung zur Kunstausstellung der Berliner Secession, April bis September, geöffnet täglich von 9 bis 7. Für andere eher mit dem Angebot, ihr Glück nicht von sich selbst, sondern von vermittelnden Dingen abhängig zu machen, deren Kauf allein schon eine Wohltat war und man bereits vor der Einnahme das Gefühl hatte, die Nerven mit »Neocithin genähret« zu haben, erhältlich in Apotheken und Drogerien, Pulver, Tabletten, Kolapastillen, 100 Gramm 2,80, 250 Gramm 6,50, 500 Gramm 12 Mark, die kleinste Packung dreimal so teuer wie der Eintritt bei den Impressionisten. Eine üppigere Oberweite war erst in zwei Monaten zu bekommen, aber nur, wenn man »Pilules Orientales« einnahm, natürlich ohne der Gesundheit zu schaden, garantiert frei von Arsenik. Die Frauen, so fiel es Koldewey jetzt auf, vielleicht weil der diesjährige Sommer so verregnet gewesen war, hatten statt der Sonnenschirme, die sie immer bei sich trugen, an Größe zugenommene Hüte auf, geschmückt mit Blüten, Spitze oder Straußenfedern, die Kleider dagegen waren schmaler und schlichter geworden, wie beruhigend, dass es zu allem immer eine Gegenbewegung gab. Am Ausgang des Spittelmarkts entschloss sich Koldewey, nicht über die vielbefahrene Gertraudenbrücke zu gehen, um unter eines der Räder der gerade herannahenden Pferde-Omnibusse zu geraten, die offenbar mit Verspätung in Richtung Landsberger Tor unterwegs waren – wieder ein Tor der alten Stadtmauer, das abgetragen und in einen Durchgang anderer Art verwandelt worden war. Koldewey beschloss, kurz vor der Gertraudenbrücke links in die Oberwasserstraße einzubiegen, auf der linken Seite des Spreekanals entlang, um über die ruhige Jungfernbrücke auf die Spreeinsel zu gelangen, auf der sich auch die Museen befanden und das Stadtschloss des Kaisers. Würden auf der alten Spreeinsel, würden überhaupt im Stadtzentrum noch Menschen wohnen, dachte Koldewey, müssten diese nicht ständig hin- und herfahren, ins Konfektionsviertel, ins Zeitungsviertel, ins Bankenviertel, ins Exportviertel, Regierungsviertel, Museumsviertel. Koldeweys Kollegen aus

Chicago, mit denen er vor Jahren das antike Assos südlich von Troja ausgegraben hatte, waren einige Zeit vor Koldeweys Berlin-Intermezzo selbst geschäftlich in der Stadt gewesen und hatten ihm danach geschrieben, dass sie doch sehr erstaunt gewesen seien, von Spreeathen rein gar nichts mehr vorzufinden, so sehr war ihnen diese Stadt wie eine spontane Mutation ihrer eigenen Stadt vorgekommen. Deshalb wirkte Chicago nun im Vergleich zu Berlin auf sie geradezu beschaulich trotz seines eigenen griechischen Zweitnamens »Porkopolis«, der die Stadt dafür auszeichnete, den gesamten Fleischbedarf der Vereinigten Staaten decken zu können. Das schaffte sie, indem sie in ihrem extra zu diesem Zweck gebauten Schlachthofdistrikt jährlich zwölf Millionen Tiere nicht mehr auf einer Schlachtbank schlachten ließ, sondern an einem Fließband – je weniger man Hand an eine Sache legen musste, damit sie funktionierte, desto natürlicher erschien sie einem. Wenn Rom das zweite Babylon gewesen war, so Koldeweys Chicagoer Kollegen, dann sei Berlin, dessen größter Teil so aussehe, als sei er letzte Woche gebaut worden, gerade auf dem besten Weg, das dritte zu werden. Sprachlich waren sich die beiden Städte ja schon immer sehr nahe, hatten sie doch, würden die Philologen sagen, sehr ähnliche Wurzelkonsonanten: BBL und BRL, zuzüglich einer Endung, die auf N auslautete. Wurzelkonsonanten waren sogenannte Wortradikale, mit denen Philologen hantierten, um Verwandtschaften zwischen – allerdings nur semitischen – Wörtern aufzuspüren; wer weiß, würden sie in diesem Fall sagen, welche ungewöhnliche Lautverschiebung das B zu R hatte mutieren lassen. Koldewey fragte sich, wie lange man noch auf der Straße Fuhrwerke mit regelmäßig scheuenden Tieren und Automobile parallel fahren lassen könnte, wenn die Zahl der Kraftfahrzeuge weiter zunähme. Eines von beiden musste auf der Strecke bleiben, und er hatte das Gefühl, dass mit Automobilen mehr zu verdienen war als mit Pferden, zumal Allah in den Ländereien der verbündeten Türkei den dafür notwendigen Kraftstoff in großer Menge in die Erde gelegt hatte, weswegen Koldewey auch nicht verstand, weshalb man dort Schienen für eine Bagdadbahn verlegte und statt in die Eisenbahn nicht in eine Autobahn investierte.

Koldewey überquerte die Jungfernbrücke, die in ein schönes rotes Sandsteingewölbe gesetzt war und zu einer ganzen Serie von hölzernen Klappbrücken gleichen Bautyps gehörte, die Berlin wer weiß wie lange noch durchziehen würden. Über die Brücke gelangte er hinüber zu einer Straße, die tatsächlich noch »An der Schleuse« hieß, nach der Stadtschleuse, die sich hier seit dem Mittelalter befand und deren Arbeit die vor einiger Zeit weiter unten gebaute Mühlendammschleuse übernommen hatte. Hinter der Jungfernbrücke, die Koldewey gerade überquert hatte, zweigte der Mühlengraben vom Spreekanal ab. Der Kanal selbst ging hier schon oder etwas später in den Kupfergraben über, wenn dieses Teilstück nicht immer noch Schleusenkanal hieß wie im letzten Jahrhundert, als Koldewey die Babylon-Grabung begonnen hatte. Seitdem hatte er die Stadt zweimal besucht und kam sich vor wie sein eigener Enkel, der den ersten Teil seiner Kindheit auf dem Dorf verbracht hatte und die Stadt nur aus Erzählungen seines Großvaters kannte. Der Mühlengraben floss in die Badeanstalt schräg gegenüber der Stadtschleuse. Koldewey ging an dem linken Fachwerktürmchen ihres Eingangs vorbei, das sich wie ein altes Mütterchen an ihren hochgewachsenen Sohn an das nebenstehende vier- oder fünfstöckige Gebäude lehnte, und auch an der Schleuse, deren hohler Körper mit seinen Schleusentoren Koldewey immer an eine Theaterbühne erinnerte, mit zwei eisernen Vorhängen, einem vorn, einem hinten. Hier kam zu speziellen Zeiten ein Theaterstück zur Aufführung, das immer dasselbe war, das jedoch nicht eher begann, bis sich der Vorhang, der den Zuschauer in seinem Wasserfahrzeug von der Bühne trennte, geöffnet hatte. Welcher Vorhang sich öffnete, hing davon ab, auf welcher Seite Publikum auftauchte. Inhaltlich ging es darum, zunächst Publikum und Bühne auf ein Niveau zu bringen und dann das Publikum mit auf die Bühne zu nehmen, und dann, wenn man sozusagen in einem Boot saß, das Niveau entweder weiter anzuheben oder abzusenken, um auf dasjenige Niveau zu kommen, das auf der anderen Seite des Vorhangs aktuell vorlag.

Als hätte es für den neu gekrönten König und späteren Kaiser Wilhelm I. nichts anderes zu tun gegeben, ließ dieser 1867 als erstes die Stadtschleuse erneuern. Dabei fand man unter den Pfannenlagern der alten Untertore zwei Gedenktafeln aus Kupfer, eine von 1657 und eine von 1694, auf denen sich seine kurfürstlichen Vorgänger der Erneuerung rühmten. Einmal hatte der Große Kurfürst, der eigentlich »Friedrich Wilhelm Marggraf zu Brandenburgk, des Heiligen Römischen Reichs Ertz-Kämmerer und Churfürst zu Magdeburgk in Preußen, zu Gülich Cleve Berge, Stettin, Pommern, der Caßuben und Wenden, auch in Schlesien zu Croßen und Jägerndorf Herzog und Burggraf zu Nürenbergk, Fürst zu Halberstadt und Minden, Graf zu der Margk und Rauensberg, Herr zu Rauenstein« hieß und damit einem Nebukadnezar in nichts nachstand, »diese Schleuse aus den Grundt auf's Neu bauen lassen, nachdem vorhero anno 1654 eine Schleuse von Kalksteiner an diesen Ort erbauet worden; weil aber durch Verwahrlosung desselben Meisters 2½ Jahr nach diesen hat wieder müssen abgetragen und an dieser Stadt diese hölzerne gesetzet werden«. Ein anderes Mal hatte Kurfürst Friedrich III., der 1701 als Friedrich I. erster preußischer König wurde und alle seinen Namen zu einem zusammenfassend erneuert hatte, das hölzerne Fundament ersetzt durch

Quadersteine. Als größter Erneuerer rühmte sich Wilhelm II., aber nicht von Schleusenvorrichtungen, sondern des heimischen Barocks, ebenjenes monumentalen Baustils, der vorherrschte, als mit Friedrich I. das Preußische Königreich entstanden war. Der Kaiser wollte einen Nationalstil etablieren, indem er eine heimische Tradition erneuerte. Den Stil, aber nicht die Gebäude, wie die originalbarocken Bürgerhäuser am Rande des Schleusenkanals, die er nicht hatte neu gestalten, sondern abreißen lassen, damit sie nicht die Sicht auf sein barockes Schloss verstellten. Trotz ihrer langen Tradition waren sie der Gegenwart offenbar zu präsent gewesen, um, wie für Geschichte üblich, für etwas stehen zu können, das vergangen war. Nun war über der Schloßfreiheit, dem westlichen Vorplatz des Schlosses, die Sicht frei auf das Nationaldenkmal Wilhelms I., das Wilhelm II. auf der hiesigen Seite des Kanals nach Abriss der Bürgerhäuser in Erinnerung an seinen Großvater hatte aufstellen lassen, aber auch die Schinkel'sche Bauakademie gegenüber des Schleusenkanals geriet ins Blickfeld, die dem Kaiser stilistisch sicher nicht ganz so gut gefiel. Das Standbild zeigte Wilhelm I. auf seinem Ross und darunter auf vier Postamenten vier Löwen, die die Kriegsbeute von 1871 bewachten. Vom Brandenburgischen Tor bis zum Schloss war Berlin vollgestellt mit den von Wilhelm II. so geliebten Krieg-und-Frieden-Allegorien, Standbilder im Schloss, auf dem Schloss, vor dem Schloss, Standbilder im Tiergarten, Standbilder auf der Straße, Standbilder auf der Brücke und Standbilder im Zeughaus in der Ruhmeshalle der brandenburgisch-preußischen Armee, das sich ebenso dem Hauptportal des Schlosses gegenüber auf der anderen Seite des Schleusenkanals befand; dahinter lag versteckt in einem Kastanienwäldchen die Singakademie, in deren Konzertsaal Delitzsch seine Babel-Bibel-Vorträge gehalten hatte wie einst Humboldt seine Kosmos-Vorlesungen. Koldewey ging jedoch lieber zu den Philharmonikern als zu den Singakademikern. Wo fand man heute noch ein Orchester, das dirigiert wurde von jemandem mit solch einem ausgeprägten und anwendbaren Verständnis von Lyrik. Dennoch war Koldewey sich sicher, dass so jemand niemals Gedichte schrieb, etwa wenn er im Zug nach Leipzig saß auf dem Weg zum Gewandhausorchester, dessen Kapellmeister er war. Womöglich käme er gar nicht auf die Idee, Lyrik zu verfassen, so intuitiv operierte er mit ihr oder sie mit ihm. Koldewey wusste nicht, ob die Berliner für Arthur Nikisch, den Lyriker unter den Dirigenten, schon einen Namen hatten. Wohl nicht. Sonst ließen sie sich ja für alles treffende Bezeichnungen einfallen: Das Kaiser-Wilhelm-Denkmal nannten sie »Wilhelm in der Löwengrube«, die Siegesallee, die Prachtstraße der preußischen Herrscher, »Puppenallee«. Trotzdem kamen sie gern auf der Berliner Variante der Prozessionsstraße zusammen, wenn Wilhelm II. unter den Linden oder »unter den Zedern«, wie es jetzt öfter hieß, eine Militärparade abhielt. Dann eilten sie über die vielerorts verlegten Gehwegsteine aus schlesischem Granit, die sie natürlich nicht Gehwegsteine nannten, sondern »Schweinebäuche«, nach ihrem mächtigen Unterleib, der sie ohne Mörtel ungerührt in einem Bett aus Sand liegen ließ. Allen, vor allen, den Touristen, waren die Stellen der Stadt bekannt, an denen regelmäßig eine Chance bestand, einen Blick auf den orientbegeisterten Kaiser zu erhaschen, etwa wenn er im Daimlerwagen nach Potsdam fuhr und den Kurfürstendamm hinunterbrauste, der vor fünfundzwanzig Jahren noch ein Weg war, auf dem man mit Kremsern durch ein ausgedehntes Sumpfgelände fahrend einen Ausflug in den Grunewald machte. Allein der Gehweg aus Schweinebäuchen hatte, vor allem wo flankiert von einem Mosaikpflaster, bis heute noch etwas von einem Steg, auf dem Fußgänger den weitläufigen Sumpf des Berliner Urstromtals erkundeten.

Am Entwurf des Berliner Doms, der Hauskirche der protestantischen Hohenzollern, einem Mix aus Neorenaissance und Neobarock, dessen Ergebnis nun Koldewey von weitem erstmals sah, hatte der Kaiser, wie man erkennen konnte, auch fleißig mitgewirkt. Von dem einst klassizistisch schlichten Gebäude war angeblich nur noch das Taufbecken übrig, aber Koldewey hatte keine Lust in die Kirche zu gehen und nachzusehen. Er hatte auch keine Zeit. Er musste ins Schloss, aber diesmal nicht über die Schloßfreiheit zum Hauptportal, wie beim letzten Mal, als er zum Galadinner im Weißen Saal eingeladen war und sich durch das Portal gehend sogleich dem Heiligen Georg gegenübergesehen hatte, im Großen Innenhof des Schlosses in Bronze gegossen – der moderne Marduk, immer noch gegen den alten Drachen kämpfend. Hätte Delitzsch diese Verbindung nicht aus dem Hut gezaubert, wäre die finanzielle Unterstützung durch den Kaiser sicherlich nicht ganz so hoch ausgefallen. »Ex Oriente Lux« hatte Delitzsch damals eine seiner berüchtigten Schriften genannt, in der er erklärt hatte, weshalb es sich lohnte, den Alten Orient zu erforschen, und weshalb es sich deswegen lohnte, die Deutsche Orientgesellschaft zu unterstützen, und die ihre Wirkung gezeigt hatte, wie auch seine Vorträge immer wieder neue Mitglieder aus dem zahlungskräftigen wirtschaftlichen Milieu gewinnen konnten. Und wer weiß, ob vor allem im Orient der Kaiser so sehr an einem »Platz an der Sonne« interessiert gewesen wäre, den Reichskanzler von Bülow noch als Staatssekretär im Auswärtigen Amt in Hinblick auf die deutsche Kolonialpolitik eingefordert hatte, wenn Delitzsch es nicht so gut verstanden hätte, Lichtgestalten aus der Vergangenheit mit Lichtgestalten aus der Gegenwart zu verbinden. »Und Deutschland?«, hatte Delitzsch geschrieben, »soll es sich noch länger in der Rolle des Poeten gefallen, bis es heißt: zu spät! Die Welt ist weggegeben!?« Was die politischen Interessen betraf, die Deutschland im Orient verfolgte, hielt es Koldewey mit Bismarcks Einstellung. Im gesamten Orient, so konfliktreich, wie er derzeit sei, hatte Bismarck Ende des Jahrhunderts gesagt, sehe er für Deutschland kein Interesse, das auch nur die gesunden Knochen eines einzigen pommerschen Musketiers wert wäre. Dieser Satz hatte für Koldewey immer wie ein Omen geklungen, und wenn er eines war, dann kam es Koldewey so vor, als ob sich dieses allmählich manifestierte, aber es wäre, wie für Omen typisch, auch nicht ungewöhnlich, wenn es sich dazu noch ein ganzes Jahrhundert Zeit ließe.

Nein, diesmal würde er nicht durch das Hauptportal gehen, er würde durch das rechte der beiden Eingangsportale gehen, die auf der Südseite des Schlosses lagen, am Schloßplatz, der wiederum an der Stechbahn lag, die seit Jahrhunderten keine Stechbahn mehr war und nur noch die Straße bezeichnete, an der das erste dreistöckige Wohn- und Geschäftshaus gestanden hatte. Diesem hatte sie gleichsam ihren Namen geliehen, damit man nur noch sagen musste, dass man an die Stechbahn gehe, in zehn verschiedene Geschäfte, die unter langen Arkaden zu einem zusammengefasst waren. Bis auch diese Häuserzeile abgetragen und durch ein größeres Kaufhaus ersetzt worden war, das in Anlehnung an das Rathaus und dessen rote Backsteine das »Rote Schloss« genannt wurde und damit den Namen der Straße auf latente Art wieder freigegeben hatte. Jetzt war sie wieder die Stechbahn, eine Bahn, auf der nicht abermals Ritter mit Lanzen wild aufeinander zuritten, sondern sich, in ihrer Gewalt und ihrem aggressiven Auftreten ähnlich, unzählige Straßenbahnen von der Schleusenbrücke dem beschaulichen Neptunbrunnen näherten und zwischen Stadtschloss und Rotem Schloss an diesem vorbei zur Kurfürstenbrücke ratterten, um dort die Spreeinsel Richtung Alexanderplatz wieder zu verlassen, während aus dem Brunnen große und kleine Fontänen

Neptun umspülten, der auf einer Muschelschale thronte, ein rein optisches Vergnügen, würde Koldewey hinsehen und wäre nicht gezwungen, auf die Straße zu achten, um diese lebend zu überqueren.

Am Portal wartete bereits ein Herr, der Koldewey ins Schloss geleiten sollte. Genau in diesem Augenblick fiel ihm ein, und Koldewey hatte keine Ahnung, weshalb in diesem Augenblick, dass er ja Andraes Brief mitgenommen und noch nicht gelesen hatte und jetzt doch noch lesen könnte, während ihn der Herr ins Schloss geleitete, und es also einen guten Grund gab, ein paar unangenehme Minuten zu überbrücken, in denen es sowieso nichts zu sprechen gab. Noch vor dem Portal hatte er den Brief geöffnet und angefangen zu lesen und dann nochmals gelesen und noch einmal und noch einmal. Er hatte immer gedacht, dieser Andrae könnte ihn nicht mehr überraschen, aber völlig falsch gedacht: Je weiter weg jemand war, desto näher lernte man ihn kennen! Andrae schrieb von irgendwelchen Guttaperchadichtungen, die vertrocknet waren, weshalb er sie provisorisch durch Radiergummi ersetzt hatte. Außerdem schienen die Pumpen zu klappern, ein Geräusch, das Andrae offenbar nicht davon abhielt, mit dem Boot weiterhin Fahrversuche zu unternehmen. Radiergummi! Klappernde Pumpen! Koldewey war es, als bliebe ihm auf der Stelle der Verstand stehen und es war ihm ein Rätsel, wie seine Füße in der Lage waren, einfach weiterzugehen. Denn er musste sofort umkehren und eine Antwort auf diesen Irrsinn eines Briefes verfassen. Aber er konnte nicht umkehren, denn er war beim Kaiser eingeladen, gerade ging er die Elisabethsaaltreppe hinauf, geleitet von dem Herrn, den er, abgelenkt von der Sache, vermutlich noch nicht einmal gegrüßt hatte. Gerade betraten sie offenbar den Sternsaal im ersten Obergeschoss, erkennbar an dem Sternhimmel, der die Zimmerdecke verzierte, in den Vitrinen Schiffe, an den Wänden Seestücke, Wellen, Boote. Dann das Empfangszimmer, das schon das Audienzzimmer Friedrich des Großen gewesen ist. Das Arbeitszimmer, das schon das Arbeitszimmer Friedrich des Großen gewesen ist, steht offen. Im Verlaufe des Nachmittags wird der Kaiser immer wieder hineingehen und etwas herausholen. Ungewöhnliche Familienatmosphäre. In einem Sessel sitzt die Kaiserin und stickt. Das letzte Mal, auf Wilhelmshöhe, auf dem Sommersitz des Kaisers, hatte Koldewey mit der Babylon-Ausgrabung noch mindestens zwanzig Gäste unterhalten. Hinterher hatten einige Hofdamen Koldewey in seinem Hotel aufgesucht, darunter Gräfin von der Groeben und Gräfin Liebenau und wie sie alle hießen, damit Koldewey ihnen nochmals dasselbe erzählte. Offenbar fragte der Kaiser nach solch einer Veranstaltung gern seine Umgebung aus, ob sie auch gut zugehört und alles behalten hatte. »Wo also befanden sich aller Wahrscheinlichkeit nach die Hängenden Gärten der Semiramis? Richtig, im Gewölbebau des alten Stadtschlosses Nebukadnezars, in der Nordostecke des südlichsten Teils seines Palastes.« Koldewey hatte die neuesten Pläne von Babylon in der Tasche und Photos. Aber auch Andraes Brief. Der Kaiser, der Koldewey, als er das Empfangszimmer betreten hatte, überschwänglich begrüßt hatte, redete und redete. Die Kaiserin stickte, sah hin und wieder auf, wenn der Kaiser über die Schulter zu ihr rief, ob sie höre, was Koldewey sage. Der Kaiser hatte sämtliche Unterlagen auf einem großen Tisch ausgebreitet, der auch schon Friedrich dem Großen gehört hatte, und Koldewey zeigte hierauf und darauf und immer, wenn er dann sagte, dieses und jenes wolle er gern noch ausgraben, sagte der Kaiser: Natürlich, das wird ausgegraben! Und irgendwann fragte der Kaiser, wie es in Assur aussehe, und Koldewey überlegte, was der Kaiser wohl davon hielte, dass der Leiter der Ausgrabungen in Assur seit Monaten nicht Assur ausgrub, sondern versuchte, ein Boot zu reparieren.

Dann bog das Gespräch ab ins Politische, was Koldewey überhaupt nicht leiden konnte, die Engländer, die Türkei, der Sultan, der nun leider gestürzt worden sei, obwohl er doch so ein außerordentlicher Mann gewesen sei, hatte er doch dem Kaiser großzügige Geschenke gemacht wie die M'schatta-Fassade, die nun im Kaiser-Friedrich-Museum stand, und die, wie der Kaiser nicht wusste, damals dazu geführt hatte, dass Hamdi Bey, der damalige Generaldirektor der türkischen Museen, aus Wut darüber sich mehrere Wochen geweigert hatte, den Grabungsverlängerungen für Babylon und Assur zuzustimmen.

Der Sultan sei aber auch ein Despot gewesen, hatte Koldewey geistesabwesend geantwortet. Und dann schien sich eine Art Gespräch zu entspinnen, das so gegensätzlich sein durfte, wie es wollte, solange nur Koldewey bald wieder nach Babylon aufbrach und die berühmteste Stadt der Welt weiter ausgrub:

Ja, aber vor allem, so der Kaiser, sei der Sultan ein guter Freund gewesen.

Eher ein Hypochonder mit Verfolgungswahn.

Aber über die Maßen umsichtig und informiert! Fortschrittlich! Sei er es nicht gewesen, der die Telegraphenlinie habe bauen lassen?

Aber nur, um die fern amtierenden Beamten der Vilajets überwachen zu können.

Vila-was?

Verwaltungseinheiten.

Ah.

Koldewey erklärte darauf, dass dem Sultan zu einem ähnlichen Zweck ja auch die Photographie gedient habe.

Die er aber immerhin genutzt habe, antwortete der Kaiser, was ja von einem Osmanen nicht unbedingt zu erwarten sei. Überhaupt scheine er sehr aufgeschlossen gegenüber Technik gewesen zu sein.

Wie lange man wohl als Ausgräber Babylons in einem Gespräch mit dem Kaiser, der es gern hatte, wenn alle seiner Meinung waren, ungestraft eine andere Meinung haben durfte, hatte sich Koldewey gefragt. Er hatte keine Lust gehabt, es auszutesten, aber er war ziemlich sicher gewesen, dass es im gleichen Ton weitergegangen wäre. Koldewey hätte mit Bezug auf die Technikaufgeschlossenheit gesagt:

Sehen Sie, die Schreibmaschine, die ich Anfang des Jahres nach Babylon bestellt habe, wurde im Bagdader Zoll so lange »begutachtet«, bis sie nicht mehr zu gebrauchen war.

Und der Kaiser hätte geantwortet: Und ich sage Ihnen, es ist genau diese Begeisterung für Apparaturen, die es in diesem Land bald motorisierter zugehen lässt als in der brandenburgischen Provinz. War es nicht in des Sultans Herrschaft, als man in Konstantinopel das erste Auto gesehen hat?

Das Auto wurde von einem Pferd gezogen, hätte Koldewey dann geantwortet, weil Autos in der Stadt nicht fahren durften.

Und der Kaiser hätte gesagt: Nun, Sie sehen, Traditionen können groteske Züge annehmen, doch sind sie zuweilen der Umwelt ganz zuträglich.

Und hätte das nicht gestimmt?

Mit Traditionen ließ sich auch immer ein Bogen zurück zum Thema finden. Denn der Kaiser ließ es sich nicht nehmen, wieder ins Arbeitszimmer zu laufen, um diesen Bogen zu spannen und mit den ersten Skizzen Babylons, alten Plänen, Photos und anderen Unterlagen wiederzukehren, als wollte er in schon nostalgischer Rückschau seinen Stolz über das bisherige Erreichte zum Ausdruck bringen, möglich geworden durch die großzügige Unterstützung Seiner Majestät. Sogar ein Schreiben Delitzsch' hatte er hervorgeholt, mit dem dieser beim Kaiser für die Ausgrabung Assurs geworben hatte. Koldewey hatte von dieser Werbeschrift einmal gehört, jedoch nie erfahren, womit Delitzsch geworben hatte.

Der Kaiser hielt den Brief in der Hand, ganz und gar nicht kontrolliert wie Auguste ihren Stickreif. Er fächerte damit herum, um ihn schließlich auf den Tisch zu den anderen Dingen zu legen.

Unter uns, sagte er dann und beugte sich vor, wie könne es denn sein, dass Koldeweys Grabungsassistenten, deren Bestallungsurkunden er hier Jahr für Jahr unterzeichne, fast allesamt aus Dresden kämen. Ob sie denn keine eigenen Kandidaten hätten und fortlaufend auf Sachsen angewiesen seien?

Koldewey beugte sich ebenso vor, um Delitzsch' Brief, der offensichtlich eine Abschrift war und auf dem irgendetwas handschriftlich vermerkt war, besser erkennen zu können. Ja, sagte Koldewey, Walter Andrae, einer seiner ehemaligen und besten Assistenten, der nun Assur ausgrabe, sei auch aus Sachsen und habe an der Dresdner Hochschule studiert. Vielleicht habe er da, beeindruckt durch die Fähigkeiten dieses sächsischen Mitarbeiters, eine Tradition geschaffen, die sich jetzt verselbstständigt habe und nicht mehr aufzuhalten sei. Koldewey kniff die Augen zusammen, während der Kaiser anfing, Überlegungen zur Geschichte von Sachsen und Preußen anzustellen, aber Delitzsch' Handschrift war wie immer eine Herausforderung. Die Persönlichkeit eines Schreibers hallte ja nicht nur, wie Goethe gewusst hatte, in dessen Schrift wider, deren unkontrollierter, leidenschaftlicher Schwung war es auch, der die einzelnen Buchstaben leserlich verband. Aber Delitzsch' Handschrift war darauf bedacht, die Form ihrer Buchstaben zu kontrollieren, so ordentlich, beinahe pedantisch geschrieben waren sie, und daher, wie jemand, dessen Wesen man nur schwer fassen konnte, nicht leicht zu entschlüsseln: »Wie gesagt«, schrieb Delitzsch, »die Schätze als solche mögen ... zu beliebigem Teil der Türkei verbleiben, aber dem Schutte entrissen, zuerst verwertet und veröffentlicht möchten sie durch die deutsche Assyriologie werden, also dass Deutschland der Ruhm bleibt, der Wissenschaft Erkenntnisquellen geöffnet zu haben, deren eminente Bedeutsamkeit … bei allen Fachmännern feststeht.« *Ja!* hatte der Kaiser neben dem offenbar von ihm Unterstrichenen vermerkt und darunter: *Ja, wir werden das Licht des Deutschen Genius auch dorthin tragen.* Adressiert war die Abschrift des Briefes an *S. Exzellenz d. Reichskanzler.* Darunter stand: *Tiglatpilesar und Assurbanipal bitten um Unterstützung.* Unterzeichnet: *W.* Damit der Reichskanzler es auch gänzlich kapierte, hatte der Kaiser hinter Tiglatpilesar in Klammern *ego* geschrieben und hinter Assurbanipal *Hollmann,* den Namen des Vorstandsvorsitzenden der Deutschen Orientgesellschaft. Einen Großteil der Grabungskosten trug neben dem Kaiser und James Simon ja tatsächlich der Staat, weswegen man in der Deutschen Orientgesellschaft auch nie vergaß, regelmäßig Vertreter des Kultusministeriums in den Vorstand zu wählen. Aber wie war der Brief wieder hierhergekommen, oder war er die Abschrift einer Abschrift? Koldewey stellte sich vor, wie der Reichskanzler mit diesem Dokument in der Hand Wilhelms Arbeitszimmer betreten hatte und wie sie dann gemeinsam bei Tee und Kuchen neben den aktuellen Plänen zur kulturellen und kolonialen Eroberung der Welt auch die Ausgrabung Assurs beschlossen hatten, während Andrae in Babylon noch für Koldewey trigonometrische Pläne erstellt hatte, mit gut gespitztem Bleistift, und wenn er sich einmal verzeichnet hatte, mit dem Radiergummi den Fehler ausradiert hatte, während er jetzt damit eine Petrolpumpe abdichtete mit der Vorstellung, auch hier etwas Fehlerhaftes beheben zu können.

Auch der Kaiser hatte gedanklich wieder babylonischen Boden betreten, als er sich ausmalte, welche Wirkung Ischtartor und Prozessionsstraße im Museum haben würden. Selbstverständlich würden dafür noch mehr Reliefziegel benötigt. Die wenigen Kisten, die am Kupfergraben eingetroffen seien, als die Türkei noch großzügiger und sein Freund, der alte Sultan, noch an der Macht war, würden leider nicht ausreichen. Ob Koldewey nicht eine Idee habe, wie man diesen Zustand ändere. Die Botschaft habe ihm ja nahegelegt, sich aus taktischen Gründen möglichst zurückzuhalten und sich ohne vorherige Absprache nicht einzumischen, was ihm, das müsse er zugeben, sehr schwerfalle angesichts der Möglichkeit, Nachrichten sekundenschnell an Freunde und Verbündete »drahten« zu können, wie man ja immer noch sage, auch wenn man sie jetzt meist drahtlos versende. Vielleicht könne Koldewey sich ein wenig mit dem miesepetrigen Direktor der türkischen Museen anfreunden. Wie habe der noch einmal geheißen? Wie auch immer: Die berühmten Mauern Babylons müssten in Berlin wiedererstehen und damit sie wiedererstehen könnten, müssten sie hierhergelangen. Egal wie. Am besten baue man für sie dann gleich ein eigenes Museum, dessen Fundament auf der Spreeinsel ja ähnlich wie das der babylonischen Mauern »unmittelbar über dem Grundwasser« gegründet werden könne, wie es in einer Inschrift Nebukadnezars über das Ischtartor heiße. Aber natürlich hätten sie es auf der Spreeinsel nicht mit mesopotamischem Schwemmland als Baugrund zu tun, sondern eiszeitlichem Schlamm. Und natürlich würde es auch prächtig, wenn sie Ischtartor und Prozessionsstraße und vielleicht noch ein Stück des Thronsaals zusammen mit dem Pergamonaltar und dem Markttor von Milet ausstellten, so wie es derzeit geplant sei. Er werde noch einmal mit Direktor Bode darüber sprechen. Koldewey habe ja sicher schon bemerkt, dass das alte Pergamonmuseum, in das nur der Pergamonaltar gepasst habe, gerade entfernt werde. Leider sei das Museum für die wachsende Zahl antiker Funde zu schnell zu klein geworden: 1901 eröffnet, 1909 abgerissen, sehr schade, auch um die schöne Kuppel. Und ob man das neue Museum jetzt mit Alfred Messels neumodischen Plänen ordentlich hinbekomme, das wolle man sehen. Bode vertraue Messels Ideen und er vertraue Bodes Ideen, der nun einmal für sämtliche Museumsangelegenheiten verantwortlich sei, aber so ein Museum dürfe nachher natürlich nicht wie eines dieser gotischen Warenhäuser aussehen, die ihm vorkämen wie Kirchen aus Glas, während die Kirchen neuerdings immer mehr aussähen wie Gefängnisse. Aber zurück zu Babylon: Ob Koldewey schon wisse, dass einer der nächsten geplanten Untergrundbahnhöfe hinter dem Spittelmarkt nach dem Thronsaal Nebukadnezars gestaltet würde, er wisse schon: Palmensäulen mit Blütenvoluten, kyprischen Kapitellen ähnlich, blau, weiß, gelb … Der Architekt, Grenander heiße er ja, wolle damit James Simon ehren, der um die Ecke in der Klosterstraße, wie wohl die Station auch heißen solle, seinen Geschäftssitz habe. Es sei ja bekannt, dass Simon die Ausgrabungen in Babylon finanziell unterstütze, zwar nicht annähernd so großzügig wie Seine Majestät, aber immerhin, man brauche jede Unterstützung. Die Gestaltung des Bahnhofs werde natürlich original nach Koldeweys Aquarellvorlagen durchgeführt.

Walter Andraes Vorlagen, korrigierte Koldewey und dachte, die er aquarelliert hatte, als er noch nicht Boote repariert hatte.

Ja, natürlich, sagte der Kaiser. Und nun stelle er sich das mal vor: Berlin als Bewahrerin babylonischer Kultur, der Wiege der Zivilisation, und er in einer Reihe mit Nebukadnezar! So wie dieser in Babylon die Geschichte seiner Vorfahren bewahrt habe, die altbabylonische, die sumerische – jahrtausendealtes Wissen, von deutschen Gelehrten wiederentdeckt und zu neuem Leben erweckt.

Hoffen wir zum Guten, sagte Koldewey.

Zum Guten, ja, natürlich zum Guten!

Bis dann jemand Berlin unter Trümmern ausgrabe.

Ja, genau, sagte der Kaiser, kurz zweifelnd, dann aber Auguste ansehend, ob sie zuhöre.

Aber Augustes Blickrichtung änderte sich nicht, ihr Blick war stur und steif auf den Stickreif gerichtet, sie hatte die Nadel in der Hand, in der der Faden steckte, mit der sie in eiserner Ausdauer durch ein feines Gewebe stach, um es von Neuem einzubinden.

Tja, der Kaiser drehte sich zurück, diese Frauen, emsig und bescheiden dabei, im Hintergrund zu sitzen und wenigstens dort die Fäden in der Hand zu halten.

Und nebenbei mathematische Ableitungen zu ersinnen, ergänzte Koldewey, die vermutlich noch bis ins nächste Jahrhundert der Differentialgleichung als Basis dienten.

Ach! Wer?

Maria Gaetana Agnesi zum Beispiel.

Aber kaum hatte Koldewey den Namen ausgesprochen, hatte er es schon bereut, ihn überhaupt erwähnt zu haben, denn er wollte seinen Besuch nicht ins Unendliche dehnen und auf keinen Fall darüber reden, warum eine Frau als Erste Geometrie und Algebra und Differential- und Integralrechnung in einen Zusammenhang gebracht und Ableitungen gebildet hatte, damit man das Ganze auch verstehen konnte, und mit dieser Abhandlung eines der wichtigsten Lehrbücher der Mathematik geschrieben hatte. Wie lange hätte das Gespräch dann gedauert.

Aber der Kaiser wollte zum Glück nur wissen, ob sie Italienerin gewesen sei.

Koldewey bejahte.

Und, habe man sie …? Der Kaiser räusperte sich.

Nein, habe man nicht, sagte Koldewey. Papst Benedikt XIV.

habe ihr eine Stelle als Professorin angeboten an der Universität von Bologna.

Was für einen Weg dieser weibliche Wille gegangen sein müsse, antwortete der Kaiser abwesend, als sinnte er eigenen Erfahrungen nach.

Ihr Vater, hätte Koldewey damals darauf antworten können, habe ihr nicht erlaubt, ins Kloster einzutreten. Nicht zu vergleichen mit ihm, Wilhelm, den man, als er klein gewesen sei, immer wieder aufs Pferd gesetzt habe, obwohl er nicht reiten wollte. Ob den Kaiser das aber bekräftigt hätte – schließlich war ja nicht sein Wille, sondern der seines Vaters einen weiten Weg gegangen, seinem Sohn reiten und wohl auch andere Dinge beizubringen – oder ob es ihn nicht vielmehr ungut daran erinnert hätte, dass er seinen linken Arm schon als Kind nicht bewegen konnte und wenn er es gekonnt, sich damals auch liebend gern auf ein Pferd gesetzt hätte. Koldewey hatte irgendetwas anderes geantwortet, wusste jedoch nicht mehr, was es gewesen war. Auch hatte er keine Erinnerung, auf welchem Wege er das Schloss verlassen hatte, noch, wann oder wo er es schließlich geschafft hatte, Andraes Brief zu beantworten. Im 1907er Kalender war der Antwortbrief nur mit Datum und hier auch nur der Monat und das Jahr notiert, nicht jedoch, wo er ihn geschrieben hatte. Es gab auch keine Anrede, zumindest nicht in der Abschrift, und wahrscheinlich war Koldewey wirklich gleich mit dem ersten Satz eingestiegen, wie in unguter Vorausahnung, dass es womöglich schon gar keine Person Andrae mehr gäbe, die man anreden könnte, oder vielmehr anschreien:

SEPT. 1909

Wenn Sie Ihre Petrolpumpe mit Gummi dichten, so können Sie sich natürlich nicht wundern, wenn sie nicht funktioniert. Mann! Guttapercha ist da nicht drin gewesen – sicher nicht! Mann!! Guttapercha und Gummi lösen sich ja in Petrol auf!!! Kind Gottes!!!! Leder oder Fibre oder Klingerit oder dergleichen gehören da hinein. Und ja, Sie haben Recht, es ist ein »ziemlicher Zufall«, dass Sie bei 15 atu nicht in die Luft fliegen! Wenn die Pumpe bei 14 cm Stand nicht mehr arbeitet, so ist natürlich irgendetwas in Unordnung; aber was es ist, kann Ihnen aus der Entfernung kein Mensch sagen! Nein, die Pumpen dürfen nicht klappern. Die Pumpen haben auch früher nicht geklappert. Sie klappern auch nicht, wenn alles in Ordnung ist. Und Sie dürfen unter keinen Umständen fahren, sobald irgendetwas nicht in Ordnung ist!

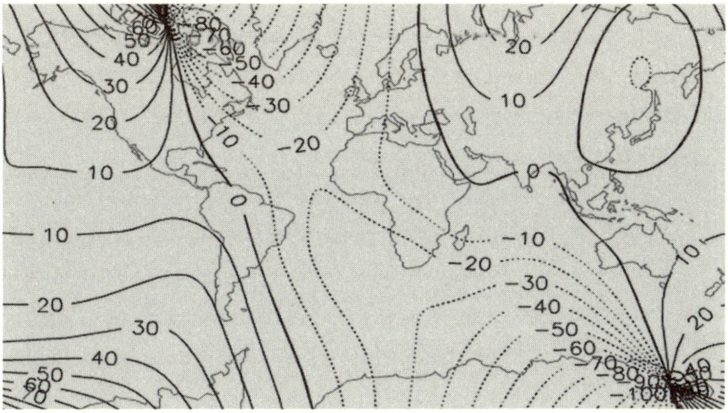

50
40
30
20
10
-80
-70
-60
-50
-40
-30
-20
-10
0
20
10
0
10
20
30
40
50
-10
-20
-30
-40
-50
-60
-70
-100
10
20
40

**LAUT DEM 1907ER** folgten noch einige, ruhigere Briefe, bevor sich Koldewey wieder von Berlin nach Aleppo und über Bagdad nach Babylon auf den Weg machte. Als er angekommen war, fuhr das Boot noch immer nicht. Erst ein Jahr später bewegte es sich tatsächlich auf dem Tigris, aber man hätte die Strecke, die es in einer Stunde zurückgelegt hatte, in derselben Geschwindigkeit am Ufer zu Fuß gehen können.

Koldewey schlug den 1907er Kalender zu und mit ihm diese Form der Erinnerung. Er sah durch den Schatten des Ischtartors hinaus in die Ruinen der Stadt, durch die sich die Prozessionsstraße zog, das Straßenpflaster, über das schon Daniel, Nebukadnezar und Alexander gegangen waren. Ein Stück weiter ging das Pflaster in einen älteren Teil über. Der jüngere, obere Teil war in griechischer oder vielleicht schon parthischer Zeit entfernt worden, um daraus Kugeln für Wurfgeschütze zu machen. Die Geschützkugeln lagen noch immer da am Rande der Straße. Sie könnten sie ja als Funde mit nach Berlin nehmen, dann hätten die Philologen etwas, womit sie nach ihnen werfen könnten. Denn es würde ja keine Schrift darauf stehen, die sie entziffern könnten, zumindest keine lesbare. Sofern sie die Kugeln hochbekämen mit ihren zarten Händen, die den ganzen Tag nichts anderes machten, als einen Stift oder eine Kaffeetasse zu halten.

Irgendwo am anderen Ende der Prozessionsstraße war Bell sicherlich gerade dabei, die freigelegten Fundamente des Turms zu photographieren, und die Reste des Treppenaufgangs. Möglich, dass sie den Turm nie entdeckt hätten, wenn die Türken am Ende des 19. Jahrhunderts nicht auf die Idee gekommen wären, oberhalb des Euphrats das Wasser zu stauen, womit sie zwar die unteren Schichten der Stadt unter Wasser gesetzt, wozu sie aber auch einen Staudamm gebraucht hatten, gebaut aus Backsteinen des nächstgelegenen Steinbruchs. In diesem Fall des Turms, der wieder Form angenommen hatte, weil dessen unsichtbares Fundament nun sichtbar ausgehöhlt und begrünt mit Schilf seinen alten, zusammengefallenen Lehmkern umstand. Der Kaiser hatte Recht: Berlin führte babylonische Traditionen fort. In jedem Fall verwendete man in Berlin jetzt immer häufiger Backsteine zum Bauen, wenngleich man sie nicht in Babylon, sondern auf Expeditionen in umliegende Dörfer wiederentdeckt hatte, wo man begeistert auf die märkische Bauweise des Mittelalters gestoßen war. Das war wohl der bisher heimischste Versuch, eine lokale Tradition der raumgreifenden Welt des internationalen Handels gegenüberzustellen, Handel mit Gütern, Ideen, Problemen. Vielleicht baute man deswegen neuerdings zwei Sorten von Gebäuden aus Backsteinen: Fabriken und Kirchen. Das eine, um der eigenen Wirtschafterei einen Anschein von Beständigkeit zu verleihen; das andere, um das auch glaubhaft vermitteln zu können.

Jetzt sah Koldewey definitiv jemanden am Turm photographieren. Oder jemand hielt nur einen intensiv spiegelnden Gegenstand in der Hand. Könnte auch ein Tachymeter sein, oder Theodolit. Aber am Sonntag vermaßen sie das Gelände nicht. Gerade hatte Koldewey seinen 1907er Kalender in seiner Tasche verstaut und war aus dem Schatten des Ischtartors hinaus auf die Straße getreten, den Prozessionsweg, der noch immer schön anzusehen in der Mitte mit weißen Kalksteinquadern gepflastert war und seitlich mit roten Brecciasteinen. Koldewey hatte auf der rechten Seite die Hängenden Gärten, die gleich neben dem Ischtartor ein massives Gewölbe aus Pflanzen und Steinen gebildet haben mussten, und den südlichen Teil des Palastes hinter sich gelassen, das alte Stadtschloss der letzten babylonischen Herrscher, das noch innerhalb der alten Stadtmauer lag und erst mit Nebukadnezar über diese nach

Norden hinausgewachsen war, der über die Hängenden Gärten hinaus einen zweiten Teil ergänzt hatte und einen dritten und einen vierten, wenn man den Sommerpalast in der äußersten Ecke der äußersten Stadtmauer dazuzählte. Schon hatte Koldewey über eine noch erhaltene Brücke den Schlossgraben überquert, der im Süden das alte Stadtschloss begrenzte, ausgeklinkert mit Asphalt und Backsteinen. Links tauchten die ältesten Wohnhäuser Babylons auf, Bürgerhäuser, kräftige Mauern, gut gebrannte Ziegelfußböden, luftgetrocknete Lehmziegelmauern, Ringbrunnen, Sickergruben, Häuser, deren Fenster wie noch heute üblich nach innen gingen und deren Zimmer um einen Hof gebaut waren, zwischen den Häusern die Tempel lokaler Gottheiten wie kleine Dorfkirchen ins Straßenbild gleichberechtigt eingefügt, alle Straßen geradlinig verlaufend und rechtwinklig kreuzend in diesem »Zentrum« genannten Stadtviertel, wie überhaupt in der gesamten Stadt, die eine Art Planstadt war, ein antikes Manhattan, dessen Name auch für das Babylon des 20. Jahrhunderts bezeichnend wäre: hügeliges Land. Wollte man den Zeugnissen Hammurabis begegnen, des beinahe schon mythischen Vorfahren Nebukadnezars, musste man hier graben. Wie oft hier wohl vor viertausend Jahren der berühmte Codex Hammurabi angewandt worden war, dessen Paragraphen sämtliche Fälle sämtlicher Rechtsbereiche exemplarisch besprachen, wie etwa Erbrecht, Eherecht, Mietrecht und Strafrecht. Zum Beispiel Paragraph 233: »Wenn ein Baumeister jemandem ein Haus errichtet hat und das Werk fehlerhaft ist, so dass eine Wand einstürzt, so soll der Baumeister auf eigene Kosten die Wand verstärkt errichten.« Oder Paragraph 232: »Wenn durch den Einsturz Eigentum beschädigt wird, so ist der Baumeister verpflichtet, das wiederherzustellen, was zerstört wurde. Da der Einsturz durch eine schlechte Konstruktion verursacht wurde, soll der Baumeister diese auf eigene Kosten wiederherstellen.« Schon ungewöhnlicher hingegen Paragraph 231: »Hat der Einsturz den Tod eines Sklaven des Bauherrn zur Folge, so soll der Baumeister dem Bauherrn einen gleichwertigen Sklaven zur Verfügung stellen.« In Paragraph 230 und 231 war das spätere Talionsrecht, das Auge um Auge und Zahn um Zahn der Bibel, vollends ausgeprägt: »Wenn ein Baumeister für jemanden ein Haus errichtet, dessen Konstruktion nicht fest genug ist, so dass das Haus einstürzt und den Tod des Bauherrn verursacht, so soll dieser Baumeister getötet werden. Wenn jedoch der Einsturz den Tod des Sohnes des Bauherrn zur Folge hat, so soll der Sohn des Baumeisters getötet werden.« Ähnlich wurde es mit Ärzten gehalten, sie wurden erst gar nicht bezahlt, wenn sie mit ihrer Behandlung keine Heilung erzielten. Verletzten sie einen Patienten gar tödlich oder erblindete dessen Auge im Verlauf einer Operation, wurde ihnen eine Hand abgehackt. Denn ein Mensch konnte damals gar nicht derart hoffnungslos krank sein, er war grundlegend gut und sich seiner Vollkommenheit bewusst, etwa gegenüber Tieren. Die Idee des unschuldigen Tieres und des Menschen, der schon versündigt auf die Welt kam, war eine praktische Erfindung des Christentums und ließ sich auch gut auf Krankheiten anwenden. In manchen seiner Ausprägungen hatte es das Christentum ja so weit getrieben, dem versündigten Menschen die Möglichkeit einzuräumen, sich Gottes Gnade zu verdienen oder sich ihrer wieder zu vergewissern – indem man im Leben mehr arbeitete, leistete, schaffte und weltlichen Erfolg und Wohlergehen als bestätigende Zeichen Gottes interpretierte. So dachte man über Jahrhunderte und tat es vermutlich noch heute, ohne eine Kirche je von innen gesehen zu haben, allein motiviert durch ein vererbtes Gefühl der Unsicherheit und Angst. Wenn Koldewey Delitzschs Übersetzungen richtig gedeutet hatte, war man in Babylon, in ganz Mesopotamien meistens dann krank, wenn man in eine krankmachende Beziehung zu seiner Außenwelt geraten war, und man gesundete, wenn diese Beziehung gesundete und deren ursprüngliche Ordnung wieder hergestellt war. Mit dem Christentum hatte sich dieser Konflikt mit der Außenwelt offenbar zu einem inneren Konflikt gekehrt, einem gestörten Verhältnis zu sich selbst, das kontrolliert werden musste und jederzeit außer Kontrolle zu geraten und manifeste Formen anzunehmen drohte. Da könne aber Wetzel, der alte Pastorensohn, so viel beten, wie er wolle, würde Reuther sagen, wenn er seinen Zuckerkonsum nicht einstellte, würde das an seinem Diabetes auch nichts ändern. Allerdings äße er ja nicht so viel Zucker, wenn er noch betete. Wenn er krank würde, wäre das also nicht allein Koldeweys Schuld, der lediglich alle Bibeln im Haus, bis auf seine, entfernt hatte. Aber nach zweitausend Jahren babylonischer Vielgötterei und zweitausend Jahren Christentum regierte ja jetzt zweitausend Jahre der wissenschaftliche Verstand. Aber auch nach diesem befand sich Wetzel, wenn er krank war, wieder in einem babylonischen Zustand, in dem zunächst das Wesen der Krankheit diagnostiziert werden musste, ein Diabetesdämon. Auch der Sitz dieses Wesens ließ sich in der Bauchspeicheldrüse oder in der Leber erkennen, jedoch nicht entfernen, wie es etwa mit dem Sitz des Blinddarmdämons möglich war. Auch nicht babylonisch stellvertretend, wenngleich näher betrachtet auch der Blinddarm eine Art Stellvertreter war; schließlich wusste man nicht, was ihn dazu getrieben hatte, sich zu entzünden. Bei Diabetes verordnete man also allenfalls das altbewährte Reinigungsritual, eine Diät, die den Verzicht kohlenhydratreicher Nahrungsmittel vorsah und damit das unheilvolle Wesen des Diabetes in einigen Fällen vertrieb, in anderen zumindest unter Kontrolle hielt. Auch der alte Übertragungszauber ansteckender Dinge war vor kurzem wieder aufgetaucht, in Form von Krankheiten, die durch Infektionen mit Viren und Bakterien ausgelöst wurden, als bezögen diese ihr Wirkmacht direkt aus den Sympathieketten der Magie, entlang derer seit Jahrtausenden Dinge und Eigenschaften kommunizierten, indem sie sich gegenseitig infizierten. Allerdings verkündeten die Mediziner nicht stolz wie Wilhelm II., dass sie mit der Entdeckung und Lehre ansteckender Krankheiten altes babylonisches Wissen erneuerten.

Koldewey war nicht mehr mit einem Sündenbewusstsein auf die Welt gekommen, aber in jedem Fall mit dem Gefühl, viel leisten zu müssen. Getriebensein. Das schien das Schicksal zu sein, mit dem Koldewey geboren worden war. Gerade zum Beispiel bewegte er sich in einer Geschwindigkeit fort, als ginge es um Leben und Tod. Aber krank geworden war er, weil er sich oder seinen Körper in experimenteller Weise seiner Außenwelt ausgesetzt hatte. Also sich und ihn absichtlich in eine krankmachende Situation gebracht hatte. Aber waren diese Experimente nicht bereits ein Versuch gewesen, eine unangenehme Außenwelt umzupolen, ihr Momente abzuringen, die Erkenntnisse brächten, neue Möglichkeiten, sich in seiner Umwelt weniger getrieben zu bewegen? Lebte sein Onkel Carl noch, würde er ihn fragen, ganz im Sinne Platons Empfehlung für getriebene Seelen, sich ihrer Herkunft zu erinnern, um befreit vom Zwang der Bestimmung endlich Erlösung und Ruhe zu finden. Er würde seinen Onkel fragen, wer oder was ihn eigentlich angetrieben habe, zum Nordpol aufzubrechen, Eisfelder zu umfahren, aus Eisfeldern auszubrechen, astronomische, magnetische, meteorologische, hydrographische, ethnologische, botanische, zoologische Daten zu sammeln, überhaupt eine Gegend so weit weg von der eigenen erkunden zu wollen, zu zeichnen, kartieren, vermessen, ganz ohne sich darüber aufzuregen, dass die mitreisenden Gelehrten (Botaniker, Zoologen, Geologen, Schiffsarzt …) nicht seetauglich waren und, statt an Bord wissenschaftlich zu arbeiten, stundenlang über der Reling hingen und sich übergaben. War es Ehrgeiz gewesen, der ihn angetrieben hatte, Fragen zu beantworten, die offensichtlich nicht zu beantworten waren? Die Bewegungen des Eises etwa. Weshalb drehten sich Eisfelder meistens entgegen dem Verlauf der Sonne? Weshalb war man selbst nach Jahren der Beobachtung nicht in der Lage, ihre Richtung im Voraus zu bestimmen? Weshalb bewegten sie sich so kompliziert in einem Rahmen, der sich so unkompliziert festlegen ließ? Man brauchte doch nur ein paar Koordinaten, ein paar trigonometrische Punkte, eigentlich nur eine exakt vermessene Strecke von A nach B, um von beiden Punkten durch einen Theodolit oder Tachymeter Punkt C anzuvisieren und den jeweiligen Winkel zu messen, dann in dessen 360-Grad-Vorstellung von Welt um A und B einen Kreis zu schlagen, schon war Position C im Schnittpunkt und ein Ausschnitt der Erde in Form eines Dreiecks eingefangen. Ein Dreieck, an dessen nun bekannten Seiten neue Dreiecke vermessen werden konnten, ein Dreiecksnetz über die ganze Erde entfaltend, selbst auf hoher See, wo das nautische Dreieck, das wie ein Segeltuch am nach oben verlängerten Nordpol über den Himmel gespannt war, noch im äußersten Winkel Auskunft über zurückgelegte Seemeilen gab, die aus den verstrichenen Bogenminuten hervorgegangen waren, in deren urbabylonische Sechzigstel die benachbarten Breiten- und Längengrade unterteilt waren. Allerdings mussten trigonometrische Punkte, um anvisiert werden zu können, sichtbar sein. Im schlimmsten Fall, wie etwa Mitte des letzten Jahrhunderts, als der preußische Staatswald durchmessen wurde, war es nötig, zwischen A und B und C Sichtachsen zu schlagen. Es schien ein unausgesprochenes Gesetz wissenschaftlicher Methodik zu sein, dass man immer erst etwas zerstören musste, um etwas anderes erkennen zu können.

Möglicherweise war es doch ein Theodolit, den Koldewey am Turm blinken sah. Es würde ihn nicht wundern, wenn Bell ihre eigenen Messungen anstellte, mit ihren eigenen Messgeräten. Wer brauchte Theologen, wo es Theodolite gab? War die Triangulation nicht ähnlich der Trinität oder Dreifaltigkeit ein Dreiecksbezugssystem, das Orientierung gab? Wenn Reuther jetzt sehen könnte, wie schnell sich Koldewey fortbewegte, er glaubte mit Sicherheit, Koldewey hätte ihnen den halben Tag ein Theaterstück aufgeführt, um sie auf die indirektestmögliche Weise in irgendeiner Moral irgendeiner Geschichte zu unterrichten. Rechts von der Prozessionsstraße tauchten jetzt die Außenmauern des großen Vorhofs auf, in dem der Turm lag. Die langgezogenen Schatten der nicht sehr hohen Gebäudereste lagen wie Scherenschnitte auf der Straße, die sich nun in einen chronologisch älteren Part übergehend tiefer in das Gelände eingrub.

Auf die Frage, was ihn angetrieben habe, würde Onkel Carl vermutlich zu dem neunhundert Seiten langen Reiseband der Nordpolarexpedition greifen und daraus vorlesen; man beantwortete ja auch Fragen, die außerhalb seines Fachgebietes lagen, oftmals in der Sprache, die man zu sprechen gewohnt war, wahrscheinlich machten gerade diese Übertretungen einen überhaupt zum Fachmann. Beim Vorlesen würde er aber all die Tagebuchnotizen seiner Mitreisenden auslassen, die ausführlich beschrieben, wie sie auf Eisbärenjagd gingen. Wie sie etwa eine Eisbärenmutter, die sich mit einem Eisbärenjungen arglos und neugierig den beiden Forschungsschiffen unter Leitung des Onkels näherten, sogleich erschossen, um anschließend den jungen Eisbären gefangen zu nehmen und diesem unmittelbar das Fleisch seiner Mutter vorzuwerfen. Der Onkel selbst hatte immer beteuert, sie hätten nur gejagt, um sich selbst zu versorgen. Aber Koldewey hatte die Passagen, schon als sie noch als unveröffentlichtes Blätterwerk vorlagen, wieder und wieder gelesen, wie das Eisbärenjunge sich eines Nachts vom Schiff losgerissen hatte und mit einer Kette um den Hals, die sich vom Anker gelöst hatte, geflohen war, sie es angeschossen hatten und es dennoch geflohen war, wie sie es dann wiederentdeckten, aber nur noch beobachteten, sein Verhalten studierten, wie es wieder und wieder an die Stelle im Schnee zurückkehrte, an der seine Mutter erschossen worden war, zum Boot hinsah, wieder weglief und wieder zurückkam, irgendeine völlig sinnlose Lehre ziehend aus der gemachten Erfahrung, sich jemandem im Vertrauen auf die Mutter genähert zu haben, und irgendwann womöglich glaubend, als der einzige unerfahrene Teil in seiner Familienkonstellation zu Unrecht in die Position gekommen zu sein, überlebt zu haben, und womöglich sogar selbst daran schuld zu sein, dass ihm die Mutter abhanden gekommen war. Wenn das der Beginn einer neuen Ära von Wissenschaft war, war es gleichzeitig das Ende der Idee des unschuldigen Tieres und auch des christlichen Menschen, der mit einem Sündenbewusstsein auf die Welt gekommen war. Und wenn nun der Mensch wieder von babylonischer Vollkommenheit und höherem Wert gegenüber dem Tier war, aber seine Beziehung zu seiner Umwelt nicht mehr durch zürnende oder gutgesinnte Gottheiten, sondern durch technische Instrumente geregelt war, zumal jene unheiligen Mittler zwar fehlerhaft sein konnten, aber prinzipiell reparabel und austauschbar waren, dann war vielleicht das der Grund, weshalb Bell ihre eigenen Messungen vornahm.

Denn das tat sie. In einiger Entfernung war eindeutig eine zweite Person an einer Messlatte zu sehen, deren Distanzstriche gerade wahrscheinlich zwischen den Reichenbach'schen Distanzstrichen auf dem Fadenkreuz des Zielfernrohrs erschienen. Striche, die Entfernungen gebrochen in eine Linse projizierten. Das Vermessene, das von den Sinnen erfasst wurde. Das Erfasste, das keine Farbe, keinen Ton, keinen Geruch hätte, wenn es durch die Sinne nicht erfasst würde, gar nicht eigenständig schön sein konnte. Dessen Schönheit menschlich abhängig war, nur eine Projektion des menschlichen Geistes war. Der menschliche Geist, der unabhängig war von allem Körperlichen und daher auch nicht für Krankheiten des Körpers verantwortlich war, nur für seine Gedanken, nicht aber für Biologisches, Materielles, seine Umgebung gar. Als Koldewey damals nach neunhundert Seiten an das Ende der Nordpolarfahrtberichte gelangt war, schien auch in ihm etwas an sein Ende gelangt zu sein, als ihm auffiel, dass er schon lange nicht mehr darüber nachgedacht hatte, wie er als Erwachsener sein würde, stattdessen sich mit einem Mal als Kind sah, das doch lange geglaubt hatte, die Gedanken von Erwachsenen nachvollziehen zu müssen, egal wie absurd sie schienen, aber nun über das, was Erwachsene geschrieben hatten, etwas komplett anderes und von ihnen wohl nicht Beabsichtigtes gedacht hatte. Er hatte erkannt, dass er zwei Möglichkeiten hatte: Dass er erstens gänzlich in den Abenteuern dieser Dokumentation hätte aufgehen können. Oder aber zweitens völlig gefahrlos erkennen, dass man irgendwann im 19. Jahrhundert vergessen hatte, dass Dinge, deren Farben, Gerüche, Geräusche erst im menschlichen Kopf entstanden und erst dort ihren Wert bekamen, nicht an sich wertlos, gar dem menschlichen Willen unterstellt waren.

Unter all den Funden, die sie auf der Nordpolarfahrt gemacht hatten, die 1869 mit zwei Schiffen gestartet war, unter all den Bälgen und Schädeln von Füchsen und anderem Gesammeltem hatte sich auch ein filigranes Holzkästchen befunden. Sie hatten es in Einzelteile zerfallen in einem Steinhaufen entdeckt, den sie aufgebrochen hatten, um zu sehen, ob es ein Grab oder nur ein Steinhaufen war. Nachdem sie die Teile des Holzkästchens geborgen hatten, zwischen einem gut erhaltenen menschlichen Schädel und mehreren Arm- und Beinknochen, hatten sie es, als wollten sie damit die Zerstörung des Grabmals sühnen, behutsam wieder zusammengesetzt und 1870 mit den anderen Funden mit nach Hause genommen. Wahrscheinlich hatten sie das leere Kästchen auf der Heimfahrt bereits mit eigenem Sinn gefüllt, als sie an Island vorbeifuhren und zwischen den Färöerinseln und den Shetlandinseln hindurch versucht hatten, nach Hause zu gelangen, und Robbenfängern und Walfischschlägern begegnet waren, die die Germania, wie das Schiff des Onkels hieß, mit Kanonenschüssen begrüßten, als sie noch einige Lotungen vorgenommen und Temperaturen gemessen hatten, und dann Kompass und Wassertiefe besagten, dass sie sich kurz vor der Nordseeküste befanden und unter der Flagge des kurzlebigen Norddeutschen Bundes in die Wesermündung einbogen, wo aber keine Seezeichen auslagen, weil ihr Land schon wieder mit einem Nachbarland in Konflikt geraten war, während sie am Kirchturm von Wangerooge, der östlichsten der bewohnten ostfriesischen Inseln, vorbeifuhren und ohne Lotsen die Küste ansteuerten und über das Meer, das für die Nordsee ungewöhnlich wenig Seegang aufwies, wie über eine rein geometrische Bezugsfläche glitten, die überhaupt nicht der physischen Oberfläche der Erde entsprach, nur deren idealisierte Figur war. Das war genau die Idealfigur, die Friedrich Wilhelm Bessel entworfen hatte, um mit ihrer Hilfe die Erde insgesamt geometrisch erfassen zu können, indem er sich die Erdfigur als ruhige Oberfläche des Meeres vorgestellt hatte, durch das die Germania nach erfolgreicher Heimkehr wie eine Schere durch ein Blatt Papier schnitt und beinahe auf Grund lief.

Die östlichen Gebäudereste der »Pfanne«, wie die Einwohner von Kowairesch und umliegender Dörfer das weitläufige Areal nannten, in dessen Mitte sich der pfannenartige Umriss des

Turms befand und seiner Eingangstreppe als deren Stiel, waren so niedrig, dass Koldewey von der Prozessionsstraße aus problemlos das gesamte Areal bis zum Fluss hinüber zur Neustadt überblicken konnte. Die Prozessionsstraße oder jede Bewegung auf ihr schien sich endlos hinzuziehen entlang dieser Pfanne, die eine gusseiserne sein musste, denn die sie umgebende Hitze tat den ganzen Tag nichts anderes, als ihre Oberfläche widerstandsfähig zu machen, indem sie jedes Kraut, das es schaffte, die Erde zu durchdringen, in diese sogleich einbrannte. In diese Pfanne, durch die der Weg nach Hilleh und Bagdad verlief, war man Jahrhunderte, wenn nicht Jahrtausende, durch einen Wald aus tausend weißen Türmen gelangt, der hier um den Turm und seinen großen Vorhof herum aufgeragt haben musste, hohe Portale, bronzene Tore und verschiedenen Zwecken dienende Pforten. Nach der größten Pforte war die Stadt benannt, »Tor Gottes« bedeutete sie übersetzt. Es gab heilige Pforten, und es gab weltliche Pforten, durch die der König siegreich Einzug in seine Stadt hielt, wie durch das Ischtartor. Aber auch die Porta Aurea der römischen Kaiser war so eine Pforte, oder das Brandenburger Tor, durch das die triumphierenden Herrscher seit über hundert Jahren unter den Blicken der Siegesgöttin in Berlin einzogen. Die heilige Pforte, nach der Babylon oder Bab Ilim (altbabylonisch) oder KA-DINGIR-RA (sumerisch) benannt war, befand sich genau auf Höhe des Turmes, und Koldewey befand sich genau auf Höhe der Pforte. Es war die größte Pforte, durch die während der Neujahrsprozessionen der Götterstaat unter Anführung Marduks von der Prozessionsstraße in den heiligen Umraum des Turmes trat. Und durch deren Reste Koldewey nun trat, hinein in die ausgebrannte Pfanne, in deren Mitte die Reste des Turmes standen, und so von seiner Prozession abwich. Denn es war zu spät. Bell hatte ihn entdeckt. Gerade hob sie den Arm und winkte. Wie hatte er, Johannes Gustav Eduard Robert Koldewey, nur glauben können, genug Zeit zu haben, die gesamte Prozessionsstraße hinuntergehen zu können, um dann in einem Bogen um Esagila zum Turm zu gehen. Wie hatte er nur glauben können, ihr sich von Esagila aus nähern zu können, dem Zentrum des Kosmos, dem Nabel der Welt, ohne dass es ihr auffiel. Koldewey hob ebenfalls den Arm, aber nicht den, der den Messstab hielt, als benötigte er keine technischen Hilfsmittel, um sich zu verständigen oder seine Anliegen zu kommunizieren, die sich ja auch ihm ohne Weiteres mitteilten, aufdrängten, nicht fähig zu Distanz waren und sich gerade dadurch wirkungsvoll im Raum ausbreiteten.

Genau besehen war es die bessere Idee, ohne Umweg zum Turm zu gehen. Etwa hundert Meter waren es, bis Koldewey die Straße überqueren würde, auf der Buddensieg jeden Augenblick aus Hilleh angeritten kommen könnte und dann ihre Unterhaltung stören würde, etwa mit einer Anekdote über die Knotenschwanzkatzen, die sie im Hof des Grabungshauses neben all den anderen Tieren hielten und deren Schwänze tatsächlich zu einem Knoten gebogen, aber nicht gebunden waren. Buddensieg fehlte der soziale Kompass. Neben dem normalen Kompass. Aber auch dieser reichte meist nicht, wollte man sich nicht verfahren oder verlaufen, die geographischen und magnetischen Pole stimmten ja nicht überein. Der magnetische Pol wanderte von Jahr zu Jahr woandershin und ihm hinterher die Kompassnadel, die entgegen landläufiger Vorstellung auf den magnetischen Südpol als magnetisches Gegenstück fixiert war und nicht dem magnetischen Nordpol, der in der Nähe des geographischen Südpols lag. Kürzlich hatte der magnetische Pol, auf den der Kompass ausgerichtet war, wohl irgendwo in Kanada seinen südlichsten Tiefpunkt erreicht und wanderte nun wieder nach Norden in die Nähe des geographischen Pols. In etwa hundert Jahren würde er ihm so nah gekommen sein wie seit vierhundert Jahren nicht mehr und ihn schließlich, so die Prognosen, überwandern und über ihn hinwegspringen und ähnlich den Längengraden ein ganzes Netz an Magnetfeldlinien, die bereits nicht sehr geradlinig über die Erde verliefen, hinter sich herziehen und vollends verbiegen. Schon heute gab es jedes Jahr neue Isogonenkarten, in die sämtliche Missweisungen ähnlich den wechselnden Zeiten von Ebbe und Flut verzeichnet waren, darüber Auskunft gebend, in welchem Ausmaß der heimatliche Kompass auch in anderen Gegenden der Welt zuverlässig funktionierte, wie weit er abwich oder ob er gleich zu Hause liegen gelassen und gegen den Polarstern oder andere Fixsterne ausgetauscht werden sollte. Koldewey würde es nicht wundern, wenn schon den Babyloniern der Unterschied zwischen geographischem und magnetischem Pol bekannt gewesen wäre. Vielleicht hatten sie deswegen zwei Tempel: einen Turm als geographischen Mittelpunkt und einen Tieftempel, der geographisch nicht in der Mitte der Stadt lag, aber deren magnetisches Zentrum war, das wie jeder spirituelle Ort auf spirituelle Menschen eine gewisse Anziehung ausübte. Gewiss also nicht auf Buddensieg, der direkt zum Turm reiten würde mit einer neuen Flasche Rizinusöl im Gepäck, falls er das Geld dafür nicht doch in Hilleh vertelegraphiert hätte. Als Koldewey die Straße nach Hilleh überquerte, blickte er sie hinunter, als könnte Buddensieg jeden Augenblick im allmählich untergehenden und zugleich schärfer werdenden Licht der späten Nachmittagssonne wie ein Wiedergänger am Ende der Straße erscheinen mit der Absicht, Koldewey heimzusuchen. Aber es waren nur ein paar Esel unterwegs, die aussahen, als müssten sie hinter sich einen Wasserschlauch über die Walze eines mehrere hundert Meter entfernten Dschirds ziehen.

Keine hundert Meter bis zum Turm. Koldewey nahm seinen Kalender von 1913 aus seiner Tasche, den er für Notizen verwendete und den in der Hand zu halten bereits half, seine Gedanken so zu sortieren, dass sie sich geordnet in mehreren Sprachen aussprechen ließen, wie er es meistens tat, wenn er mit Bell ein Gespräch führte über Dinge, deren Komplexität am ehesten zum Ausdruck kam, wenn man sie entlang ihrer territorialen Verstrickungen von einer Sprache in die nächste ziehen ließ. Zuweilen hatte Koldewey den Eindruck, auch mit Buddensieg auf komplexe Weise verstrickt zu sein und ihn ewig unabsichtlich hinter sich herzuziehen, bis Buddensieg an einen Widerstand stieße und kurzzeitig von Koldewey abließe, worauf Koldewey ihn wieder auf sonderbare Weise anzöge. Auf genau diese Weise würde Buddensieg ihn wohl bis zum Ende der Grabung begleiten, wenn vorher kein Krieg ausbräche. Aber er sah sich schon mit ihm vor den Engländern fliehen, mit Sicherheit vor den Engländern, und auf dem Weg nach Konstantinopel und Berlin bereits auf Höhe Bagdads zwei Drittel der eilends mitgenommenen Dinge, nicht aber Buddensieg verlieren. Es passte zum Schicksal aller Getriebenen, die Gründe ihres Getriebenseins zu verdrängen und von einem harmlosen Stellvertreter verwalten zu lassen, der sie immer daran erinnerte, dass sie ihn aushalten konnten, wenn sie wussten, wie sie ihn notfalls loswürden, und, bis jener Moment käme, das Leben mit Gleichmut und einem haushaltenden Umgang mit diesem Wissen ertrugen.

Gleich war er da und von Buddensieg keine Spur. Noch über den verfallenen Kanal und dann noch ein paar Meter, aber Bell kam ihm schon entgegen. Offenbar hatte sie das Gelände fertig aufgenommen, das Unvollständige aufgenommen, das immer unvollständig bleiben würde, so unvollständig wie am ersten Tag. Allein die Aufnahmeweise war präzise, innerhalb ihres Dreieckverfahrens. Anders als am ersten Tag, als sie in Babylon ankamen und von ihren Pferden abstiegen und nichts sahen außer ein paar Erdhügeln, die unter dem aufkommenden Sandwind des ausgehenden Märzes zu einem kleinen Gebirge verschwammen, sich hinaushoben aus der weiten Ebene des Garten Edens, der Wüste, wie das ursprünglich sumerische Wort »edin« korrekt zu übersetzen wäre. Zwischen den Hügeln kleine Täler mit kleinen Feldern. Am Rande Dörfer. Der Euphrat. Unzählige Sprachen hatten seinen Namen in unzähligen Varianten hervorgebracht. Die Schatten von Dattelpalmen an seinen Ufern violett und lang über das Bild einer Stadt gebeugt, die es nur in Koldeweys Vorstellung gab. Gleich würde er beginnen, Skizzen anzufertigen, später aquarellieren: seine Vorstellung eines Mythos in dem Augenblick, da dieser auf die Realität traf, bevor die Realität sich allmählich ausbreitete und der Mythos eine Gestalt annähme, die seine Enthüllung rechtfertigte. Zu aquarellieren war keine präzise Tätigkeit. Es war eine unvollständige Aufnahme von Unausgegrabenem, mit der Absicht, es vollständig erscheinen zu lassen, indem man versuchte, alle Sinne in die Darstellung miteinzubeziehen, sie durch das Nadelöhr des Blickes zu ziehen. Wochenlang waren sie hierher unterwegs gewesen, Monate vorher hatte Koldewey mit Andrae noch die Tempelanlagen von Baalbek voruntersucht, für den Kaiser, der in Erwägung zog, sie ausgraben zu lassen. Delitzsch hatte für Koldewey sämtliche topographische Daten zusammengestellt, die er auf Tontafeln in Erfahrung bringen konnte, aus Verträgen, Privaturkunden und einer Stadtbeschreibung. Auch einen Stadtplan, wenn auch sehr abstrakt, hatte Koldewey neben den Schriften der antiken Autoren in der Tasche. Die Stadtbeschreibung Babylons aus einmal nicht der Zeit Nebukadnezars II., sondern Nebukadnezars I., war noch immer aktuell, wie sich später herausstellen sollte. Es gab nämlich mehrere Könige namens Nebukadnezar, wie die Philologen herausgefunden hatten; die Bibel und die europäische

Geschichtsschreibung kannten nur einen, den zweiten. Es war eine Auflistung von 24 großen Straßen, 8 Stadttoren, 43 Tempeln, 10 Stadtteilen, 51 Namen und Beinamen Babylons und 55 Postamenten für Marduk, eine Auflistung von Kanälen und Flüssen, Brücken, Götterpforten, Stadtpforten, Königspforten – und eine Beschreibung der Marduktempel, des tiefen und des hohen. Vom hohen, dem Turm, von dem nur noch eine Etage übrig war, listete die Tafel der Stadtbeschreibung nicht wie Herodot acht Etagen auf, sondern sieben Etagen plus eine unterweltliche Basis, die so groß war wie die sieben darüberliegenden Etagen zusammen, weswegen Herodot nur sieben gesehen haben konnte, denn die achte entsprach dem Spiegelbild des Turms, das sich unsichtbar unter der Erde und jetzt doppelt unsichtbar im Grundwasser befand. Ob Nebukadnezar II. so hoch gebaut hatte, um sich gegen eine Vorstellung einer größer werdenden Unterwelt zu wehren, irgendein undeutbares Böses, einen im Verborgenen lauernden Feind? Koldewey hatte sich Delitzsch' topographische Notizen auf der gesamten Reise nach Babylon nicht ein einziges Mal angesehen. In Beirut waren er und Andrae auf Püttmann getroffen, der aus Triest angereist war, und auf den ersten Philologen der Grabung, der von wer weiß woher angereist war und den nun spätestens ab Aleppo das kleinste Pony der Welt regelmäßig über kleine Unwegsamkeiten werfen würde. Das Pony hatte man wie die restliche Reiseausstattung mit Hilfe der deutschen, aber mittlerweile hoffnungslos orientalisierten Ehefrau eines Händlerfreundes Püttmanns kostengünstig in den dunklen Bazargassen Aleppos erstanden, in denen man sich den Bewegungen jener Ehefrau jenes püttmann'schen Händlerfreundes und der Gestalt des Marktes anpassend vorwärtsgewunden hatte und immer wieder von plötzlich eindringendem Sonnenlicht überrascht wurde, das wie andere Einflüsse von außen nur schwer eindringen konnte in diese in sich komplett geschlossene Stadt, und das allenfalls darauf hinwies, dass noch keineswegs Nacht war über dem alten mamlukischen Gesicht des Stadtkerns, der als der schönste des Orients galt, und das so die Fugenschnitte ihrer Fensterfronten und die Stadt selbst wie einen heiligen Raum erleuchtete, dass man, als tatsächlich Nacht wurde, glaubte, das Licht habe sich heimlich in die Lichterketten zurückgezogen, mit denen die filigranen Holzaltanen der Minarette geschmückt waren, und wäre darin, auch wenn es überraschenderweise nie wieder Tag werden würde, für immer geborgen. Aber noch war man nicht in Aleppo, sondern von Alexandretta auf dem Weg dorthin, eine Strecke, die man schon auf vier Rädern zurücklegen konnte und auf der sich der Philologe jedes Mal die Ohren zuhielt, wenn Püttmann nicht wie der Rest der Gruppe sein Gewehr unauffällig am Körper trug, sondern aus dem fahrenden Wagen auf vorbeifliegende Wachteln, Wildgänse und Steppenhühner schoss. Das war das Abendessen, von dem Püttmann auch ab Aleppo nicht absah, von wo sie zu Pferd aufgebrochen waren und mit großer Karawane, ausgerüstet mit Zelten, Betten, Kohlen, Konserven, einer mobilen Küche, Dienern, einem Koch und Soldaten. Über Sfireh, Maskanah, ar-Raqqa nach at-Tibni am Euphrat und dann den Euphrat entlang durch scheinbar gottlose Wüste über Deir ez-Zor, Salhiyah, Abu Kamal, al-Qa'im, Anah, Haditha, Chan al-Baghdadi, Hit, Ramadi nach Falludscha, wo sie den Euphrat überquerten auf einer Brücke aus morschen Booten, um nach Abu Ghuraib zu gelangen und Bagdad. Vierundzwanzig Tage bis auf die andere Seite des Zweistromlandes, bis zum Bagdader Tigris, und dann an der Stelle, an der sich die beiden mesopotamischen Flüsse am nächsten kamen und die jahrhundertelang den Babyloniern half sämtliche Handelswege zu kontrollieren, neunzig Kilometer zurück zum Euphrat, nach Babylon, wo sie in zwei Tagen eintrafen.

Und erst in Babylon, als sie von Nordosten sich nähernd einen hohen Wall sahen, der nur die äußere Stadtmauer sein konnte, holte Koldewey Delitzsch' mitgegebene Stadtbeschreibung heraus und las, im Sitz seines Apfelschimmels verharrend, in Delitzsch' Übersetzungen vom Tor der Ischtar, dessen Torflügel und dessen Pfosten Herodot als mit Bronze beschlagen beschrieb, las von Tempeln, die »an der Seite der Mauer von Babylon« lagen oder am Neustädter Kanal, oder am Neuen Kanal. Er las von einem Oberen Neuen Kanal und einem Ischtarkanal und einem Kanal des Göttlichen Richters, der durch die Neustadt floss, oder dem Grabenkanal oder dem Libilchegallakanal, der auch Überflussbringender Kanal genannt wurde oder Schlossgraben, weil er »am Palast entlangfloss«, aber in der Stadtbeschreibung stand nicht, wo sich der Palast befand. Koldewey las vom Tempel des Wettergottes Adad im Stadtteil Kumari, aber die Beschreibung behielt für sich, wo sich der Stadtteil Kumari befand. Er las von der Mardukstraße »im Schnitt der Ischtarstraße«, aber nicht, wo sich die Ischtarstraße befand. Wie viele Breite Straßen es gab, die Breite Straße gegenüber vom Tempel Sowieso und die Breite Straße, »auf welcher der Gott der Unterwelt einherzieht«, daneben unzählige Enge Straßen, vermutlich einfache Gassen. Es gab die Kischer Straße und zwei Königsstraßen, eine auf jeder Seite des Flusses. Eine führte am Banitumkanal entlang, aber die Stadtbeschreibung verriet nicht, wo sich der Banitumkanal befand. Wenn das das Wissen war, das sie über die Stadt besaßen, dann wusste Koldewey, wo es lag. Es lag in seinen Händen. Wörtlich. Er faltete die Seiten zusammen, auf denen die Angaben der Stadt standen, und stieg von seinem Apfelschimmel ab, legte dessen Zügel um sein Handgelenk und sah sich die Stadt an, die vor ihm lag und keine Stadt war, sondern ein über und über beschriebenes Blatt, komplett unlesbar geworden. Oder wie ein Bild, das von den vielen

Farben, die mit der Zeit aufgetragen, irgendwann grau geworden war. Was auch immer es war, dachte Koldewey an jenem Tag, an dem sie angekommen und, bis auf den Philologen, von ihren Pferden abgestiegen waren und vor dieser Stadt standen, was auch immer es war, er müsste es neu aufnehmen, sonst würde er nur das sehen, was seine Vorgänger gesehen hatten. Seit dem 12. Jahrhundert existierten wieder Berichte von Reisenden, die diesen in Bibel und Antike halb bewunderten, halb verfluchten Ort besuchen wollten und ihn auch fanden, den üblichen Weisungen von Ortskundigen folgend, die zwei große Hügel dieses Ortes noch immer als »Babil« und »Schloss« bezeichneten. Ritter, Rabbiner, Kaufleute, Ärzte, Abenteurer, die Komponisten waren, Schriftsteller, die dem Mythos Babylon auf den Grund gehen wollten, aber es dann schnell unterlassen hatten, wegen all der giftigen und wilden Tiere, die offenbar ihre Behausungen in den Ort gegraben hatten und die in den Berichten der Reisenden als Schlangen und Drachen auftauchten und damit den Mythos weiter befeuert hatten. Ziegelräuber und Brunnenbauer waren zu dieser Zeit die einzigen, die Ausgrabungen unternahmen. Bis später die Neugier auf das, was unter der Erde begraben liegen könnte, den Glauben an das, was unter der Erde lebte, überwunden hatte und Botschafter und Diplomaten anreisten, um einen Blick auf den Ort zu werfen, und Kartographen, die für einen Herrn Grotefend Material besorgten, Grotefend, der an der Universität Göttingen Historiker und nicht Philologe war, aber gewettet hatte, dass er die Keilschrift entziffern könnte. Nach der Entzifferung durch Grotefend kamen Archäologen, die eigentlich Angestellte der East India Company waren, Nationen sandten Assyriologen und Altorientalisten aus, Kunstsammlerinnen schickten Erkundungstrupps los, die einen Blick auf diesen Ort warfen und vor seiner Unzugänglichkeit resignierten, Gelehrte aller Art, und nun: die Architekten. Koldewey hatte das Wissen über die Stadt wieder zusammengefaltet und verstaut und inzwischen sein Notizheft herausgeholt, in das er jeden Ort zu skizzieren begann und zwar so, als käme das Licht aus Südost. Solche plastischen Skizzen entsetzten jeden schematisch denkenden Geodäten, für den Höhenlinien und Kavaliersperspektive das höchste der Gefühle waren: Schattenwürfe! Hintergründe! Überholte Perspektiven, die mit Fluchtpunkten arbeiteten und wiedergaben, was das Auge wirklich sah, statt Vorderansichten zu fokussieren und sich aufs Wesentliche zu konzentrieren, das nur mit Mitteln der Geometrie auszudrücken war. Koldeweys Skizzen kamen der Blickrichtung des europäischen Betrachters entgegen. Nach vorn gerichtet, aber nicht von links, sondern von rechts, der dominanten Denkrichtung entgegen, die sich gern auf Voreinstellungen verließ und daher selten Neues erblickte. Um Interesse beim Betrachter zu erwecken, waren ja nur zwei Zutaten nötig: Eine, die ihm bekannt genug vorkam, um verständlich zu sein, und eine, die ihm so unbekannt war, dass sie ausreichte, seine Aufmerksamkeit zu erregen. Außerdem musste man nicht erst Mathematik studieren oder lange rechnen, sondern überschaute die Verhältnisse mit einem Mal. Auch wenn man sie nicht verstand, was irrelevant war. Es funktionierte beinahe wie das Lesen eines Gedichts, das ja in Lichtgeschwindigkeit kommunizierte, was es wollte, noch bevor man die Gelegenheit hatte, es von Grund auf zu verstehen, was ja in der Regel sowieso nie gelang. In dieser Weise fing Koldewey an zu zeichnen und sich, sein Pferd neben sich traben lassend, der Stadt zu nähern, bis zu der Stelle, an der er bereits auf der Vorexpedition Bruchstücke von Drachen und Löwen und Stieren entdeckt hatte, begleitet von einem Philologen, dem einflussreichsten Mitglied der Deutschen Orientgesellschaft, versiert in ausgestorbenen Keilschriftsprachen, aber nicht kundig des modernen

Arabisch. Kleinste Bruchstücke blau und gelb leuchtender Glasurreliefs waren es, die Koldewey damals nach Berlin mitgenommen hatte und deren Anblick die Veranstalter der Grabung überzeugte, Babylon auszugraben. Doch ließ sich zu dieser Zeit noch nicht erkennen, welche Tiere die farbigen Reliefs darstellten und dass sich Sinnbilder der abendländischen Evangelisten hinter ihnen verbargen, deren Urformen: der Löwe des Markus, der Stier des Lukas, im Drachen von Babylon sogar ein Teil des Johannesadlers, abgebrochen vom Rest der Steine, seit Jahrhunderten daliegend und, wenn aus einem fernen Jahrhundert daraufgeblickt, wie auf ein Zeichen eines vierten Evangelisten wartend, den Menschen, der käme und sie ausgrübe und wieder zusammenfügte.

## BILDRECHTE

S. 30, Babylon [Shepherd children by Euphrates], © Gertrude Bell Archive, Newcastle University. Y_398. Album Y, 1913–1914 – Syria, Jordan, Saudi Arabia, Iraq.

S. 42, Blick auf das Expeditionshaus in Babylon und auf den Euphrat, © bpk/Vorderasiatisches Museum, Staatliche Museen zu Berlin/ Deutsche Orient-Gesellschaft/Gottfried Buddensieg.

S. 117, Blick auf das Expeditionshaus in Babylon und auf den Euphrat, © bpk/Vorderasiatisches Museum, Staatliche Museen zu Berlin/ Robert Koldewey.

S. 159, Routenskizze aus dem Nachlass Robert Koldeweys, © bpk/ Zentralarchiv, Staatliche Museen zu Berlin.

S. 182, Zeichnung eines Schöpfwerks aus dem Nachlass Robert Koldeweys, © bpk/Zentralarchiv, Staatliche Museen zu Berlin.

S. 204, Ausschnitt der Palastanlage Nebukadnezars II., freundlicherweise zur Verfügung gestellt durch: bpk/Vorderasiatisches Museum, Staatliche Museen zu Berlin/Oscar August Reuther. Trotz Bemühen vonseiten des Verlags konnte der Rechteinhaber nicht ausfindig gemacht werden. Wir bitten den Rechteinhaber sich gegebenenfalls mit dem Carl Hanser Verlag in Verbindung zu setzen.

S. 245, Earth Magnetic Field Declination from 1590 to 1990, https://geomag.usgs.gov/products/movies/index.php?type=declination&format=gif, U.S. Geological Survey (USGS), PD

*»Ein Buch, das über die Geschichte des Iraks weit hinausgeht.«*

Insa Wilke, *3sat Kulturzeit*

320 Seiten. Gebunden

Shams Hussein ist ein normaler Junge mit ganz normalen Träumen. In der Hoffnung auf ein friedlicheres Leben zieht seine Familie aus dem Süden des Irak nach Bagdad. Doch aus dem Streben nach einer besseren Zukunft wird in dem von Saddam Hussein beherrschten Land schnell ein Leben in existenzieller Not. Die Familie wohnt neben einem Müllberg, Shams arbeitet als Plastiktütenverkäufer, als Busfahrergehilfe, als Lastenträger. Und er liebt Bücher. In einer Zeit jedoch, in der ein falsches Wort den Tod bedeuten kann, begibt er sich damit in eine gefährliche Welt.

HANSER

hanser-literaturverlage.de

*Ein Roman voller Zärtlichkeit und Wut über eine zerrissene Welt*

288 Seiten. Gebunden

Das Dorf liegt in Nordsyrien, nahe zur Türkei. Jeden Sommer verbringt Leyla dort. Sie riecht und schmeckt es, kennt seine Geschichten. Sie weiß, wo die Koffer versteckt sind, wenn die Bewohner wieder fliehen müssen. Leyla ist Tochter einer Deutschen und eines jesidischen Kurden. Sie sitzt in ihrem Gymnasium bei München, und in allen Sommerferien auf dem Erdboden im jesidischen Dorf. Im Internet sieht sie das vernichtete Aleppo, die Ermordung der Jesiden, und gleich daneben die Fotos ihrer deutschen Freunde. Leyla wird eine Entscheidung treffen müssen.

HANSER

hanser-literaturverlage.de